# 空に響くは竜の歌声

## 猛《もう》炎《えん》の子《こ》竜《りゅう》

MIKI IIDA
飯田実樹

ILLUSTRATION
HITAKI
ひたき

この物語はフィクションであり、
実際の人物・団体・事件等とは、いっさい関係ありません。

人物紹介 Character

## 守《もり》屋《や》龍《りゅう》聖《せい》（九代目）

フェイワンのリューセー。ごく普通の銀行員だったが、突然エルマーンに召喚されて、フェイワンと恋に落ちる

## フェイワン

のちに九代目竜王になる王子。母はいないが父王の温かな愛情でまっすぐに育つ

## 守《もり》屋《や》龍《りゅう》聖《せい》（八代目）

ランワンのリューセー。日本の近代化で竜王との契約の伝承が失われた守屋家に育ち、何も分からずにエルマーンに来てしまう

**［リューセーとは…］**竜の聖人にして、竜王の伴侶。そして王に魂精を与え、子供を宿せる唯一の存在　**［魂精とは…］**リューセーだけが与えることのできる、竜王の命の糧。魂精が得られないと竜王は若退化し、やがて死に至る

ジョンシー
龍聖の側近
ダーハイ
ランワンの親友。
タンレンの父
タンレン
フェイワンの従兄弟にして親友
バオシー
ランワンと命を分け合う
金色の巨大な竜
ランワン
八代目竜王。誠実でひたむきな若き竜王。愛する龍聖を失ってからは、自らの命と引き換えに、息子のフェイワンを育てた

# エルマーン王家家系図

Family tree

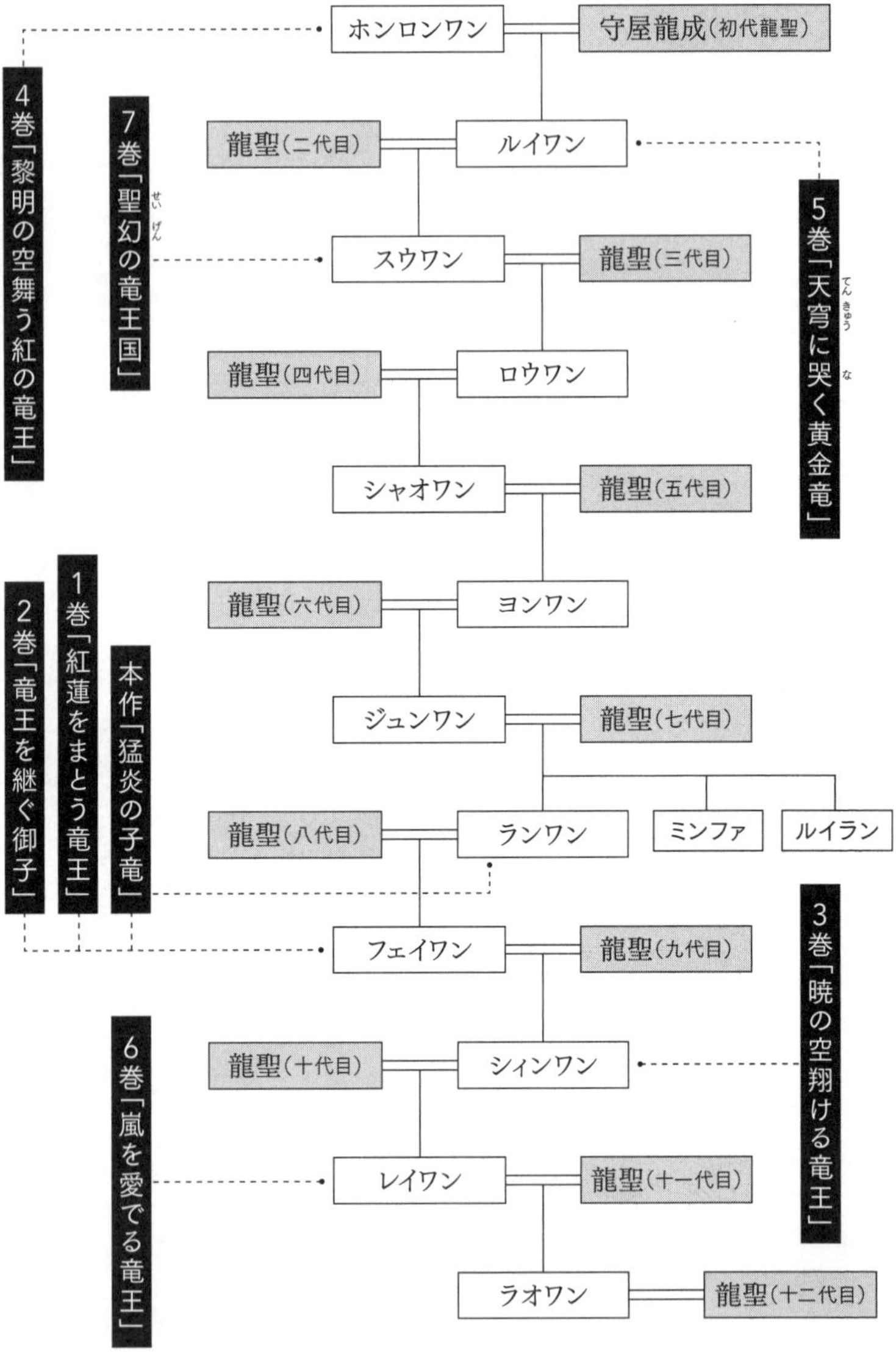


＊竜王の兄弟は本編に名前が登場した人物のみ記載しています

空に響くは竜の歌声　猛炎の子竜

# 第1章　平和

大陸の西方に荒野が広がっている。その何もない赤い大地に忽然《こつぜん》と現われる高く険しい岩山がそそり立つ場所があった。

岩山はぐるりと円を描くように連なり、すべてのものの侵入を拒絶するかのように、もしくは何かを護《まも》るかのように、その地に高々とそびえている。

エルマーン王国。竜族が治める王国がそこにはあった。

遙か昔、人間と竜との戦いの果てに、すべての生き物を殺戮《さつりく》し尽くそうとした竜族は、神々の怒りを買い天罰を受けた。竜族が最も憎み侮蔑《ぶべつ》した『人間』として生きることを定められたのだ。

竜族は新しい人間の種族『シーフォン』として、過酷な試練を幾度も乗り越えながら生き延びた。

竜族の繁栄のためには、エルマーン王国とシーフォン達を支え続けた竜王と、異世界から降臨《こうりん》する竜王の伴侶である龍聖《りゅうせい》の愛の絆《きずな》が欠かせなかった。

これは、数代にわたる竜王と龍聖の愛の物語である。


龍聖は幼い姫を連れて城の中庭に来ていた。靴を脱がせてやり、柔らかな下草の生える緑の地面に立たせると、龍聖と同じ黒髪の幼き姫は柔らかな丸い頬を紅潮させながら、楽しそうにゆっくり足踏みをしている。

「シェンファ、気持ちいいだろう？」

そんな娘の姿に目を細めながら、龍聖が優しく尋《たず》ねた。シェンファは顔を上げて満面の笑顔を向けて「はい！」と元気に答える。

龍聖は我が子に土の感触を味わわせたいと思っていた。だがシーフォンの子供は城の外に出ることを許されていない。竜王の子供に至っては城の中さえも自由に歩き回ることが出来ないのだ。

それは昔から何度も誘拐の危険にさらされてきたためで、警備を厳重にしていてもなお、容易に外に出ることが出来なかった。

唯一、城の中庭が子供達に許されている『外の世界』であり、『地面』を感じられる場所でもある。

少し離れた所にいる警護の兵士達を気にしながらも、龍聖は青い空を見上げて、草の匂いを嗅《か》いで、ホッと安堵《あんど》するのだ。シェンファの笑顔にも癒やされる。

「シェンファ、毬《まり》遊びしようか？」

龍聖は持ってきた毬を両手で持って、シェンファに掲げてみせた。シェンファは目を輝かせ大きく頷《うなず》く。

「じゃあ投げるよ？　はい」

色鮮やかな布を縫い合わせて作られた毬を、シェンファが取りやすいようにぽんっと軽く宙に放った。「きゃあっ」と笑い声をあげて、小さな手を広げながら飛んできた毬を上手に受け取り、自慢げな顔で龍聖をみつめる娘に、龍聖は成長を感じながら笑い返した。

「上手だね、シェンファ。じゃあオレに返してごらん」

「はい、リューセー！」

シェンファは掛け声のように母の名を呼んで、全身を使ってぽんっと投げ返す。毬は危うげな軌跡を描いて宙に飛んだが、龍聖は身を乗り出して上手くそれを受け取った。

「シェンファは投げるのも上手だね」

自分でも親ばかだなと思いつつ、娘の一挙手一投足《いっきょしゅいっとうそく》をいちいち誉めたてて、幾度か毬を投げ合って遊んだ。

黒髪の美しい王妃と姫君が戯《たわむ》れる姿は、警護している兵士達の心を存分に癒やしていた。皆が無意識に微笑み、時折溜息までも漏らしてしまう。

常に緊張感を持って警護に努めなければならないのだけれど……と、その様子を眺めながら側近《そっきん》のシュレイは苦笑した。

平和な光景に皆が癒やされるのは仕方がない。長らく不穏な空気の中にあったこの国の今までの状況を思えば、この平和な光景はとても幸せなことなのだ。

龍聖がこのところ沈んでいたので、気分転換になるならば……と、中庭にシェンファを連れ出すことを毎日のように認めていたが、思わぬ効果があったようだ。

通常は、竜王の幼い子供を毎日中庭に出すことは許されていなかった。日々の日課になってしまっては、狙いやすくなり誘拐の危険が増してしまうからだ。

『危険』——それはこの平和なエルマーン王国において、不似合いな言葉のようだが、エルマーン王国が建国され、人間の国と交流するようになってから、常に抱えている問題だった。

人間達にとって竜の存在は圧倒的な脅威だ。しかしエルマーン王国は、竜を所持し操《あやつ》っているが、決してその力を誇示することはなく、竜を使って威嚇《いかく》したり戦いを仕掛けたりすることもなかった。

なぜなら神により、人間を傷つけたり殺《あや》めたりしてはならないと定められていたからだ。人間を傷つければ天罰を受け、自身により大きな傷が返ってくる。人間を殺めれば自身も必ず死ぬことになる。

人間達はそんな天罰のことなど知る由《よし》もないが、エルマーン王国の民が皆善良だと分かると、次第に竜の存在を脅威に感じなくなったのだろう。国交が結ばれ関係は良好になった。

その一方で、『脅威となり得る竜』を欲する者達も現れだした。成長した巨大な竜を手なずけることは無理でも、卵を盗み出せば良い。竜を操れるのがシーフォンだけだというのならば、一緒にシーフォンの子供も盗めば良い。そんな噂が流布《るふ》し、様々な国から竜の卵とシーフォンの子供を狙う賊が侵入するようになった。

シーフォンは人間を傷つけられない以上、その『危険』と常に向き合っていくしかない。エルマーン王国の歴史は、竜を奪おうと狙う人間達との闘争の歴史でもある。幾度もの悲劇を繰り返し、シーフォンは知恵を絞って卵や子供達を守ってきた。

城の構造は複雑さを極め、外界からは容易に深部に辿り着くことは出来ない。アルピンの兵達は敵と戦うための軍隊ではなく、外敵から大切なものを守り、警護をするための存在だった。

そのようなわけで、自由に外に出られないのも子供達を守るための防衛策であることは、龍聖も重々承知していた。

「でもちょっとだけ」

すべてを承知の上で両手を合わせてそうお願いをされると、シュレイも折れるよりほかない。

龍聖はとても思慮深い性格だ。エルマーン王国のしきたりが歴史に則《のっと》って作られたものであることは、深く理解し尊重している。それを踏まえた上で、子供にとっては青空の下、地面の上で自由に遊ぶことも大切な経験なのだと懇願されると、大和《やまと》の国で育った龍聖には、危険を承知の上で押し通すまでの、確固たる理由があるのだろうと思わされる。

それになにより龍聖自身にも、外の空気が必要なのだと、シュレイは理解していた。

「ねえ、シュレイ」

シェンファと毬遊びをしている龍聖が、何かを思いついたような顔でシュレイを呼んだ。

「どうかなさいましたか？」

シュレイはゆっくりとした足取りで、龍聖達の下へ歩み寄る。近づいてくるシュレイを見て、シェンファがニコニコと笑った。

「中庭にさ、花壇とか造ったらダメかな？」

「花壇ですか？　別に構いませんが……どの辺りにどれくらいの花壇を造りたいとか、何かご希望があればすぐに庭師に確認いたします」

辺りを見回しながらシュレイが真面目に答えたので、龍聖は笑いながら「違う、違うよ」と否定した。シュレイは首を傾げて、改めて龍聖をみつめた。

「違う……とはどういうことですか？」

「シュレイ、そんなに大がかりな話ではないんだよ。シェンファに土いじりを体験させたいんだ。そして植物を自分の手で育てるということも教えたい。そのための花壇だよ。だから花壇は小さくていいし、造るのは作業員のアルピン達ではなくて、オレとシェンファだよ」

笑いながら龍聖がそう説明をしていると、自分の名前を連呼されたので、『私の話なの？』とでもいうように、シェンファが甘えて龍聖に抱き着いてきた。それを抱きしめ返しながら、驚いた顔で佇むシュレイを見上げて「どうかな？」とばかりにニッと笑った。

「リューセー様とシェンファ様で花壇を造られるのですか？」

「そんなに驚くこと？」

「いえ……」

慌てて首を振りかけて、何かを思い出すようにシュレイが目を伏せて考え込んだ。

「たしか……三代目のリューセー様が……中庭に薬草園をお造りになっていたという記述があったと思います」

「薬草園？」

「はい、ご存知のようにシーフォンは人間の病にはかかりませんから、長いこと『病気』というものに無頓着で、怪我の治療や出産の幇助《ほうじょ》をする程度の医術を学んだシーフォンが、医師として城内にいるくらいで、アルピン達のための医師はいませんでした。でもアルピンの人口がなかなか増えない原因を探ったところ、出生と同じくらい子供の病死が多いことが分かり、病気治療を目的とした医師の育成をリューセー様が唱《とな》えられたそうです。それで自らこの中庭に薬草園をお造りになったのです」

シュレイの話を聞きながら、龍聖は無意識に辺りを見回した。今はそれらしきものは見当たらない。その様子を見て、シュレイが補足するように話を続けた。

「その後リューセー様の遺志を受け継いで、郊外に大きな薬草園が造られました。今もあります」

「そうなんだ……薬草について学んでいた龍聖もいたんだね。江戸時代の人かなぁ？　たしか東京の小石川《こいしかわ》という場所に植物園があるんだけど、昔、そこは薬草園で、医師のいる養生所があったはずだよ。そういうのと関係あるのかな？　昔の龍聖はそういうことに興味があったんだね。偉いね」

「リューセー様も色々とお考えになっているではありませんか。とにかくそういうわけですから、リューセー様のご自由になさって構いません。特に許可を必要ともいたしません。ご用意するものを言っていただければ、準備いたします」

「うん、ありがとう。必要な物かぁ……スコップとバケツと……煉瓦《れんが》とかがあればいいかなぁ？」

「煉瓦ですか？」

「うん、まあなくても良いけど、こう……花壇の周りを囲うとね、そこが花壇だって一目で分かるだろう？　まだ芽が出ないうちは、そこに花の種が植えられていることが分からないと、踏まれちゃうかもしれないし……あ、花の種も必要だね！　育てやすい花が良いな。その辺はシュレイに任せるよ。オレはこの世界の植物のことは分からないし、特に花なんて全然分からないしね」

「かしこまりました。早急に用意いたします」

「ありがとう」

嬉しそうに「良かったね」とシェンファに言いながら抱きしめたり、頬に口づけたりしている龍聖の様子を、シュレイは微笑ましく思いながらみつめていた。


翌日、昼食の後にシュレイが「準備が整いましたので、いつでも大丈夫ですよ」と言ってくれたので、龍聖はとても驚いた。

「え？　もう準備してくれたの？　さすがシュレイ……早いなぁ」

「スコップはこのようなものでよろしいですか？」

シュレイがそう言って、木製のスコップを差し出した。龍聖が日本で見慣れていた片手で持てる園芸用スコップととても似ている。差し出されたスコップはふたつだったが、そのひとつは、おもちゃのスコップのようにとても小さく可愛いものだ。

「そうそう、これこれ……というか、この……ちっちゃいのってもしかしてシェンファ用なの？」

小さなスコップを手に持って眺めながら、思わず笑みが零《こぼ》れてしまう。頬を上気させて興奮気味に龍聖に尋ねられて、シュレイはさも当然というように真面目な顔で頷いた。

「普通の物では、シェンファ様のお手には大きすぎますから、工房に頼んで作らせました」

「ああ、もう、だからシュレイ大好き！」

「念のためもうひとつご用意がありますが……」

シュレイがすうっと普通のスコップをもうひとつ差し出したので、龍聖は目を丸くしてそれをみつめると同時に、さらに興奮したようにぴょんと跳び上がった。

「シュレイ！　なんで分かったの!?　実は今言おうとしていたんだけど、シェンファ用のスコップのせいで言い出せずにいたんだ……それ、フェイワンの分ってことでしょ？」

「はい」

そこでようやくシュレイが笑みを零したので、龍聖は噴き出して大笑いした。

「さすが！　さすがシュレイ！　もう脱帽だよ～！　そうなんだ。昨夜フェイワンに、花壇を造るって話をしたら、オレも一緒にやりたいって言いだして……あははは……まいったなぁ」

もうひとつのスコップも受け取って、龍聖はしばらくの間笑いが止まらずにいた。シュレイも無礼と思ってか笑いを堪《こら》えているが、今にも噴き出してしまいそうだった。

「早速フェイワンを誘わなくちゃね」

ひとしきり笑った後、龍聖が楽しそうにそう言った。


中庭に仲睦まじい親子三人の姿があった。少し距離を置いて見守るシュレイと、さらに遠巻きに警護する兵士達。皆がとても心穏やかにその様子を見守っていた。

「お父様が煉瓦で周りを囲ってやるからな」

フェイワンが張り切った様子で、龍聖の指示を聞きながら花壇予定地の周囲に溝《みぞ》を掘り、そこに煉瓦を埋めていった。シェンファは小さなスコップを手に持ち、フェイワンを手伝うように溝を掘っている。龍聖は花を植える部分の土を掘り返して耕《たがや》していた。時々二人の様子を眺めては、ニコニコと笑っている。

『フェイワン楽しそうだな』

誘って良かったと思いながら、昨夜のことを思い出していた。

フェイワンに言えば自分も参加したいと言うだろうことは最初から分かっていた。超が付くほどの親馬鹿で、シェンファがやることならばすべて見届けたいはずだからだ。だけど昨夜花壇を造るという話をした時は少しばかり違っていた。

フェイワンの興味は『花壇を造る』というイベントそのものに向けられていた。最初はシュレイに話した時と同じように、驚きが先だった。だけど説明をしたらかなり前のめりに食いついてきた。まるでフェイワン自身が、花壇を造りたがっているみたいだった(実際造りたがっていたけど)。

龍聖にとってはごく当たり前のことでも、フェイワンやシーフォン達にとっては少しも当たり前ではないことが多い。龍聖の世界では花壇なんて誰だって一度くらいは家で造ったことがあるだろうし、それがなかったとしても、幼稚園や小学校で花壇の世話や朝顔を育てるなどの授業を受けて体験している。一度も土をいじったり、植物を育てたりしたことがない人なんてそんなにはいない。

だけどおそらくシーフォンのほとんどが、そんなことをしたことがないし、フェイワンも王様だから未経験だ。それに王様だからこそそんなことに興味を示さないだろうと、勝手な思い込みをしていたのかもしれない。

『まるで子供が二人いるみたいだ』

そう思った時、目の前のフェイワンに子供の姿のフェイワンが重なって見えた。龍聖が初めてフェイワンに会った時の姿だ。思わずパチパチと瞬きをしてジッとフェイワンに見入ってしまったので、フェイワンが視線に気づいて龍聖をみつめ返した。

「なんだ？　間違っているか？」

「え？　いや、すごく良いと思いますよ。庭師になれるかも」

「そうか？」

ふふんっと上機嫌で作業を続けるフェイワンをみつめながら、複雑な思いが胸に湧き上がっていた。

『そういえばオレ……フェイワンの子供の頃の話をあまり知らないな』

初対面の時に子供の姿をしていたからといって、フェイワンを子供の頃から知っていたというわけではない。衰弱して体が子供のように縮んでしまっていただけで、中身は大人のフェイワンだった。

生まれる前に母親を亡くしていたフェイワンは、父親に育てられた。竜王は魂精《こんせい》でしか命を維持出来ないというのは、大人も子供も同じだ。フェイワンが成長するためには魂精が必要で、父親も生きていくためには魂精が必要だった。そして魂精は『リューセー』しか持っていない。それが意味することは……。

くわしく話を聞かなくても、フェイワンが育ってきた環境は過酷だったのだと想像出来る。だから龍聖は今まで『フェイワンってどんな子供時代を過ごしたの？』なんて気軽に聞く気にはなれなかった。だけど知りたくないわけではない。愛する人のことをすべて知りたいと思うのは、自然なことではないだろうか？

以前フェイワンから『生まれた時から母がいなくて、両親の仲睦まじい姿など知らないから、オレは自分のリューセーを愛せるのだろうか？　愛し方が分かるだろうか？　と不安になったことがある』と言われたことがあった。

その時は、こんなに愛情深い人がそんなことを言うなんて……と驚いたものだ。確かに誰からも愛されたことのない者なら、そんな不安を抱えるのも分かる。だけどフェイワンは、誰からも愛されたことがないわけではない。少なくとも父親からの愛情は、たくさん受けていたはずだ。フェイワンを見れば分かる。

特に子供が生まれてからは、超が付くほどの親馬鹿になっているフェイワンの、娘達への深い愛情を見るにつけ、きっとこんな風に父親から愛されていたのだろうと思うようになった。

「出来たぞ！」

フェイワンが頬を紅潮させて元気よく言ったので、龍聖は我に返って目の前の花壇をみつめた。綺《き》麗《れい》に四角く煉瓦が埋められていた。シェンファが嬉しそうに声をあげて笑っている。

「すごいね！　やっぱりフェイワンは庭師の才能があるのかもしれませんね」

龍聖が感激しながら誉めるので、フェイワンは少しばかり照れくさそうに笑った。

「オレの方も上手く耕せたと思うし……早速花の種を植えてみようか？」

龍聖は側《そば》に置かれていた小さな器を手に取り、その中に入っている花の種を摘《つま》み上げた。

「シェンファ、これはシェンファのお仕事だからね？　オレがお手本を見せるからよく見ているんだよ」

龍聖はそう言いながら、土に人差し指で穴を空け、そこにパラリと花の種を落としてみせた。

「オレがこういう風に穴を空けるから、シェンファはそこに花の種を落としてね。あんまりたくさん落とさないで、二、三粒でいいからね？　さあ手を出して」

言われるままにシェンファは、小さな手を龍聖の前に差し出した。その掌《てのひら》の上に花の種を少しばかり置いてやると、シェンファがそれをじっとみつめてから顔を上げたので、龍聖はニッコリと笑って頷いた。

龍聖が土に指で穴を空けると、シェンファがそっと穴の中に花の種を落とした。真剣な表情で共同作業をする二人を、フェイワンはニコニコと笑って眺めている。

「よし、次は穴を埋めていくんだよ。そっと土をかぶせるように……固めちゃダメだよ？　そっとね」

龍聖が再び手本を見せて、それをシェンファが真似をした。種を植えた穴を全部塞ぎ終えると、シェンファは一仕事を終えて満足そうに大きく息を吐いた。

「良く出来たね！　後は水を撒いたら終わりだよ」

ジョウロで花壇に水を撒きながら、龍聖はシェンファに「なぜ水を撒くのか?」「さっき撒いた種は何か?」などを丁寧に話して聞かせた。

「芽はいつ出てくるの?」

シェンファが花壇をじっとみつめながら尋ねた。

「早ければ二、三日で出てくるよ。毎日お水をあげに来ようね」

「は〜い!」

とてもはしゃいでいるシェンファの姿に、龍聖とフェイワンは顔を見合わせて微笑み合った。

「皆様すっかり泥だらけですね」

シュレイが苦笑しながら濡れた手拭いを龍聖とフェイワンに差し出したので、二人は互いの姿を見合って噴き出した。

「リューセー、とても楽しかったよ。ありがとう」

「シェンファと同じくらいにはしゃいでいましたからね」

「そ……そんなことはないと思うぞ」

「たのしい!」

龍聖に突っ込まれてフェイワンは少しばかり狼狽《うろた》えたが、シェンファが満面の笑顔でぴょんぴょんと跳ねるので、龍聖達ばかりではなく兵士達の間からも笑いが溢《あふ》れた。

侍女達を下がらせ、シュレイも休ませて、ようやくフェイワンと龍聖は二人きりになった。夕食後からいつものようにソファでくつろいでいた二人だったが、誰もいなくなってからでないと龍聖が睦み合うのを恥ずかしがるので、それまでの間フェイワンはずっと我慢していなければならない。

ようやくという様子で龍聖の体を抱き寄せて、額や頬に優しく何度も口づけた。龍聖は目を閉じて大人しく身を任せている。

「さすがにシェンファも疲れたようだな。いつもより早く眠ってしまったから、こうして二人きりになれる時間がいつもよりも早まった」

フェイワンが耳元で囁いて、耳たぶを甘く噛んだので、龍聖は少しばかり頬を上気させてクスリと笑った。

「貴方もお疲れではないのですか？」

「あれくらいでそんなに疲れるものか」

「子供みたいにはしゃいでいたのに……」

「あれはシェンファがはしゃいでいたからだ。可愛いじゃないか」

そんな風に反論する様子も子供みたいだと思ったが、龍聖は口に出さずに笑って誤魔化《ごまか》した。

「貴方は本当に良いお父様ですね。もちろん今に始まったことではなく、前からずっと思っていましたけど……貴方ほど子供を可愛がる人を見たことがありません」

「それは大袈裟《おおげさ》だろう。だがシェンファもインファも可愛いのは間違いない……焼けるか？　でもオレの一番は永遠にお前だぞ？」

囁きと共に唇が重ねられて、やんわりと食《は》むように龍聖の唇が吸われて愛撫された。龍聖はそれに応《こた》えるようにフェイワンの唇を甘く吸う。唇が離れてみつめあいながら、ほうっと息を吐いて再び唇を重ね合った。

フェイワンの舌が龍聖の歯間を撫で口内に入り込む。舌を絡められて深く口づけられて、龍聖は耳まで赤くして、腰に回された手の動きを意識した。

ようやく唇が解放されると、熱い吐息と共に「もう……」と小さく声を漏らした。上気した頰をフェイワンの肩口に寄せて、甘えるように両手をフェイワンの背に回した。

「分かっていますよ……フェイワンがオレを誰よりも一番だって思っていることは……それに焼いてないし……素直に良いお父様だって思っているだけです」

龍聖の腰から足の付け根までのラインを何度も撫でながら、フェイワンはふっと口の端を上げて龍聖の頭に口づけた。

「それは嬉しい誉め言葉だ」

「シェンファはお父様が大好きだから、今日はいつも以上にはしゃいでいたんですよ」

「それはリューセーが良いお母様だからじゃないのか？」

「オレ？　オレは……良い母親にはなりたいけれど、どうすればいいのかまだ試行錯誤している感じかな……」

「子供のためになることをいつも考えているじゃないか。今日だって……花壇を一緒に造って花を育てさせるなんて、誰も考えつかないことだ。シーフォンの子供の誰一人として、土をいじったり種を植えたりなどしたことはないぞ？　オレだってこの年になって初めて経験したくらいだ」

顔を見なくても目をキラキラとさせて言っている様子が想像出来て、フェイワンの肩口に頰を寄せたままクスリと笑った。

「それは王様だから当然でしょう。たぶんこの世界中を探しても、煉瓦で花壇の囲いを作った王様なんていませんよ。オレは庶民だから……正しい王族の暮らし方なんて分からないし、王妃としての母親らしさも分からないから……そういうのはシュレイや乳母達に任せれば良いやって思っているだけです。まあ……そう思えるようになったのは最近で……二人目が生まれてから……インファが生まれてからやっとそう思えるようになったんです。だから今はインファを全面的に乳母に任せられるようになったし、その分シェンファと遊ぶ時間を作ろうって思って」

「オレといちゃいちゃする時間もな」

「それはいつだって別枠でしょう？」

龍聖が身を起こして笑いながらフェイワンの顔をのぞき込む仕草をしたので、フェイワンは優しい顔で鼻の頭にちゅっと口づけた。

「それならいい」

二人は笑い合って口づけを交わした。

窓辺に大きなクッションをいくつも重ね置き、そこに凭《もた》れかかりながらインファを抱く龍聖の姿があった。

少し開けた窓から風が吹き込み薄地の白いカーテンを揺らす。カーテンが揺れるたびに映る光が揺れるのを、インファは大きな丸い目を見開いてじっとみつめている。

龍聖は微笑みながらそんなインファをみつめているようで、実はぼんやりと考えごとをしていた。

ひと月ほど前に、ちょっとした事件が起きた。もっともその事件を知る者は、龍聖以外にはシュレイだけで、本当に内々に収められた事件だった。

龍聖の私室である王妃の部屋から、前龍聖の日記が出てきたのだ。小さな手帳には、万年筆で書かれた美しい丁寧な文字で、龍聖が儀式をした日のことから書きはじめられていた。

几帳面な文体から、前龍聖の人となりがうかがい知れた。真面目で誠実な人柄。明治時代末期の守《も》屋《り》龍聖は、その頃の世情を反映するかのように、帝国陸軍の軍人になる夢を持った男らしい気性の青年だったようだ。

西洋文化が入り近代化の進んだ日本。江戸時代には国内四位の大都市だった金沢《かなざわ》も当然ながら近代化が進み、人々の考え方も変わっていたことだろう。神仏への信仰心はあるが、神も仏も遠い存在になっている。

守屋家はかろうじて代々伝わる龍神信仰や儀式を守り続けてはいたが、『龍神様の下へ行きお仕《つか》えする』などという考えは非現実的だと思っていたのが、前龍聖の日記からうかがい知れた。

前龍聖は儀式を行うことは受け入れていたし、守屋家のためには絶対に守らなければならないしきたりなのだということも理解していたが、そのために軍人になる夢を捨てなければならないということに不満を抱えていた。

儀式によって『龍神様の下へ行きお仕えする』というのは、巫女《みこ》的な立場になることの比喩《ひゆ》として言っているだけで、本当に龍神様の下に行くのだとは思っていなかった。神様とは信仰心によって作られた偶像で、本当にいるわけがないと思っていたからだ。ましてや『生贄《いけにえ》』として死ななければならないのでは？　などという考えもなく、どちらかというと『出家させられる』というような勘違いをしていたようだ。

だから素直に不満を書き記していて、その辺りは年相応の青年らしいというか、現代の龍聖に近い感覚なのだろうと思った。

儀式の後見たこともないような異世界に飛ばされて酷く困惑する様子や、竜王との結婚に驚き男性との性交を拒絶する様子など、その心情までが龍聖には分かりすぎるほどだった。

そして次第に心が壊れていく様子までを、日記で生々しく見せつけられてしまった。

龍聖はショックを受けて取り乱してしまったが、その後日記は燃やして前龍聖達のいる空に返そうと決断し、気持ちに決着をつけたつもりだった。

それでも未だに引きずっている。

龍聖が初めて前龍聖についてシュレイを問いただした時には、『自殺した』と聞かされた。でも実際には自殺だったという証拠はなく、シュレイ自身もそのように聞かされていただけだ。前龍聖の側近が後を追って自殺してしまったため真実は分からないままで、勝手に色々と噂をされてしまっていたのだ。

フェイワンの父であるランワンも、その後一切語らなかったため、暗黙のうちに前龍聖のことについて語ることは禁忌《きんき》とされてしまっていた。

だから龍聖も真実は分からないまま単純に『自殺したのだ』と思い込んでいた。確かにあの日記を見たら、当時の龍聖が完全に心が壊れて普通の状態ではなかったことが分かる。

だけど……今の龍聖は、少し考えが違っていた。

『本当に自殺なんてしたんだろうか？』

龍聖にはそんな疑問が湧き上がってくるのだ。

正気を失ってしまった龍聖。しかし心が壊れた原因とされている自分が産んだ卵を、一年間も大切に魂精を与えて育て続けたのだ。

二人の子供を産んだ龍聖だからこそ、それがどういうことか分かる。卵はとても柔らかい。投げたり落としたり、簡単に割ることが出来る。正気でない人間が、そんな脆《もろ》い卵を毎日抱いて魂精を与えることなど出来るのだろうか？

魂精を与える時、自分の中から何かが相手に向かって流れ出るのを感じる。卵を抱いている時、フェイワンと手を繋いだり抱きしめ合ったりした時、インファをこうして抱いている時……それは決して不快な感覚ではない。触れ合う部分が温かくなって『繋がり合っている』という不思議な心地好さを覚える。

正気ではない龍聖が、卵を産んだことが原因で心が壊れたのだとしたら、卵は忌《い》むべき存在だ。触るのはおろか見るのも嫌なはずだ。正気ではないから見ても分からないのかもしれないけれど、手に持ったらその感触は分かるだろうし、ましてや魂精を与えればその感覚も分かるはずだ。ハッと反応して思わず落としてしまっても仕方がない。

龍聖はぼんやりとそんなことを考えながら、腕の中のインファをみつめた。キョロキョロと落ち着きなく辺りを見回していたインファが、龍聖の視線に気づいてにぱっと満面の笑顔を見せた。龍聖は思わず釣られて笑顔を返す。

「こんなに可愛いインファを落とすなんて無理だよ」

龍聖は呟《つぶや》きながらきゅっと抱きしめて、インファの柔らかな頬に頬擦りをした。きゃあっとインフアが声をあげて笑う。

初めて卵のシェンファを手に持った時、持っているだけでも割れてしまうのではないかと、とても怖々と扱ったことを思い出す。うっかり爪で引っ掻かないように、落としてしまわないように、卵の容器に入れる時も縁に当てないように、それはそれはすべてにおいてとても慎重に扱った。

前龍聖が卵を抱く時はどうしていたのだろう？　反対されたりしなかったのだろうか？　側近が側に付いたとしても、絶対に安全なはずはない。

『もしもオレだったら……オレが正気を失ったらどうなるんだろう？　卵を抱けるのかな？』

正気を失った状態で世継ぎである竜王の卵を抱かせてもらうのは、絶対に卵に危害を加えないという信頼がなければたとえ龍聖でも無理だろう。そしてその信頼を誰よりも寄せてくれるのは……。

「シュレイ……」

「お呼びですか？」

小さく呟いたつもりだったが、少し離れたところで書き物をしていたシュレイが立ち上がり、すぐに反応をしたので龍聖は赤くなって首を振った。

「な、なんでもないよ！　大丈夫」

笑って誤魔化すと、シュレイは微笑んで椅子に座り直してくれた。それを見届けて安堵の息を漏らしながら再び考え込んだ。

『前龍聖の側近が信じていたんだ。リューセー様はそんなことはしないって……でもその信頼はどこから来るんだろう？　オレとシュレイだったら……シュレイはオレのことをオレよりもよく分かってくれていて……前龍聖と側近もそんな関係だったのかな？　だとしたら……』

龍聖は首を捻《ひね》った。そうなるとますます自殺説が怪しくなってくる。

「シュレイ」

龍聖は顔を上げて、今度ははっきりと呼んだ。

「はい、いかがなさいましたか？」

シュレイはすぐに立ち上がり、龍聖の下まで歩み寄ってきた。

「シュレイ……オレ、やっぱりすごく前の龍聖のことが気になるんだ」

真剣な顔で言うと、シュレイは特に驚いた様子もなく聞いている。

「あれ以来、未だに引きずっていらっしゃることは察しておりました。ですが落ち込むというご様子ではなかったので……何か他に考えていらっしゃるのだろうと知らぬふりをしておりました」

穏やかに返されて、ほらやっぱりねっと龍聖は内心苦笑する。シュレイらしい……すべてお見通しなのだ。

「そうなんだ……そりゃあショックだったし簡単に忘れることは出来ないし……でもだからって落ち込んでいるわけじゃないんだ。本当にただ……フェイワンの子供の頃のことが知りたいだけなんだ」

「陛下の？」

それはさすがのシュレイも意外だったようで、確認するように聞き返してきた。龍聖はシュレイを真っ直ぐにみつめて頷く。

「好きな人のことを色々知りたいっていうのはごく普通のことだと思う。実際のところフェイワンだって時々オレの子供の頃の話を聞きたがるし……。だけどオレからはフェイワンに聞きにくいんだ。フェイワンの方から話してくれる分には良いと思うけど、フェイワンはそんなに話してくれなくて……やっぱりそれってお父さんのこととか辛いことが多いからかな？　って思うとますます聞けなくて……。でもオレは知りたい。そのためにはフェイワンの両親のことを知る必要があるんじゃないかな？　って……。不幸な最期だったがために、前の龍聖について話すことすらしづらくなっているだろう？　オレは別に彼の死因を調べたいわけじゃないんだ。どんな人だったのか……それが知りたい」

真剣に語る龍聖の話を、シュレイも真剣に聞いてくれていた。何度も頷きながら聞き、時々考え込んでいる。

「もしかしたらフェイワン自身も知らないのかもしれない。みんなが腫《は》れ物に触るように、前の龍聖の話題に口を閉ざしているのならば……。だけどフェイワンはもう立派な大人になっているし、エルマーン王国も平和を取り戻したんだ。彼の両親の話を、普通の思い出話として語っても良いと思う。オレは知りたい。どんなお父さんで、どんなお母さんで、どんな子供だったのか……」

龍聖が言い終わると、シュレイはしばらくの間考え込んでいた。それを龍聖はじっと見守っている。

やがてシュレイが視線を上げて龍聖をみつめ返した。

「それでしたら先王ご夫妻について、一番身近で見ていらしたお三方に話を聞かれるのが一番よろしいかと思います。先王の妹君であるルイラン様、そして先王の親友だったダーハイ様とラウシャン様です」

かなり直球だな……と龍聖は思ってゴクリと唾を飲み込んだ。

「話してくださるかな？」

「リューセー様の願いであればご協力くださるはずです。今、私に語ってくださったことをお伝えすればよろしいのではないでしょうか」

少しばかり躊躇《ちゅうちょ》して龍聖は俯《うつむ》いた。きょとんとみつめるインファと視線が重なる。龍聖の表情が硬いので、インファは可愛い眉根にしわを寄せた。その表情に思わず笑みを零すと、インファの表情がみるみる明るくなる。

「そうだね……誰もがそうやって躊躇するから、ラウシャン様達も何も語らないのだろうね……うん、聞いてみるよ」

そう言って笑顔で顔を上げた龍聖に、シュレイは安堵の表情を見せた。

「もちろん私も出来る限りご協力いたします」

「ありがとう、シュレイ」


「失礼いたします。リューセー様、お招きいただきありがとうございます」

王の私室に隣接する貴賓室に、にこやかな笑顔で現れた貴婦人がゆっくりと丁寧に礼をした。

「ルイラン様……こちらの用なのにわざわざお越しいただいて申し訳ありません」

待っていた龍聖が慌てて立ち上がり恐縮したように頭を下げたので、ルイランは優しい笑顔で首を振った。

「そんな、リューセー様、とんでもありません。王妃様にわざわざおいでいただく方が恐縮いたしますわ。それにシェンファ様やインファ様にもお会いしたかったので、むしろ喜んでまいりましたのよ？」

淡い水色の美しい髪を綺麗に結《ゆ》い上げた美しい中年の貴婦人は、やんわりとした口調でそう話して龍聖の向かいに腰を下ろした。

「あ、ぜひのちほどシェンファ達に会ってやってください」

龍聖も笑顔で答えて座り直した。

シュレイがお茶を運んできて一礼をした。テーブルにお茶とお菓子を並べるのを、二人は無言でみつめている。龍聖は少しばかり緊張した面持ちで、話し出す切っ掛けを探していた。

ルイランはタンレンの母親で、先王ランワンの妹だ。会うのはもちろん初めてではない。むしろシーフォンの女性の中では、一番会って話をしている方だと思う。シェンファを産んだばかりの頃、一番相談にのってくれたのは、ほかでもないルイランだった。

おっとりとして穏やかで優しい人柄は、龍聖の母親を思い出させてくれて、秘《ひそ》かに母のように思っていた。だが今回は、話題が話題なだけにいつものように気軽に話しだせない。

『実はランワン様のことなんですけど、どんなお兄さんでした？』なんていきなり聞いても良いのかな？　と考えながらもじもじしていると、それを察したルイランが先に口を開いた。

「それにリューセー様が我が家にお越しくださるというお申し出をお断りして、私がまいりましたのにも理由があるのです。主人と話し合ってそうした方が良いということになったのです」

「それは……どういうことですか？　ダーハイ様とご一緒にいらっしゃらなかったのは、ダーハイ様のお仕事のご都合によるものではないのですか？」

思いがけないルイランの言葉に、龍聖はすっかり緊張も忘れて尋ね返した。ルイランは穏やかな表情を崩さずに首を静かに振った。

「兄の……ランワンのことについては……もちろん前のリューセー様のこともですが、私と主人の間であまり深く語り合ったことがないのです。もちろんまったくというわけではありません。思い出話の端々に出てくることはありましたが、それ以上はお互いに敢《あ》えて語らなかったのです。私は兄として肉親としてのランワンに……主人は家臣として、親友としてのランワンに……それぞれに違う立場で接していましたから、それぞれが知る顔が違うと思うのです。特に……晩年については肉親よりも近臣の者の方が、色々と知っているかもしれません。床に臥してからの兄は特に、私達姉妹とあまり会いたがりませんでした。変わり果てた姿を妹に見せたくなかったのでしょう。だから兄が主人にしか語らなかったこともあるかもしれません。決して私には知らせるなというようなこともあったかもしれません。私は……兄の想いを汲《く》んで知らぬままでいようと思ったのです。だから今まで主人に尋ねることはありませんでした」

とても柔らかな口調で語るルイランの話は、決してその口調通りの和《なご》やかな内容ではなかった。龍聖はなんと反応すればいいか分からずに、少しばかり困惑して聞いていた。

「そういうわけで一緒の席で兄達の話をするのは控えようと、主人と話し合いました。ですから主人は、リューセー様から何を聞かれても、知る限りのことは話すつもりのようです。私は……私ももちろんリューセー様から聞かれたことにはすべて出来る限りお答えするつもりですが……私は兄やリューセー様との良い思い出しかありません。二人のそれぞれの苦悩は知らなかったのです」

最後の方は少しばかり自嘲《じちょう》気味な笑みに変わっていたが、ルイランは前置きとしての話を終えた。

「ありがとうございます。大丈夫です。オレも……別に辛い話を聞きたいというわけではありません。先にシュレイを通じてお伝えしていると思いますが、オレはただ単にフェイワンのことを出来る限り知りたいだけなんです。だからその延長線上で、彼の両親のことも知りたい。当然辛い話もあるかもしれませんが……出来る限り真実を知りたいと思っています。フェイワンに聞けばいいだけのことかもしれませんが……これは本人に聞いたわけではないので、オレの勝手な推測なんですけど、フェイワンはあまり母親のことを知らないのではないでしょうか？」

龍聖の問いかけにルイランは一瞬表情を曇らせた。

「そうですね……兄が話をしていなければ知らないと思います。フェイワンが私達に聞いてきたことはありませんし、私達も聞かれない限りは話しませんでしたから……」

「ルイラン様は前のリューセーをよくご存知なのですか？」

ルイランはすぐには返事をせず、困ったような顔で笑みを浮かべてしばらく考えるように宙をみつめた。

「兄から……リューセー様の話し相手になってほしいと頼まれて、姉のミンファと共に何度もお茶をしながら話をしたことがあります。大和の国のこととか色々と話していただきました。友人というほどの関係ではありませんでしたし、そんなに頻繁《ひんぱん》にお会いしていたわけでもありませんが。……リューセー様が心を病んでしまうまで……恥ずかしながら私はリューセー様のことを他のシーフォン達よりもよく分かっていたつもりでした。私も若かったし……そういう面で未熟だったと思います。話し相手をしていただけで、理解者の一人でいるつもりだったなんて……。私は何も分かってあげられなかった。それを今でも後悔しています」

「だからルイラン様は、この世界に来たばかりのオレに、とても親身になって話をしてくださっていたのですね？」

「もちろん二度と同じ過《あやま》ちを繰り返すまいと思ったのは事実ですが、だからリューセー様の相談相手になったわけではありませんよ？　貴方様がとても魅力的だったから、私が望んで話をしたいと思ったのです」

そう言ってくすりと笑ったルイランに、龍聖は照れたように赤くなって「ありがとうございます」と言った。

「では……早速兄ランワンの話、前のリューセー様の話……私の知る二人のお話をいたします」

ルイランは一度深呼吸をして語りはじめた。

龍聖がダーハイと面会したのは、ルイランと会った二日後だった。同じように龍聖の下へダーハイが訪ねてきてくれた。

向かい合って座ると、ダーハイの貫禄《かんろく》に再び龍聖は少しばかり緊張してしまった。

短く刈られた深緑の髪とりりしい顔立ちは、タンレンによく似ていた。

『目元はルイラン様似だな』とダーハイをみつめながら、こっそりと思う。タンレンはルイランに似た優し気な目元だが、ダーハイは少し釣り目がちで眼光も鋭い。

ルイランと比べて、ダーハイとはそんなに話をしたことがないので、どう切り出すか迷っていた。威厳のあるその雰囲気のせいで、こちらもまた気軽に話せるような感じではない。

「あの……お忙しいところにお時間をいただいてありがとうございます」

「何をおっしゃいます。リューセー様にお声がけいただけたら、誰だって喜んでまいりますよ」

恐縮しながら思い切って話すと、ダーハイは穏やかな口ぶりで低い声音で答えた。

もちろん今まで何度か会ったことはあるし、会話を交わしたこともあったが、それは公的な場所での挨拶《あいさつ》程度だった。ルイランとのように、私的な話をしたことはない。

「先日ルイラン様には、色々と伺ったのですが、ダーハイ様にもランワン様とリューセー様のことについてお話しいただきたいと思っています」

「はい、今回お呼びいただいた理由はシュレイから聞いております。妻からも聞いております。リューセー様が二人のことを知りたいと思ってくださったこと、とても嬉しく思っています。歴史的な資料にはならないこういう話こそ、誰かに語り伝えたいと秘かに思っていました。事情が事情だけに世間話として語るのは憚《はばか》られ、今まで誰も話題にすることが出来なかった……私と妻の間でさえも……です。ですから今日は少しばかり高揚《こうよう》しております」

にこやかにそう言った物言いは、タンレンそっくりだった。龍聖は一瞬にして緊張がほぐれた。渋いタンレンと思えばなんら堅くなる必要はない。

タンレンに似ているという印象が、急速に距離を縮めてくれた。ランワンの話を聞きはじめる前から、フェイワンとタンレンの間柄のような関係が、ランワンとダーハイの間にもあったのだろうと、想像することが出来た。

「ランワン様の片腕だったと同時に親友でもあったのですよね？」

「従弟《いとこ》でしたし、ランワンには男の兄弟がいませんでしたから、物心ついた頃から学友として身近で育ちました。誰よりも近くにいて苦楽を共にしたと言っても過言ではありません。私的な立場だけでなく公的な立場でも近くにいた……だからランワンの事情や心情が分かりすぎて、一時は少しばかり距離を置こうと考えたこともありました。ようするに……夫婦関係のことにまで立ち入るのは、公私どちらの立場から言っても踏み込みすぎだろうと。私も若かったので、自分自身が夫婦間の心の機微《きび》を察し切れていなかった。だから悲劇を食い止めることが出来なかったと後悔しています。ランワンの片腕や親友などとして語る資格はないのではないかと」

ダーハイが眉根を寄せて苦笑したので、その心情を思って龍聖も胸が痛くなった。そしてダーハイの語るランワンとの関係は、ますますフェイワンとタンレンの関係にそっくりだと思えた。

「オレの知るランワン様は、歴史書の中の事実として語られている部分から垣間見える竜王としての姿だけです。フェイワンから少しばかり父親としての話を聞いたことはありますが、そんなに多くを語られたことはないし、オレも聞きにくくてこちらから話を催促したことはありません。リューセー様にいたっては、誰も語りたがらない。若い世代は知らないということもあるのでしょうが、不幸な最期に触れてしまうことを恐れてか、誰もが口にするのを避けています。確かに……リューセー様の最期は誰にも真実が分からない前代未聞の大事件です。そしてさらなる悲劇の原因にもなってしまった。エルマーンの悪夢のように、皆が口を閉ざすのも分かりますが……。フェイワンの伴侶であり、王妃リューセーという立場のオレにとっては、身内として……義理の両親というだけではなく、守屋家のご先祖という身内でもありますから、二人がどんな日々を送っていたのか、どんな人物だったのか知りたいのです」

少々熱のこもった言葉になってしまったが、龍聖の誠意は伝わったようで、ダーハイは心打たれた表情で少し前のめりになっている。

「リューセー様……恐れながら私の方も、今日はリューセー様にお尋ねしたいと思っていたことがあります」

今がその時というように切り出したダーハイの言葉に、龍聖は少し首を傾げた。

「オレに聞きたいことですか？」

「はい……前のリューセー様は、歴代のリューセー様とはあまりにも違っていました。貴方様も同じく様子が違われる。大和の国に何があったのですか？　歴代のリューセー様と、前のリューセー様、そして貴方様……なぜそんなに変わってしまったのか、リューセー様には理由がお分かりなのかと……お尋ねしたかったのです」

直球な質問だ。今までフェイワンやシュレイから、遠回しに『大和の国はずいぶん変わったのだろう』と言われていたが、敢えてその部分をくわしく聞かれたことはなかった。そして龍聖自身も、大和の国……日本の歴史をどこまで語っていいのか分からずに、敢えて語ることもなかった。

その質問を真っ向から投げかけられて、率直な人柄だなぁと感心しつつも、どう話せばいいのだろう？　と龍聖は迷って考え込んでしまった。

「えっと……そうですね……リューセーはオレで九代目です。オレのいた世界は、こちらの世界とはまったくの異世界で、地続きではありませんから時の流れも違います。初代ホンロンワン様から今現在までこの世界は大体二千年近く経《た》っていますが、大和の国では初代からオレまでは、僅《わず》か四百年余りです。歴代の……七代目リューセーまでがいた大和の国は、ずっと同じ統治者の……あ、もちろん親子代々ではありますが、同じ家系の王様が治める国でした。でも前のリューセーがいた頃の大和の国は、その王政が崩壊してまったく違う国になってしまったのです。オレのいた頃もそうです。だから育った環境が大きく違いました」

龍聖は言葉を選びながら『将軍』や『幕府』を言い換えて、この世界の人にも分かりやすいように説明をした。

「それに大きな原因のひとつとして、その王政が崩壊した時に、代々龍神様を祀《まつ》っていた菩提寺が……つまり神殿みたいなものが取り壊されてしまったようで、龍神様との契約を正しく引き継ぐ役目を負った場所を失ってしまったというのがあります。前のリューセーの頃はまだ祖父や親が語り継いでいたようですが、結局そういう親族間での語り継ぎでは、伝承を失ってしまう危険が大きくなると思うのです。実際オレの時には、祖父も父も早くに亡くなっていたので、伝承が途絶《とだ》えてしまっていました」

「伝承を護る神殿がなくなったのが原因ですか……」

ダーハイはとても驚いていた。龍聖は慌てて言い直した。

「それがすべての原因だとは言いません。あくまでも原因のひとつではないか？　と思っただけです。少なくともオレは正しい伝承をなくしたために、こちらの世界に来ることが遅れてしまいました。世界情勢が変わってしまったこと、環境が変わったこと、神殿を失ったこと……色々な悪条件が重なったためにこんなことになったのだと思います」

ダーハイはしばらく難しい顔で考え込んでいたが、視線を上げて龍聖をみつめた時には、少しばかり安堵の表情に変わっていた。

「前のリューセー様は何も悪くなかったのだと思っても良いのですね？」

「はい、オレはそう思います」

「そうですか……それを聞けただけでも良かった。リューセー様、ありがとうございます」

深く頭を下げて礼を言われたので、龍聖は困ったように頬をかいた。

「さて……それではランワンとリューセー様について、私が知る限りのことをお話しいたします」

ダーハイは姿勢を正すと改めてそう言った。


ラウシャンが龍聖の下を訪れたのは、ダーハイと話をした翌日のことだった。

恐縮する龍聖に、ラウシャンは一度礼をしてから真面目な顔で首を振った。

「お忙しいのにご足労をいただき申し訳ありません」

「用件は伺っています。私の話がお役に立つのでしたら、何よりも幸いです」

龍聖はラウシャンに椅子を勧めて向かいに座った。ラウシャンもそれに倣《なら》って腰を下ろす。

「それに私は嬉しく思っているのです」

「え？」

龍聖は先に話をしたルイランやダーハイとは異なり、ラウシャンに対してはリラックスして話を聞くことが出来た。結構忘れがちなのだが、ラウシャンは前王ランワンの叔父にあたる人物だ。見かけは若く見えても、本来ならかなりのおじいちゃんなのだ。恐縮すべきなのかもしれないが、現役の外務大臣としてフェイワンに仕えているし、龍聖にとっても色々と頼りになる存在だ。不思議と緊張をしなかった。

首を傾げる龍聖に、ラウシャンは僅かだが表情を和《やわ》らげた。

「ランワンと前のリューセー様の話題は、話したくても気軽に誰にでも話せることではありませんでした。悪い意味で興味を持つ者はいても、リューセー様のように二人の人となりを知りたいのだと言ってくださった方は初めてです。ランワンの友としてとても嬉しく思っているのです」

それを聞いて龍聖は、笑顔で頷いた。

「こんなことを申し上げて昔のことをほじくり返すようで申し訳ないのですが……ラウシャン様がオレのことで騒動を起こされた後も、ラウシャン様の立場は揺らぐことはありませんでした。それほどにフェイワンが頼りにしているのは、血筋だけの問題ではないんだろうって……そう思っていたので、ランワン様の親友だったのだと伺って納得しました。ランワン様の時代からフェイワンが王位継承した時も引き続き、今までずっと長きにわたりエルマーン王室を支えてきてくださったのですね。……だからお二人の話とフェイワンの話を聞かせていただきたいとお願いしたのです」

「私以外には誰かに聞かれましたか？」

「はい、ダーハイ様とルイラン様にお話を伺いました」

ラウシャンは深く頷きながら、一瞬動きを止めて何かを考える素振りをした。

「リューセー様、もしもすでにお考えでしたら余計なことかもしれませんが……もう一人……タンレンにも話を聞いてみてください。陛下の幼少からのことは、誰よりもよく知っております」

「ああ……そうでしたね。はい、そうします。ありがとうございます」

ラウシャンは龍聖の言葉に応えるように頷き、一度深呼吸をした。

「それでは私の知る限りのことをお話しいたします。ですが……前のリューセー様のことについては、多くを知っているわけではありません。それにランワン様が私を友と呼んでくださっていたのは、私が立場上彼の叔父であり、一番近しい肉親でもあったからです。本当の意味での親友はダーハイ殿ですから、彼よりもランワンを知っているわけではないとも思います。でも……私しか知らないこともあります。それを含めてお話をさせていただきます」

龍聖は頷いて姿勢を正した。


ダーハイ、ルイラン、ラウシャンから聞いたランワンと前の龍聖の人物像に、齟齬《そご》は見当たらなかった。三人それぞれの視点から見た二人の姿や思い出話には、まったく違った印象を持つ場合もあったが、それは三人の立場の違いからくるもので、ランワンと龍聖の人となりに関しては、皆共通するものがあった。

おかげで龍聖が抱いていた考えは確信へと変わった。だがそれと同時に、想像以上に辛い話であることも知った。

龍聖は聞いた話を整理しつつ、覚悟を持って最後にタンレンから話を聞くことにした。

するとタンレンは意外な場所に龍聖を呼び出したのだった。


「タンレン様」

龍聖はゆっくりとした足取りで、中庭に立つタンレンの下まで歩み寄った。呼びかけるとタンレンが振り返り、笑顔を向けて深く頭を下げた。

「リューセー様、このようなところにお呼びだてして申し訳ありません。こんなところで立ち話をするなど、とても失礼だと思ったのですが……フェイワンの子供の頃の話を聞きたいということだったので、それならばここが一番いいと思ったのです」

タンレンはそう言った後、クルリと龍聖に背を向ける形で振り返り、すぐ側にある花壇をみつめて微笑んだ。耕された柔らかな黒い土には、点々と小さな新芽が生えていた。龍聖がフェイワンとシェンファと共に造った花壇だ。

「これはリューセー様が、フェイワンとシェンファ様と共にお造りになった花壇ですよね？」

「あ、は、はい、そうです」

隣に並んで立った龍聖が、慌ててその問いに答えた。だがさっき言われたタンレンの言葉が引っ掛かっている。

「とても良い花壇だ。フェイワンが自慢げに話してくれたんですよ。とても楽しかったと……リューセー様、よくぞ中庭でこのような思い出を作ってくださいました。ありがとうございます」

「あの……それはさっきタンレン様がおっしゃったことと関係あるのですか？　ここでフェイワンの話をするのが一番いい……みたいな」

龍聖が首を傾げて隣に立つタンレンを見上げながら尋ねたので、タンレンは爽《さわ》やかな笑顔と共に頷いた。

「良いことも悪いことも……ここはオレとフェイワンの思い出がたくさんある場所ですから」

「そうなんですか？」

龍聖は驚いたように辺りを見回した。今までそんなことは何もフェイワンから聞いていない。一体ここで何があったのだろうか？　そう思いながら、改めてタンレンの顔をみつめるように見上げた。

タンレンは目を細めて、何か思い出すように辺りをみつめている。

「リューセー様……フェイワンはよくあの木の陰で泣いていました」

「え!?」

突然思わぬことを聞かされて、龍聖はとても驚いてタンレンの指す方向をみつめた。

「あの木の陰ですか？　でもこの木の並びって柵の代わりのようなものですよね？　そこから向こうは崖のように切り立っていて危ないから……」

「ええ、だから誰も近づかないから好都合だったのです。木の陰に隠れて、向こう側の端に腰かけて足を投げ出しながら、よくひっそりと泣いていました」

フェイワンが？　と驚いたが、でも龍聖の脳裏に少年フェイワンの姿が浮かび上がって、あの少年ならば泣いている姿も想像出来ると思った。

「どうして泣いていたのですか？　それに気づいたのはタンレン様だけですか？」

「その話を含めてフェイワンについてお話ししたいと思います」

「あ、はい……お願いします」


龍聖は居間のソファに一人で座り、ぼんやりと考え込んでいた。四人から聞いた話と、龍聖が読んだ前の龍聖の日記から、今までよく分からなかったランワン達の姿がありありと目に浮かぶようになった。

そして『前のリューセーはきっと自殺したのではなかった』と確信が持てるまでになっていた。

龍聖はほうっと溜息をついて、ランワンと前のリューセー、そしてフェイワンの物語に思いを馳せた。

## 第2章　ランワンと龍聖

ゆっくりと目を開けてしばらくの間じっと天井をみつめていた。時間の感覚が分からなくなってい るが、目覚めたのは数日前で、寝たり起きたりを何度か繰り返し、ようやく体が動かせるようになっていた。

仰向けに寝転がったまま、何度も自分の手足を動かしてみたりしている。自分の体ではないように動きがままならず、鉛《なまり》のように重かったのが次第に神経が行き届くようになり、軽く動かせるようになった。

今もずいぶん長い時間目を開けて宙をみつめながら、掌を握ったり開いたりを繰り返していた。どれほどの時間をそうして過ごしていたのか分からないが、やがて遠くで音がした。この狭い密室の扉の向こうで、確かに大きな音がした。

深紅の長い髪の青年は、それにピクリと反応して頭を動かし、扉の方をみつめた。確かに誰かが近づいてくるのが分かる。

目覚めてからまだ一度も試したことがないのだが、逸《はや》る気持ちに突き動かされるように思い切って上体をゆっくりと起き上がらせた。背中や節々が痛んだが、思ったよりも体が動く。

ベッドの上に座ることが出来て安堵したのと、ほぼ同時に部屋の扉が開いた。

眩《まぶ》しい白い光が扉の隙間から差し込み、思わず目を細める。

「ランワン」

次の瞬間懐かしい声が自分の名を呼んだので、はっとして扉の向こうに現れた人物をみつめた。そこには短く刈られた深緑の髪をした男性が立っていた。

「ダーハイ？」

思わず声に出して相手の名前を呼んだが、弱々しい掠れた声しか出ず、ランワンは思わず喉を押さえた。

「やはりもう目覚めていたな。起き上がっても大丈夫なのか？」

ダーハイはそう言いながら部屋の中に入ってきた。ランワンは何も答えずに、驚いてダーハイをみつめていた。その様子にダーハイは困ったような顔をした。

「オレがあまり歳を取っていないと思って不思議がっているな？」

ダーハイの言葉にランワンは大きく頷いた。ダーハイはランワンとほぼ同じ歳だった。ランワンは百歳の時に眠りに就いて、父王が天命を全《まっと》うしてランワンに代替わりするまで目覚めることはないはずだった。普通であれば二百年近い歳月が流れるため、同い年の友と再会する時は相手が父親くらいの年恰好に変貌しているはずだ。

だが目の前にいる従弟であり親友のダーハイは、少しばかり老けたなという程度の風貌だ。

「ラウシャン……でもあるまいし……年をあまり……取らないなんて……」

ランワンは掠れる喉を護りながらも、なんとか思っていることを口にした。それはダーハイも覚悟していた問いかけだったので、特に慌てることもなくダーハイはゆっくりと深呼吸をした。

「ランワン、承知のことだと思うが……お前が目覚めたということは竜王の代替わりだ。陛下は……ジュンワン王は崩御《ほうぎょ》された。お前が眠りについてからまだ六十二年しか経っていないんだ」

「え⁉」

耳を疑うような言葉に、ランワンは絶句して大きく目を見開いたままダーハイをみつめた。ダーハイは少しばかり言いにくそうに表情を歪めたが、すぐに気を取り直し一度深く息をしてランワンをみつめた。

「ランワン……実はリューセー様が病にかかり早世されてしまったんだ。それでジュンワン様も後を追うように……」

「ま、待ってくれ！　病って……我々は人間の病にはかからないのではなかったのか？」

酷く狼狽えた様子でランワンが聞き返したので、ダーハイは深刻な表情で頷いた。ランワンは思わず大きな声を出したため、喉が痛んで少し咳き込んだ。ダーハイが慌ててランワンの背を撫でながら、沈痛な面持ちで口を開いた。

「そうだ。そうなんだが……確かなことは分からないのだが、原因は人間の病だとしか……」

「どういうことだ。なんで……」

「二十六年前、アルピン達の間で『焦熱病《しょうねつびょう》』という伝染病が流行したんだ。他国からの入国者から移ったようで……その頃他国でも蔓延《まんえん》していた病気だ。高熱が続き命を落とす者も多かった。我が国でもアルピンの老人や子供が八十六人も亡くなった。そしてその病にリューセー様がかかってしまい何日も高熱が続いたんだ。だが治療の甲斐《かい》があってリューセー様の熱は引いて治った……はずだったんだが……それからずっと起き上がれなくなり二十年間寝たきりの状態になられてしまったんだ。そしてとうとう……」

「そんな馬鹿なことが……」

ランワンは酷くショックを受けて苦悶の表情で項垂《うなだ》れた。ダーハイも悲痛な表情で、しばらくの間何も言えずにいた。重苦しい空気が狭い部屋の中に充満した。ダーハイはランワンの様子を気遣いながらも、それが自分の役目だと気持ちを奮《ふる》い立たせて説明を続けた。

「医師が言うには……おそらくリューセー様が大和の国にいた頃に患っていた胸の病のせいだろうと言うんだ」

「しかしそれは……こちらの世界に来て……体が変化したおかげですっかり治ったんじゃないのか？」

「確かにそうだ。だが……リューセー様が患っていた『労咳《ろうがい》』という病は、聞くところによると肺がボロボロになって死ぬ病なのだそうだ。リューセー様が我らシーフォンと同じ体に変化することで、その病は消えてなくなったが、肺の傷はそのままだったのではないかと医師が言うんだ。実際のところリューセー様はお体が丈夫とは言えなかった。走ったり激しい運動をしたり、少しでも無理をすると息苦しくなり、熱を出して寝込まれることがしばしばあった。お前もよく知っているだろう」

ダーハイに言われてランワンは眉根を寄せた。確かに子供の頃から何度か床に臥せる母の姿を見ていた。中庭で一緒に遊んでくれた時は決まって微熱を出すので、よく母は父や側近に叱られていた。自分のせいだとランワンが泣いて謝ると、母はいつも笑顔で『これくらい本当は平気なのですよ』と言って起き上がって無理に元気なふりをするのだ。

「では……その肺の傷のせいで人間の病にかかったのだと？」

苦し気な顔で尋ねると、ダーハイは無言でただ頷いた。

「それで父は……」

「ジュンワン様のお嘆きは……それは酷く深いもので立ち直ることが出来ず、リューセー様が身罷《みまか》られてから僅か六年でご逝去された。気落ちなさっていたせいもあるが、リューセー様が床に臥してからはずっと魂精を貰うのを拒んでいらっしゃったんだ。そのせいもあり、心身共に衰弱してしまわれたのだと思う」

ダーハイの言葉を聞き終わる前に、うめき声をあげながらランワンが、頭を抱え込み髪をぐしゃぐしゃとかいた。

「ランワン……だから一刻も早く君に戻ってきてもらいたい。こんなに早く竜王とリューセーが亡くなられるなど、未だかつてないことだ。人々は何か良くないことの前兆なのではないかと不安になっている。辛いと思うが……新しいお前の治政でこの国を立て直してほしい。オレもせいいっぱい支えるから……頼む」

両手で顔を覆って苦悩するランワンに、ダーハイはこんな厳しいことを言うなんてと辛かったが、この部屋を訪ねてくる前に覚悟していたことなので、自分に鞭《むち》を打って淡々と続けた。

「もうお前がこの国の竜王なんだ。王位につく時期が早まってしまったとはいえ、お前は自分の運命が分かっていたはずだ。お前が目覚める時は、父である竜王はいない。お前が新しき竜王としてこの国を治めなければならないのだ。泣くのは今だけだぞ」

するとランワンが顔を覆っていた両手を離して、ダーハイをみつめた。ランワンは泣いてはいなかった。しかし悲痛な表情をしており、顔は血色を失って青白い。

「ダーハイ……シーフォンの皆はどんな様子なんだ？」

「さっきも言ったように皆不安な気持ちになっている。アルピン達もそうだ。城下町は暗く静まり返っていて……特に今は喪に服しているという理由で、南北の関所を閉ざして外部の者の入国を断っているから、余計に静かに見える」

「そうか……」

ぽつりと呟いてそのまま思いつめた顔で俯いてしまったランワンを、ダーハイは黙って見守るしかなかった。ランワンの悲しみは分かる。予想していたのと同じくらいに嘆いている。だがきっとすぐに立ち直り乗り越えてくれるだろうということも予想している。

ダーハイは、ふうっと息を吐いて立ち上がった。

「目覚めたばかりなのにすまなかった。また来るよ」

「ダーハイ」

ランワンがすまないという目で見るので、ダーハイは微笑みながら何も言わずに頷いた。そのまま部屋を出ていき扉が閉められた。

ランワンは閉じられた扉をしばらくの間みつめ続けた。何も考えられずただ茫然《ぼうぜん》としてみつめていた。ショックだったのは決して両親の死を知ったからではない。もちろんそれは悲しいが、元から覚悟していたことだ。目覚めた時……意識がはっきりと戻った時に『ああ、父上が亡くなられたのだな』と思って悲しんだ。母ももう生きていないだろうと同じく思って悲しんだ。だけどまさか、そんなに早く亡くなっていたとは思わなかった。

それが天命なのだと言われればそれまでなのだが、父はおそらく二百歳半ばぐらいだろう。竜王の平均寿命が三百五十歳ぐらいと考えれば、とても早い……百年近く短い寿命だ。

それも母を普通では考えられない亡くし方で失ったのだ。竜王はリューセーから貰う魂精で生きている。リューセーを失った竜王は糧を失うのだから、飢餓状態になって衰弱し死ぬしかない。普通であれば魂精がなくてもどうにか百年近くは生きられるという話は聞いた。だが母が死んで僅か六年で亡くなるとは、父の絶望がいかばかりであったかと想像出来るだけに衝撃が大きい。

周囲が不安になるのも無理はない。二人の妹達はどうしているだろうか？　泣いているのではないだろうか？　誰か二人を支えてやれる者はいるのか？　色々な心配事が次々と浮かんでくる。

「うっ……」

居ても立ってもいられず立ち上がろうと、ベッドから足を降ろしたが力が上手く入らずに立つことは出来なかった。こんな我が身が歯がゆいがこればかりはどうすることも出来ない。

力なくベッドに倒れ込み大きく息を吐いた。


再びダーハイが訪ねてきて、前回から二日が経ったのだと知った。ダーハイは着替えを持ってきてくれた。前回よりも少しばかり体力が戻っていたランワンは、ベッドから立ち上がりおぼつかない足取りで眠りの部屋を出て、ダーハイの肩を借りながら大広間の中央にある石造りの椅子とテーブルのところまで歩いた。

「あまり無理をするな」

思った通りすっかり立ち直った様子のランワンに、ダーハイは安堵しながら声をかけた。手を借りて椅子に座ったランワンは、少し息を弾ませながら笑顔を見せた。

「無理するよ。一日も早くここを出たい。皆に会いたいからな」

だからこそ無理するなよと本音を言えば言ってやりたかったが、ランワンが目覚めたのだと聞いた時の皆の様子を思い出すとそうとも言えない。ダーハイは苦笑して頭をかいた。

「二人の妹達は元気か？　そんな風に両親を亡くしたのならば心配だ」

「お二人ともお元気だ。ミンファ様は五年前にチンユン殿と結婚なさった」

「え？　チンユン？　チンユンってあの？」

声を裏返して驚くランワンに、ダーハイは笑いながら頷いた。ランワンが驚くのも無理はない。チンユンは先王の治政で外務大臣を務めていた男だ。年齢は二百歳くらいで、若いランワン達からすればどちらかというと父親の年齢に近いおじさんだ。

ランワンが百歳で眠りに就いた時にはすでに父の下で活躍していて、ランワンよりもずっと年上だった。明るい橙色《だいだいいろ》の髪で、朗《ほが》らかで人好きする社交的な人物だという印象はある。

歳の差を思って驚いただけではない。チンユンは王族ではない。まったくの庶家というわけではないが、四代ほど遡《さかのぼ》らなければ王族ロンワンの血に行き当たらない。竜王の娘の結婚相手としては、異例なほどに格下だった。

「実はミンファ様がいたくご執心で、ジュンワン様を説き伏せて、強引にご結婚されたんだ。ジュンワン様もリューセー様を亡くした後で、ひどく気落ちなさっていたから明るい話題に仕方なく承知されたのかもしれない。まあ……チンユン殿はとても優秀な男だから、才能を買われたというのもあるだろう」

「しかし血筋が……大丈夫なのか？」

少しばかり眉を顰《ひそ》めるランワンに、ダーハイは肩をすくめてみせた。

シーフォンにとって『血筋』はとても大事なものだ。それは人間社会で言うところの『血筋』とは大きく異なる。シーフォンにとっての『血筋』とは『血』が持つ魔力に大きく左右される。竜王の持つ魔力は強大で、すべてのシーフォンを支配し服従させる。竜王の子もまたその魔力を受け継いで生まれてくる。だから世継ぎでない王子や姫であってもそれなりの強い力を持っている。

孫、ひ孫と直系の王族から血筋が離れるほど、必然的に力は弱まっていく。シーフォンの中には当然ながら、先祖を遥か遡ってもまったく王族に関わらない血筋の者もいる。そういう者は『下位の者』と呼ばれる。

シーフォンにとって、身分の上下は人為的に付けられるものではなく、血の力が弱ければ物理的弱者となってしまう。血の力に抗《あらが》うことは難しく、本人の能力の優劣に関わらず下位の者は何事においても上位のシーフォンに逆らうことが出来ないため、必然的に従うだけの存在になってしまうのだ。

竜王はその力ですべてのシーフォンを支配し、本来竜族の持つ『残虐性』を取り除き、シーフォン同士が争わないようにしていた。そのため下位の者が差別を受けることはないが、弱い立場になってしまうことは仕方がなかった。

ランワンが心配しているのはそのことで、直系の姫であるミンファの夫が王族ではないということは、夫が妻に逆らえないという本能的な上下関係が出来てしまうので、良くないのではないかと思ったのだ。

「だがとても仲良くしているようだよ？　ミンファ様の方がチンユン殿に夢中なのだし、チンユン殿と年が離れているのも良い塩梅《あんばい》でバランスが取れているのではないかな？」

「そうか……それならいいんだが……父上はミンファの相手にラウシャンをと考えていたはずだ」

「だがラウシャンは嫌がって断り続けていたからね……ああ、失礼、別にミンファ様を嫌ってのことではなく、ラウシャンは誰とも結婚しないと言っていたから……」

「ああ、分かっているよ。私にもラウシャンはそう言っていた。特異な体質だから人と深い関係を持つことを拒んでいるのかもしれない」

ランワンが穏やかにもう一人の友を思って言ったので、ダーハイも深く頷いて微笑んだ。

「ルイラン様もお元気だよ。ミンファ様と姉妹で支え合っているし、私も出来る限り気にかけるようにしている」

「君は結婚しているのかい？」

「オレはまだだよ。ラウシャンではないが、仕事にかまけていたらそれどころではなくてね。良いか悪いのかオレの両親もあまり急《せ》かすこともないし、まあ年の合う相手との良い縁談がないというのもあるけれどね」

「ルイランをもらってくれないか？　父も生前それを望んでいたんだ。だが君のご両親が二人の意思を尊重したいと言っていたから、無理に縁組みをしなかったようだが……」

ランワンの提案が思いがけなかったのか、ダーハイは少し赤くなって狼狽えたように口ごもってしまった。

「いや……それは……」

「ルイランはお気に召さないか？」

「ば、馬鹿を言うな！　そんなはずがあるわけないだろう」

「君がルイランを貰ってくれれば私も安心なんだが……頼まれてはくれないか？　まあ、こういうことは相性もあるし無理強いするものではないから、君の気が進まないのならば仕方ないけれど……」

「ランワン！　ずるいぞ！　そう頼まれたら断れるはずがないだろう」

ダーハイの様子を見て脈がありそうだと思ったランワンは、おかしそうに笑いを堪えながらわざとそんな言い方をした。ダーハイはすっかり耳まで赤くなって憤慨《ふんがい》している。

「いやいや、無理強いはしないし、ここでの二人だけの話だ。お前が断ったところでルイランが傷つくわけでもないし、本当に構わないんだよ？」

ダーハイは眉根を寄せてジロリとランワンを睨《にら》んだ。悔しそうにしている。

「身内贔屓《びいき》で申し訳ないが……我が妹ながらルイランは良い娘だ。もっとも年頃になったルイランにまだ会っていないんだが……きっと美しく成長しているだろう。性格も優しくて控えめな子だ。どうだろう？　前向きに考えてはもらえないか？」

「分かった！　分かったから！　もうそれ以上いじめるのは勘弁してくれ……ルイラン様はとても美しく成長なさっている。シーフォンの若い男達は皆ルイラン様に憧《あこが》れている。オレだって従兄だからルイラン様を気にかけてお守りしているわけではない。縁談についてはありがたいが……オレのような男でも良いかルイラン様の気持ちを第一にしてくれ」

こんなダーハイは見たことがないなと思いながら、ランワンは嬉しそうに笑って頷いた。

「分かっているよ。ダーハイ、ありがとう」

ランワンが右手を差し出したので、ダーハイは苦笑して握手に応えた。

ランワンは目覚めてから十日後に、ダーハイに伴われて城へ戻った。人々の喜びは大きく、涙を流して出迎える者も多かった。

それから五日後に戴冠の儀が行われ、エルマーン王国では新しい竜王の時代が始まった。

ランワンはまずシーフォン達の心の支えとなるべく、全員と話をする場を何度も設《もう》けて共にエルマーン王国を築いていこうと呼びかけた。

閉ざしていた関所も早々に開き外交を再開して、新しき王として友好国への挨拶回りを積極的に行った。

真面目で誠実な若き王は、エルマーンの人々に希望を与えて、皆の不安を瞬く間に払拭《ふっしょく》していった。

あとは新しきリューセーが降臨するのを待つだけだと、明るい未来に皆が期待した。


明治三十七年、日本は日露戦争の只中にあった。

金沢市近郊の山間に一軒の道場がある。周辺のいくつかの集落からたくさんの若者が入門していた。軍国化の道を進む日本で、強き者への憧れが若者の間に広がっていた。

道場では威勢のいいかけ声と、竹刀《しない》の叩き合う音、板の間を強く踏み込む足音が入り乱れて、それが外まで響き渡るほどとても賑《にぎ》やかなものだった。

「そこまで！」

師範《しはん》の朗々とした声が響き渡り、竹刀を交えていた者達は一斉に動きを止めると、竹刀を脇に持ち替え粛々《しゅくしゅく》と礼をして、壁際のそれぞれの定位置へ移動した。

正座をして、師範の訓示を聞いた。締めの挨拶をして皆が一斉に礼をし終わると、途端《とたん》に場の空気が少し緩む。それまで整然としていた皆が、散り散りに動き出した。師範に教えを請う者、兄弟子に教えを請う者、友と雑談を交わす者と様々だ。

「龍聖」

一人の青年が歩み寄ってきた。龍聖と呼ばれた青年は、ちょうど防具を外し終わり、片付けを始めていたところだった。一見女と見紛うばかりの端整な顔立ちをしており、後ろで一つに結ばれた長い黒髪が、さらにその美しい容姿を際立たせている。凛《りん》と姿勢を正し、美しい所作で防具を片付けている姿は、むさくるしい道場の中で、そこだけが空気が違うように見える。門下生達は少し遠巻きに、憧れの表情でチラチラと盗み見ていた。

声をかけてきた青年は、龍聖の正面に腰を下ろして脇に防具をドサリと置いた。短く髪を刈り込み顔は日焼けして浅黒い。顔立ちは端整とは言い難《がた》かったが、男らしいきりりとした太い眉毛に、涼やかな一重の目元の爽やかな青年だ。こうして並ぶと二人はずいぶん対照的に見えた。

「聞いたぞ、お前、来週にも隣国能登《のと》の分家に奉公に出るんだって?」

青年は少し前のめりになって、龍聖に顔を近づけると声を潜《ひそ》めてそう言った。龍聖は一瞬驚いたような表情になり、すぐにその形の良い細めの眉を寄せて、じっと目の前の青年の顔を睨むようにみつめた。青年は龍聖の幼馴染みで、名を橋爪孝輔《はしづめこうすけ》という。元下級武士の次男だ。

「相変わらず耳聡《みみざと》いな」

龍聖は不機嫌そうに一言そう答えて、防具を片付ける手を速めた。

「奉公ってどういうことだよ」

さらに尋ねられたが、龍聖はそれを無視するように無言のままで片付けを続けて、早々に立ち去ろうとした。荷物を肩に担いで立ち上がろうとした時、それを引き留めようと孝輔が呼びかけた声を遮るように朗々とした声が響き渡った。

「守屋！」

師範が龍聖を呼んだ。龍聖は師範へ視線を送り、なぜ呼ばれたのか分かっているというように、少し表情を曇らせてから「はい」と返事をして立ち上がった。

師範に連れられて道場の奥へと向かう龍聖を、孝輔は不服そうに口を歪めて見送った。


「君が今日限りで道場を辞めると聞いて驚いたが、お母上から話は伺った。君の家は古くからの名士だから、色々と仕方のないことだとは思うが、君ほどの剣の腕の主をこのまま失うのは惜しい。能登には私の友人が師範代を務めている道場がある。古川《ふるかわ》道場と言って柳生新陰流《やぎゅうしんかげ》の剣術道場だ。紹介状を書いておいたから、もしも続けられそうなら行ってみなさい」

師範はそう言って、龍聖に書状を差し出した。龍聖は驚いて戸惑いつつ師範を見たが、師範が力強く頷いてみせたので一度礼をして書状を受け取った。

「今まで大変お世話になりました。先生の教えは一生忘れません」

龍聖は深々と頭を下げる。その表情は悲しげだったが、師範は道場を辞める寂しさによるものだと解釈し、龍聖の本心には気づけなかった。

道場の門前で礼をして、龍聖はとぼとぼとした足取りで帰路についた。だがすぐに足を止めたのは、前方の道の脇で塀に寄りかかって立つ孝輔の姿に気づいたからだ。龍聖は眉根を寄せてきゅっと唇をきつく結ぶと、肩に担いでいた武具袋の紐を右手で強く握り直して歩き出した。

「龍聖」

孝輔が歩み寄ってきて声をかけた。だが龍聖は無視するように無言で歩く。

「なあ、龍聖、なんで言ってくれなかったんだ？」

並んで歩きながら孝輔が責めるように言った。

「何が？」

「色々だよ。道場を辞めることとか……奉公に行くこととか……」

「別に……お前に言っても仕方のないことだろう」

「なんだよそれ！　オレ達親友だろう!?」

怒ったように大きな声をあげた孝輔に、龍聖は驚いて足を止めて孝輔の顔を見上げた。孝輔は長身で龍聖よりも頭ひとつ大きい。日に焼けた浅黒い顔が、とても真剣な表情をしていた。

「オレはなあ！　お前と一緒に軍人になれると思っていたんだ。それなのに突然学校を中退したかと思ったら、今度は奉公に行くって……」

「私だってそうだよ！」

大きな声をあげた孝輔に、負けないくらいの大きな声で答えた龍聖を、孝輔はとても驚いて目を丸くしてみつめた。

「私だって奉公になんか行きたくはない！　陸軍幼年学校を辞めたくなかった！　帝国陸軍に入りたかったんだ！　お前に私の気持ちなど分かるものか！」

龍聖は叫んで、ダッと駆けだした。

「龍聖！」

孝輔は慌てて後を追いかけた。しばらく走ってようやく追いつくと、龍聖の腕を掴んだ。

「龍聖！　待てよ！」

「いやだ！　離せ！」

「龍聖！　頼む！　オレと話をしよう！」


河原に二人並んで座りながら、しばらくの間黙って川の流れをみつめていた。よく二人で泳いだ川だ。孝輔はこの辺りの集落にいる子供達の大将的な存在で、いつもみんなの中心にいた。龍聖はそんなみんなの中に入れずに、いつも遠くから眺めていたのを、孝輔が気づいて仲間に入れてくれたのだ。同じ年は二人だけだったので、それからは誰よりも仲良くなっていつも一緒に遊んだ。

剣術を一緒に習おうと、道場に誘ってくれたのも孝輔だった。

「私は次男だし、仕方ないんだ。奉公に行くことは……生まれた時から決まっていたことなんだ」

ようやく龍聖がそう語ったので、孝輔は隣に座る龍聖の横顔をじっとみつめていた。

「でもいずれ戻ってくるんだろう？」

「いや、もう戻れない」

「じゃ、じゃあオレが会いに行くよ。能登だろ？　それほど遠くないし」

「屋敷がどこかも知らないくせに」

あまりに孝輔がむきになって言うので、龍聖はおかしくなってクスリと笑った。小石を手に取って川に向かって投げると、笑われたのが恥ずかしいのか孝輔は赤い顔で、龍聖の投げた石の行く先をみつめながらしばらく無言になった。やがて我に返って、龍聖の顔を睨みつけた。

「おいっ！　奉公先の場所を教えないつもりか？」

「教えないよ」

龍聖は川をみつめたまま答える。孝輔はそんな龍聖の横顔に見とれていた。前から綺麗な顔だと思っていたが、最近は特に際立って綺麗に見える。時々こんな風に無意識に見とれてしまうほどだ。

孝輔の視線に気づいて、龍聖は孝輔を見た。視線が合うと孝輔は慌てて前を向き、小石を拾って川に投げる。

「せ、先生に呼ばれていたけど、何か言われたのか？」

「道場は今日で辞めるからご挨拶をして、先生からは能登にあるご友人の道場への紹介状をいただいた」

龍聖の話を聞いて孝輔は、とても嬉しそうな顔に変わった。

「お前がその能登の道場に通うのならば、奉公先に会いに行くより理由がつくな。先生が紹介するほどの道場だ。軍人の出入りもあるだろう。先生はお前の腕をとても見込んでいたし、軍人になれなくてもお前ならば師範になれるさ。そしたら陸軍に剣術指南役として呼ばれるかもしれないし……加賀《かが》も能登も今は同じ石川県になったんだ。きっとすぐにでも会う機会があるよ」

瞳を輝かせて我がことのように喜ぶ孝輔を、龍聖は静かにみつめていた。その視線に気づいて、孝輔は少し赤くなる。

「なんだよ」

「いや……ありがとう。お前が気を遣って励まそうとしてくれているのは分かっている。それなのにお前に八つ当たりをしてすまなかった。お前と友達になれて本当に良かったよ」

「ばか……何を今さら」

孝輔は赤くなって怒ってみせたが、龍聖は微笑んでそんな孝輔をずっとみつめている。孝輔は視線を外せなくなった。

「龍聖……オレ……」

「なんだ？」

「オレ……お前のことが好きだ」

「え？　あ、ありがとう、なんだいきなり恥ずかしいじゃないか……孝輔？」

面と向かって言われて龍聖は一瞬照れくさくて頰を赤く染めたが、なんだか孝輔の眼差《まなざ》しや様子がいつもと違うので、困惑しつつも彼の胸の内を察して表情を曇らせた。友人としての好意の言葉ではなさそうだ。孝輔までもかと思って落胆する。

同じ道場の者達や、陸軍幼年学校の学友達の中には、龍聖の美しい容姿に懸想《けそう》する者がたびたびいて、女のように思われることをとても嫌だと思っていた。

「私の容姿が女みたいだからか？」

憮然《ぶぜん》とした口調で龍聖が問うと、孝輔は思いがけない返事だというようにとても驚いた。

「え？」

「私が女みたいだから、気でも迷ったか？」

「ち、違う！　そんなんじゃない！」

「だが今お前が私に言った言葉は友としてのものではないのだろう？」

龍聖の不機嫌そうな表情を見て、孝輔はすぐに自分の失態に気づいて慌てて弁明をした。

「龍聖、違うんだ！　確かに……確かにさっき言った言葉は友としてのものではない。お前に惚れているという意味で言った。だけど……だからといってお前を女みたいだなんて思っていない。女の代わりなんかでもない。オレはお前ほど男らしい奴には会ったことがない。お前のその清廉潔白《せいれんけっぱく》な魂《たましい》は、オレよりも武士らしいとさえ思う……オレはそんなお前に惹《ひ》かれたんだ」

その身も心も眩《まばゆ》いほどに美しいと孝輔は思っていたが、それは龍聖には言わなかった。龍聖が昔から、女のような自分の容姿に劣等感を持っていることは知っていた。孝輔の大柄な体軀をいつも羨《うらや》んでいた。そんな体格の差に負けたくないと、剣の技を一心に磨く龍聖の姿に、孝輔はいつしか羨望《せんぼう》の眼差しを向けるようになっていた。

研ぎ澄まされた真剣のように美しい……そう思ってみつめる自分の想いが、いつから友情ではなく恋慕に変わっていたのか……龍聖の裸体を夢想し、手淫に興じてしまった時は、己の所業を恥と思い、友を汚してしまったと悩んだ。

「お前の家は武家だったから……やはり衆道《しゅどう》は嗜《たしな》みとして珍しくないことなのか？」

「そ、そういうわけではない。衆道が武士の嗜みだったのは昔の話だし、徳川《とくがわ》様の世になってからは、そういうのはなくなったと祖父から聞いた……隣国の米沢《よねざわ》藩では衆道を禁ずる藩令があったし、禁忌とする藩も多かったみたいだから……」

「え？　そうなのか？」

龍聖はそれを聞いて驚いた。

元来、衆道は戦国時代の武将の嗜みであり、庶民には馴染みの薄いものであった。

江戸中期に町民文化が盛んになった頃、浮世絵などの春画《しゅんが》が庶民の間で広がり、男色春画も盛んに好まれるようになった。町には陰間《かげま》茶屋が増え、庶民の間でも衆道が盛んになるが、天保《てんぽう》の改革で陰間茶屋が禁止となり衆道は次第に廃《すた》れていく。明治になって西洋文化が入り、キリスト教の影響もあって、明治政府は衆道を「過去の野蛮な風習」とし、排除する傾向になった。但し、薩摩《さつま》藩が権力を握っていた海軍においては「衆道は硬派」とされ、明治以降も受け継がれたとされている。

「あ、でも我が藩は別に衆道を禁じていないよ……だ、だからと言ってオレが衆道好みであるというわけじゃないけど……」

龍聖の反応を孝輔がどう受け取ったのか、急いで訂正してさらに言い訳をした。

「りゅ、龍聖はやっぱり衆道は嫌か？　オレがお前にそういう想いを持っているというのは軽蔑するか？」

「衆道を好きか嫌いかと問われれば……好きではないよ。特に私は……こんな姿だから、昔からそんな風な目で、男から見られていたことには気づいていたし、とても嫌だった。父も衆道を嫌っていて……私が女のような容姿なのも、あまり好ましくないと思っているみたいなんだ。兄や弟と私は似ていないだろう？　そのせいで、私への態度も少し違うのかと……ずっと気にしているんだ」

少し寂しそうな表情で俯いた龍聖の横顔をみつめながら、孝輔はやはり自分の発言は大失態だったと後悔した。無言のままの孝輔に、ふと龍聖は俯いたまま視線を向けて、孝輔の表情がひどく強張っているのに気づき、慌てて顔を上げた。

「でも昔からの武士の嗜みで、高尚なものだと思っていたから……衆道自体は仕方のないことだと思っていた。それに……そういう理由だけで、孝輔を嫌いになることなど出来ないよ。君は私の唯一無二の友なのだから」

龍聖が真摯《しんし》な眼差しを孝輔に向けてそう語ったので、孝輔は今の我が身を恥に思って、頬を赤らめて眉間にしわを寄せると、正座をしてガバッと勢いよく頭を下げる。

「龍聖……すまない……お前を汚すつもりなどないんだ。オレだってお前のことは唯一無二の友だと思っている。だけど……最近のオレはおかしいのだ。お前を好きだという気持ちが、ただの友情ではないことに気づいてしまって、それでどうしても隠しておけなくて、お前に好きだと言いたくなってしまったんだ。別にそれ以上のことは求めるつもりはない。信じてくれ」

龍聖は孝輔の言葉を聞きながら、嫌悪と失望がうずまいている胸の内を、悟られないように奥歯を噛みしめた。

本音を言えば衆道など身の毛もよだつほど嫌いだ。自分を性的な目で見ていたのかと思うと、ぞっとするし失望する。

だが孝輔が誠実な男だということは、龍聖には分かっている。

彼には、龍聖を傷つけるつもりはなく、本音を吐露してしまっただけだ。そしてとても後悔している。

龍聖は不本意ではあるが孝輔の気持ちがよく分かるので、諦めたような表情になり薄く笑みを浮かべた。

「お前がからかいで言っているわけではないのは分かっている。私のことをそこまで好いてくれることも嬉しいよ」

龍聖はそこまで言って、言葉を詰まらせた。寂しげに顔を曇らせると、何かを振り切ろうとするかのように、小石を拾って何度か川に向かって投げた。孝輔は顔を上げてそんな龍聖を黙ってみつめている。

「孝輔……お前にだけは本当のことを話すよ」

龍聖が真っ直ぐ川の方を向いたままポツリと呟いたので、孝輔は不思議そうに首を傾げた。

「え？　本当のことって……？」

「絶対に誰にも言わないと誓ってくれ」

龍聖は孝輔に向き直りとても真剣に言ったので、孝輔は一瞬返事に迷ったが決意したように頷いた。

「分かった。決して誰にも言わない」

みつめる眼差しの真剣さに、龍聖は孝輔の覚悟を受け止めると頷き返した。

「私が能登の分家に奉公に行くというのは嘘なんだ」

「え？」

「私はさる高貴な方のところへ奉公に行く」

「さる高貴な方って、どなただよ」

「それは言えない」

龍聖は苦しげな表情で首を振った。

「どういうことだよ」

「これは守屋家に古くから伝わるしきたりなんだ。すごく昔から……権現様《ごんげん》（徳川家康のこと）よりももっと前の世から、我が家に決められている……絶対に変えることの出来ないしきたりなんだ」

「そのさる御方は、どちらにいらっしゃるんだ？」

「それも言えない。でもとても遠いところだよ。だから私は二度と戻ってこれないんだ」

それは孝輔にはとても衝撃的な告白だ。顔を強張らせて固まっている。

「二度と戻ってこれないって……」

「昔は死んだことにして形ばかりの葬儀をしていたそうだ。私の村の者は皆事情を知っていたから、誰も詮索《せんさく》することもなかった……でも今は……明治になってから戸籍法が出来てしまって、死んだら届けを出さなければならなくなった。だから私を分家に奉公へ出したことにして、たぶんその後何か理由をつけて私は行方不明になったということにされるだろう」

そんな話は聞いたことがない。あまりにも常軌《じょうき》を逸《いっ》した話だ。孝輔は信じられないというように酷く動揺した。

「ちょ、ちょっと待てよ。なんで奉公に出るのに死んだことにならないといけないんだよ」

孝輔は身を乗り出すようにして龍聖に迫り問いただした。龍聖は眉根を寄せながら顔を反らして吐き捨てるように答えた。

「だからそういうことなんだよ。二度と戻れないっていうのは、それくらい絶対に戻れないってことだよ」

孝輔は理解出来ずに困惑している。龍聖は唇を噛んで俯いた。孝輔に説明すればするほど、自分の運命を確認するようで、とても辛くなってきていた。龍神様にお仕えする神子《みこ》として生まれた時から、龍聖の運命は決まっていた。徳川幕府のあった時代よりもさらに昔から、守屋家に代々伝えられてきたしきたりだ。

龍聖の前の前のずっと前からの……代々の『龍聖』が、しきたりを守り勤め上げてきたと言われるその儀式。そう生まれてしまった以上は、龍聖自身にはどうすることも出来ない。従わなければ守屋家が滅んでしまうと言われたら、抗うことなど出来ない。

龍聖自身はすでにすべてを諦めていたつもりだった。家のためになるならばと、潔《いさぎよ》く覚悟を決めていたつもりだった。

しかしこうして守屋家以外の者が、この話を聞いて信じられないと動揺する様を見ると、やはりこれは普通ではないのだなと思わされて心が迷うのだ。

龍聖は一度静かに息を整えた。

「例えば……江戸城の大奥に召し抱えられて、御上《おかみ》の御寵愛を受けた奥女中は、宿下がりは出来なかったと言われるけど、そういう感じだと思ってくれればいいよ」

「だけど別に大奥に行くわけじゃないだろう？　奉公に行くだけだよな？」

「私は……小姓みたいな役目で行くんだよ」

「小姓？」

「そう……その方に仕えて、小姓のように務めるんだ。だから物心ついた頃からそういう教育を受けてきた。学問も武術も、厳しく学ばされた」

龍聖はそこまで言って複雑な表情で思いつめたように唇をきつく結んだ。思い返せば様々なことを習わされたけれど、龍聖自身は本当にそれが必要なことだったのだろうかと最近よく思うようになっていた。

祖父や父から『龍神様にお仕えするためだ』と言い聞かされたが、結局は『生贄』なのだ。古くからの慣習だが……龍神様が本当に存在するとは思えないし、神への生贄というと土に埋められるとか、池に沈められるとか、そんな印象を受けるが、まさか命を奪われるまではないだろう。出家するとか、どこかに一生こもらなければならないとか、そんな風に世間から隔離されてしまうのではないかと、龍聖なりに解釈していた。

そんな古い非現実的なしきたりのために、学問や武術や芸事を極めさせられたのかと思うと虚《むな》しさを感じてしまう。

俯いて黙り込んでしまった龍聖の様子を、孝輔がどう受け取ったのか、ふいにガシリと肩を摑まれたので、龍聖は驚いて顔を上げ、目の前の真剣な表情をした孝輔とみつめ合う。

「お前ならばきっと立派な小姓になれるだろう。お前は誰よりも男らしく、誰よりも清廉潔白だ。オレが証明する。たとえどんなことになろうとも、お前は正真正銘の日本男児だ。我が藩の祖、加賀大《かがだい》納言利家《なごんとしいえ》公は、織田信長公の小姓として仕え戦場にも供《とも》をし、その武勇が買われ『日本無双の槍』と称賛され大名にまでなった。だからお前もその剣術で武功を立てて立身すればいい」

「孝輔……」

龍聖は今にも泣きそうな顔で項垂れた。龍聖の細い首に孝輔はドキリと心臓が飛び跳ねる。

どれくらいの時間が過ぎたのか分からない。やがて龍聖が小さく息を吐いたかと思うと、顔を上げた。

「孝輔……すまない。ありがとう」

「いや」

なんとも気まずい空気が流れる。孝輔は高まる鼓動を必死に鎮《しず》めようと息を深く吸った。

「きっと大丈夫だ。お前はオレなんかよりずっと根性があるし、オレよりも武士らしい。どんな困難もお前なら乗り越えられる。オレが保証する」

わざと明るく言って、なんとか誤魔化そうとした。

龍聖は孝輔をしばらくの間じっとみつめていた。そして目を閉じて静かに息を吸う。まるで孝輔の言葉も姿もすべてを心に刻んでいるようだった。

「ありがとう」

噛みしめるように一言告げた。

「龍聖……なぜこのことをオレに打ち明けた?」

孝輔の問いに、龍聖は薄く微笑む。

「私が死んだことにされ、皆が私のことを忘れ去っても、お前だけは、私がどこかで生きていると、覚えていてほしいと思ったんだ」

寂しそうな表情で微笑む龍聖を、孝輔は複雑な思いでみつめていた。胸が痛い。こんな気持ちは今まで一度も味わったことがない。せつなくて、苦しくて、痛い想い。それがどんどん膨《ふく》らんでいく。

「さあ、もう帰らなければ……つきあわせて悪かったな」

龍聖はそう言って立ち上がると、袴《はかま》についた草を払った。

「龍聖……お前が行きたくないというのならば、オレと一緒に逃げよう」

孝輔は胸に詰まっていた想いを口にした。それは言ってはいけないことだと、頭の隅では分かっている。しかし言わずにはいられなかった。

「ばかなことを言うな」

龍聖はポツリと呟く。

「オレはほん……」

孝輔は言いかけた言葉を飲み込んだ。『本気だ』と言うつもりだったが、こちらに背を向けたまま立ち尽くす龍聖の肩が震えていることに気がついた。

「いいんだ。孝輔……もういいんだ。そこまでお前に言わせてしまってすまない。でもダメなんだ。私は『行かない』という選択肢は選べないんだ」

「なぜ？」

「守屋の家がなくなってしまう……私が行かなければ、すべてを失うんだ。絶対にどんなことがあっても、違《たが》えてはならない約束なんだ」

どんな顔でその言葉を言っているのか、孝輔には分からなかった。だがその声には、すでに決意しているような重みがある。そこは孝輔には踏み込むことの出来ない場所なのだと感じた。孝輔は何も出来ない自分が歯がゆくて、両手の拳《こぶし》を強く握りしめる。

それでもと、龍聖を無理やりにでも攫《さら》える強さと覚悟があればと思う。しかし今の自分は何も持っていない。金も権力も何もない。龍聖を連れて逃げたところで、すぐに捕まってしまうことは見えている。

「龍聖、何も出来なくてすまない」

孝輔は胸につかえる苦しい言葉を吐き出した。眉間にしわを寄せて、奥歯を噛みしめ、膝の上の両手の拳は固く握られて震えている。孝輔はこんなに自分を不甲斐《ふがい》ないと思ったことはない。

目の前に龍聖の手が差し出されて、孝輔は我に返った。

「龍聖……」

「元気でな」

龍聖は笑顔でそう言った。孝輔は一瞬躊躇したが、その手を握り返して頷いた。

「龍聖も……元気で……」

上手い言葉が出てこなかった。孝輔は後々まで、この日のことを後悔し続けた。


家に戻った龍聖は、そのまま自室に閉じこもってしまった。次第に辺りが暗くなってきても部屋に明かりも灯《とも》さず、文机に突っ伏して微動《びどう》だにしない。

孝輔と話したことで、これまで我慢していた想いが一気に胸の中に噴出した。当たり前のように軍人になると言える孝輔が妬《ねた》ましい。でもそんな風に思う自分が恥ずかしくもある。

悔しさ、苦しさ、悲しみ、せつなさ、色々な思いが、龍聖の胸の中で渦巻《うずま》く。机に顔を伏したまま、唇を噛みしめて吐露《とろ》しそうになる弱音を飲み込んで、自分自身と戦っていた。

しばらくして女中が、夕食はどうするかと声をかけに来たが「いらない」とだけ答えて、顔も出さなかった。その後心配して母が様子を窺いに来たが、それにも応じなかった。

心配をかけて申し訳ないと思うが、今は自分でもどうしようもなく、どんな慰めも聞けそうにない。覚悟していたことなのに、今さらなぜこんなにも悲しく辛いのだろう。

明日には十八歳の誕生日を迎える。それは儀式を執《と》り行う日でもある。


「龍聖、龍聖」

いつの間にか転寝《うたたね》をしてしまっていたようで、名を呼ばれて気がついた。顔を上げてぼんやりとしていると、もう一度名を呼ばれた。祖母の声だ。

「はい」

祖母が相手では返事をしないわけにもいかず、のろのろと立ち上がり声のする方へとゆっくりと歩き障子《しょうじ》を開けた。祖母が廊下に正座している。龍聖の顔を見上げて、優しく微笑んだ。

「おじい様が大事なお話があるそうですよ」

「え？」


祖父は三年前に隠居して、屋敷の奥の離れに住まいを移した。元軍人で矍鑠《かくしゃく》としていた祖父は、昨年から床に臥している。そんな祖父が、このような夜に大事な話とは何事だろうと、龍聖は緊張した面持ちで、祖母と共に離れに向かった。

「龍聖です。失礼いたします」

廊下に正座して頭を下げながら障子を開けた。部屋の中には布団の上に正座する祖父の姿があった。それを見て龍聖はとても驚いた。

「おじい様、どうぞ横になられていてください」

龍聖が慌てた様子で祖父の側まで歩み寄って言ったが、祖父はゆっくりと首を振った。

「床を敷いたままですまないな、龍聖、そちらに座りなさい」

祖父は自分の向かいを指したので、龍聖は仕方なく言われた通りに座った。正座をして祖父と向かい合う。

「部屋にこもって食事も摂らなかったそうだが、何かあったのか？」

祖父に知られていたことに驚いて、龍聖は赤くなって頭を下げた。

「申し訳ありません。何もありません……ただ、今日で道場を辞めてきたものですから……少しばかり気持ちが沈んでおりました」

少しばかりではなさそうなくらいに消沈《しょうちん》した様子の龍聖を、祖父は静かにみつめていた。龍聖がそっと顔を上げてみると、祖父の視線と合ってしまい気まずくなりながら、再び姿勢を正した。

「龍聖……お前が本当は軍人になりたいと願っていることは知っている。だがお前は宿命を負って生まれてきてしまった。これればかりは、他の誰かが代われるものではないのだ。許してほしい」

「いえ、そんな……」

祖父に謝罪されて、龍聖は恐縮したように首を振った。

「だがな龍聖、たとえお前が儀式をするべき役目を負ってなくとも、お前が軍人になることは、私が絶対に許さなかっただろうということは知っておいてくれ」

「え!?」

祖父の言葉はとても意外なものだった。元軍人である祖父なら、賛成してくれると思っていたからだ。

「そもそもお前はなぜ軍人になりたいのだ?」

「そ、それはもちろんおじい様や正信《まさのぶ》叔父様に憧れるからです。日本の強さを他国に知らしめるため、私も戦いたい。武士のいない今、軍人には家柄に関係なくなれます。農民だって、町民だって軍人になれる。功をあげれば出世も出来ます」

「お前は自身の劣等感を払拭するため、強さに憧れているだけだ。軍人になって威張《いば》りたいのか?」

祖父の言葉に、龍聖はカッと赤くなり、慌てて首を振った。

「そういうわけではありません。日本は今、世界に挑んでおります。私も国のために力を尽くしてみたいのです」

勝つでしょう。日本は大国清《シン》を破りました。今、露西亜《ロシア》と戦っていますが、きっと勝つでしょう。私も国のために力を尽くしてみたいのです」

祖父の言葉は、龍聖の心の奥を見透かしているようで、思わず焦《あせ》ってむきになって答えた。頬を上気させて反論する龍聖を、祖父はとても静かにみつめている。

「国のために力を尽くしてなんとする?」

祖父は静かにそう尋ねた。龍聖にはその問い自体が信じがたい言葉で、絶句したまま固まってしまった。国のために尽くしたいと思うのは、日本人ならば当たり前のことだと思っていた。祖父がそのようなことを言うなんて信じられない。

「お、おじい様! いきなり何を申されるのですか? そもそも私を陸軍幼年学校に入れてくださったのはおじい様ではないのですか？　結局一年で中退させられて、無理やり父に連れ戻されてしまいましたが……おじい様は私の味方だと思っていました」

悲痛な表情で訴える龍聖を静かにみつめていた祖父は、ゆっくりと首を振った。

「龍聖、それは逆じゃ」

「え……逆？」

「陸軍幼年学校に通わせてやってほしいと、私に頼み込んできたのはお前の父だ。あの頃お前が剣術に夢中になり、茶道や日舞などの芸事をサボりはじめたため、私はお前が道場へ通うことを禁じた。それですっかり落ち込んでしまったお前を不憫《ふびん》に思ったお前の父が、お前の昔からの望みを叶えてやろうと私に頼み込んだのだ。だがやはりそれは間違いだった。お前は憧れの学校に入れたことで、ますます軍人への想いを強めて勉学や鍛錬《たんれん》に励み優秀な成績を残した。だから一年で辞めさせたのだ。その代わり再び道場に通うことを許した」

思いもよらない事実を知らされて、龍聖は愕然《がくぜん》としていた。迎えに来た父の厳しい態度で、てっきり父が反対して無理やり中退させられたのだと思っていた。泣いて抗議した龍聖に対して、父も母も何も言わなかった。

戻ってきて憔悴《しょうすい》していた龍聖を、祖父が宥《なだ》めて再び道場に通うように言ってくれたので、てっきり今まで父が悪者で祖父が味方なのだと思い込んでいた。

「龍聖、我が守屋家の家訓は末代まで家を守ることぞ。守屋の名は元々『森谷』であった。山間の小さな集落の一名主になった時に『守屋』と姓を改めたのだ。やがて山を切り開いて開墾し二尾村《ふたおむら》というそれなりに大きな村にまで発展した。金沢で大飢饉《だいききん》がおこったが龍神様により村は救われ……その時に、龍神様と契約を交わした。それ以後守屋家は、龍神様との契約を護るためにしきたりの伝承を続けてきた。家を存続させるということは、本当に大変なことだ。徳川様もお世継ぎを残すことに一番苦労をされた。龍聖、我が守屋本家も一度は絶えかけたのだよ」

龍聖の様子を無視するように、祖父は淡々と語った。守屋家と龍神様の話は何度も聞かされていて知っていたが、守屋本家が絶えかけたという話は初めて聞いたので、驚いて我に返り祖父の顔をじっとみつめた。祖父は相変わらずとても静かだ。

「お前の前の龍聖は、私の義兄だ。まあ義兄と言っても、歳は十五歳近く離れている。義兄は本家唯一の跡取りであったが、龍聖の証《あかし》を持って生まれてしまった。その後とうとう後継ぎとなる男子が生まれなかったため、分家である加賀城下の呉服問屋・森乃屋《もりのや》の三男として生まれた私が養子に出されたのだ。森乃屋の守屋家は、分家とはいっても初代当主は、初代龍聖の甥……守屋本家初代当主の次男だ。本家に次ぐ長い歴史を持つ家で、その血筋には、過去に龍聖が生まれたこともあったので、本家を継ぐにふさわしい者として選ばれたのだ」

「おじい様が養子……」

「しかしそこまでして守り抜いたはずの本家も、幕府が倒れ明治という新しい時代に変わり、廃仏毀釈《はいぶつきしゃく》という運動によって龍神様を祀っていた菩提寺である龍成寺《りゅうじょうじ》が取り壊され、それに最後まで抗った二尾村も潰されて今は何も残っていない。龍成寺や守屋本家を守ろうとして、たくさんの人が犠牲になった。私は儀式の道具と共に逃がされて、生家である森乃屋に匿《かくま》われたのだ。そしてその後私は、今のこの家を持たされて新たに守屋本家を名乗ることになったのだ」

祖父は辛そうに顔を歪めてしばらく頭を抱え込んだ。ご維新の時、日本中が色々と大変だったことは聞いていたが、守屋家もまた苦難の時を過ごしたのだと知って、祖父の心中を慮《おもんぱか》った。

祖父は深い溜息をつき、気を取り直したように顔を上げた。

「龍聖、そなたが守屋家のために龍神様の生贄となることは、本当に辛かろうと思う。だがそれもこの家に生まれ、証を持ってしまった者のさだめ。お前の兄、元輔《もとすけ》も嫡男《ちゃくなん》としてこの家に生まれ、家を継がねばならないさだめにある。お前が軍人になれなかったように、元輔も自分のなりたいものにはなれぬのだ。お前ばかりが不運だなどと思ってはいかん。少なくとも今までお前は何不自由なく育てられたのだからな」

祖父に言われて龍聖は目の覚める思いがした。そんな風に考えたことはなかった。なぜ自分ばかりがといつも思っていたが、兄にも何かなりたいものがあったのかもしれない。しかし跡取りとして、道が決められている。

龍聖は視線を落として、しばらく考え込んだ。

「守屋の家の男子として生まれたからには、この家を守らなければならないという使命がある。公家《くげ》や武家ならばともかく、山間の小さな農村の名主でしかなかった我が先祖が、三百年以上も代々受け継がれるようなしきたりをなぜ残したのか……初代・龍成《たつなり》様から数えて、お前で八代目になる。必ず証を持って生まれてくるという男子……何かおかしいとは思わぬか？」

突然そう問われて、龍聖は困惑して答えに迷い、黙って祖父をみつめた。祖父は穏やかな表情で龍聖をみつめながらなおも話を続けた。

「お前は今時、龍神様の生贄など時代遅れだと思っているだろう。そんなものは迷信だと……神子として生まれた龍聖に様々な教育をして、教養や技術を身につけさせて生贄などにしなくても、傀儡《かいらい》や何か代わりのものを捧げればいいものをと思っているだろう。私とて本心を言えば、龍神様が本当にいるとは思えない。前の龍聖の儀式を行った時、私はまだ幼い子供だった。だから儀式がどのように行われたのか、実際に見たことはないのだ。この家の当主となる者は、代々この儀式について、龍聖について教わり受け継ぐ。私もまだ子供の頃に義父に聞いたことがあるのだよ。なぜそこまで儀式にこだわるのかと……本当に龍聖という生贄を差し出さなければならないのかと」

祖父はそう言って苦笑してみせた。龍聖は目を丸くして聞いている。

「義父はこう言った……龍聖の儀式に立ち会った者が、次の龍聖の代まで生きていることはない。だからすべてを知っている者など誰もいない。しかし言い伝えにある『証を持って生まれる男子』という者は、確かにいつの世も生まれていて、その儀式に立ち会った者は皆必ず龍神様を信じるようになる。私もはじめは半信半疑だったが、我が子は確かに証を持って生まれた。そして儀式で、私は信じられないものを見た。龍神様は確かに存在し、龍聖と引き換えに守屋の家を守り続けていてくださるのだ……と。龍神様というのは、ただの土地神様の伝承ではなく、龍聖を生贄とする儀式も、迷信などではないのだ。これはただの信仰ではない。どのような形でかは分からぬが、守屋家当主は、その儀式に立ち会うことで、後世に受け継ぐべきだと実感するのだという……だから三百年以上も続いてきたしきたりなんだよ」

龍聖は真剣な表情で話に聞き入っていた。龍神様のご加護で、この家が栄えてきたのだという話は何度も聞かされた。貧しい小さな村が、龍神様にその身を捧げた龍成様のおかげで、作物は毎年大豊作になり、村は栄え、守屋の家も大名主になり、分家となった家々も、皆商売に成功して、大商家にまでなっている。そんな奇跡は、龍神様の加護だと思わぬ限りは、あり得ないことだろうとも思う。

でもやはり『龍神様』という目に見えない何かを崇《あが》めるのは、信仰のひとつでしかないようにも感じてしまう。生贄になるという儀式で、自分の身に何が起こるのかも分からない。

「おじい様……私は……いえ、代々の龍聖は、儀式の後どうなるのですか？　先代から何かお聞きになってはいないのですか？」

龍聖の問いに、祖父は何度も頷いた。

「お前の疑問ももっともだ。だが私も義父からは『龍神様の下へ行くのだ』と聞かされただけだ。私が幼かったせいもある。私が成人した時に、儀式の時に何があったのかくわしく話すつもりだったのかもしれない。だが義父は私が十二歳の時に亡くなった。龍神様との契約を違えぬために、決して血は絶やさぬように、守屋家を頼むとだけ言い残して……。契約について、儀式のすべてについては、龍成寺の住職が代々きちんと受け継いで、誤解なく龍聖に言い伝えていくから大丈夫だと義父は思っていたのだろう。私も……私の役目は立派に成人し、結婚して跡継ぎを残すこと。そしていつか生まれる次の龍聖のために、守屋家の血を絶やさないことだと思っていた。まさか龍成寺がなくなるとは思わなかったし、次の龍聖がこんなに早く生まれるとも思っていなかった」

祖父の答えに、龍聖は少しばかりがっかりした。結局自分がどうなるのか分からないではないか。龍聖は死ぬのが怖いわけではない。こうして祖父から改めて『家を守るために尽くせ』と言われて、身の引き締まる思いがした。だから家のために腹を斬れと言われれば喜んで斬るつもりだ。武士ではなくても、龍聖にはそれくらいの武士道を胸に抱いている。だからこそ軍人となって、国のために戦いたいとも思った。

どうしても胸のわだかまりが解けない。先ほどから気にかかっていることを、祖父に尋ねるべきかどうか悩んでいた。

「龍聖、お前にこんな話をしているのは、今、我が家に危機が訪れているかもしれないからなのだよ」

「え!?」

祖父への質問を言いあぐねていた龍聖は、思いもかけない言葉に悩みなどすっかり忘れてしまった。

「我が家の危機とはどういうことなのですか?」

思わず身を乗り出した龍聖に、祖父は渋い表情をした。

「このままでは、龍神様の加護も潰《つい》えてしまうかもしれないということだ」

「どうしてですか? 私が龍神様の生贄として儀式を行えば良いのではないのですか? 私は逃げたりなどしません」

「そういうことではないのだ。我が家のために身を捧げてくれるお前には本当にすまないと思っているし感謝している。だが……このままでは危うい気がしてならないのだ」

「何が危ういというのですか? 何か気がかりなことがあるのですか?」

祖父は気持ちを静めるように、一度大きく息を吸い込んだ。

「守屋家の繁栄は、龍聖が龍神様に気に入られ、よくお仕えしている証だと言われている。一度始まったものを途中でやめることは難しい。代々の龍聖がその身を犠牲にして尽くしてきたように、我らも次の世の龍聖を無事に迎え入れ育てて、龍神様に捧げるために家を守り続けた。私が軍人になったのもそのためだ」

「おじい様……私はそれが先ほどから気にかかっていたのです。おじい様は跡継ぎを残すために、本家に養子として入られたと言われました。家を守るためにと……。守屋家の本家は元々二尾村の名主だったのでしょう？　それなのに国のために死ぬことも覚悟すべき軍人になるなんて、なぜだろうと疑問に思っていたのです」

先ほどから心に引っかかっていた思いを、ようやく口に出すことが出来た。龍聖は祖父の言葉を待った。

祖父はすぐには答えずに、何度か深呼吸をした。少し疲れが出はじめたのだろうか？　祖母がお茶を差し出したので受け取り、ゆっくりとした仕草で二口ほど飲みまた息を吐く。

「明治維新が起きたのは、お前の父が四つになった頃だ。この世が大きく変わった。さっきも話したが、我が家の菩提寺だった龍成寺は、二尾村の側にある山の上にあり、ご神体の代わりに、『龍神《りゅうじん》池《いけ》』という小さな池が祀られていた。龍神様が現れたとされる池なのだよ」

「でもあの山は陸軍の管轄になっていて、立ち入り禁止とされていますよね？」

龍聖が不思議そうに尋ねると、祖父は眉間にしわを寄せて目を閉じた。

「廃仏毀釈により寺社の建物および領地は、国が接収するとの上地令《じょうちれい》が布告された。素直に従えば争いも起きないのだが、龍成寺の者達や二尾村の者達は反抗をした。たくさんの村人や寺の者達が死んで……結局、龍成寺は壊され、龍神池も埋められ、山は国が接収した。国の政策に反抗をしたとして、名主であった守屋家は責任を追及された。本家はすでに二尾村と共になくなっていたので、このままでは私を匿っている分家が取り潰されてしまう。その時にはすでに跡継ぎであるお前の父が生まれていたから、私はどうなってもいいと思い……身代わりになって罰を受けるつもりで出頭したんだ。一時投獄されて、色々と調べを受けたが、政府内に擁護《ようご》してくれる者があり……最終的には私が陸軍に入り、明治政府に恭順《きょうじゅん》の意思を示すことで許されたのだよ」

龍聖は驚いて言葉を失った。祖父が軍人となったのは、もっと崇高《すうこう》な理由があったと思っていた。ただ家を守るためだとは思わなかった。

「歩兵第七連隊に入隊し、西南《せいなん》戦争にも参加した。常に前線に駆り出され、死地を何度もくぐり抜けた……生きているのは、すべて龍神様のおかげだ」

「じゃあ……正信叔父さんが軍隊に入ったのも？」

龍聖の問いに祖父は頷いた。

「お前の父は運よく徴兵を免《まぬか》れた……だが代わりに正信が……」

「叔父さんは日清戦争で名誉の戦死を遂《と》げられたのですよね？」

「それだ……それが一番気にかかっていることなのだ」

「え？」

祖父はふいに、咳き込みはじめた。祖母が背中をさすり、龍聖が手を貸して祖父を布団に寝かせた。

「ゴホッ……すまぬな」

「おじい様……もう話は明日にいたしましょう」

「いや、明日はゆっくり話せぬかもしれぬ……話が長くなってしまったが、もう少しだけ……大事な話だ」

祖父がどうしてもと聞かないため、龍聖と祖母は顔を見合わせてから、仕方なく祖父の話の続きを聞くことにした。

しばらくして落ち着いた様子の祖父が再び口を開いた。

「龍成寺が壊された頃から、何かが少しずつおかしくなっていると思いはじめていた。龍神様の加護があれば、廃寺も免れたはずではないかと……村人も殺されることはなかったのではないかと……疑問に思っていたのだ。私が戦地から無事に生きて戻れた時は、やはり龍神様の加護はあるのだと思った。だが正信は戦死してしまった。今まで守屋家の本家の男子が、そういう死に方をしたことはなかった。血を絶やさぬために、龍神様の加護で守られてきた。少なくとも私はそう教えられていたんだ。だからそういう少しずつの歪みに、薄々気づいていた。何かがおかしいと……」

そこまで話して、ふいに祖父が哀《あわ》れむような眼差しを龍聖に向けた。

「龍聖……お前は生まれてくるのが少し早かったのだよ。いや、お前が龍聖として生まれてくるのが早かったと言うべきか……」

「え!?」

「今までの龍聖達の生まれてきた時期を考えれば、本来ならばお前達の子か孫の代で生まれるはずだった。少なくとも二十年ほど生まれるのが早い。少しずつではあるが、歪みが生じているのかもしれん」

「歪み？」

「前の龍聖は胸を患っていたと聞いた。病にかかっていた故、龍神様に最後まで尽くせなかったのかもしれぬ」

祖父の言葉に、龍聖は戸惑いを隠せなかった。ただ唇を噛んで俯き、今聞かされたことを考える。その様子を、祖父母は黙って見守っていた。どれくらいの時が流れたのか、祖父が咳き込む声で我に返る。

「おじい様……私は龍神様の生贄になる覚悟はとうに出来ています。この世に未練はありますが、私は自分の運命を受け入れるつもりです。ただ気がかりは、この家のこと……おじい様が案じられているように、龍神様の加護が薄れるような、歪みが生じているのならば、私にそれを正すことが出来るかどうか……私はお話を伺った今でも、まだよく分かってはおりません……龍神様の生贄である私が、龍神様にお仕えするという意味も……なぜ小姓の真似ごとのように、学問や武芸を習わされたのかも……」

龍聖の言葉を祖父は静かに聞き、やがて何度も頷いた。

「それはその通りじゃ……私とて、何も分からぬのだからな……。義母は私が十歳の頃に、義父は十二歳の頃に他界した。本家の血筋の者は誰もおらず、幼くして当主となった私は、この家を守ることだけでせいいっぱいであった。一番の頼りとすべき龍成寺の住職は、廃寺に抵抗したため殺された。だから私はなんとかこうして次の龍聖へ繋げるべく、私が知る限りの知識でお前を育てた」

祖父は苦しげに息を乱している。だが話し続けた。

「お前にこのような話をして聞かせたのは、守屋家の今の状態と、そうなってしまった経緯を知った上で、儀式を受けてほしいと思ったからだ。もしも本当に龍神様がいらして、お前がお仕えすることになるならば、守屋家を守れるように手立てを考えてほしいのだ」

必死に訴える祖父の言葉を、龍聖は悲痛な面持ちで聞いていた。俯き、正座した膝の上に置かれた両手は、ギュッと袴を握りしめる。

厳格な祖父が、このように弱々しいことを言うのが信じられなかった。人は死期が近づくと、神頼みをしてしまうのだろうか？

龍聖の父はこのしきたりを、快く思っていないようだと常々感じていた。祖父に言われるままに、龍聖に学問や武芸を習わせていたが、父自身は龍聖に関心がないように感じていた。でも先ほど聞いた祖父の話が本当ならば、父には龍聖を不憫に思って好きなことをさせてやろうという親としての情があったようだ。

母は龍聖が生まれた時に、この子は龍神様の生贄になると言われたため、現実の悲しみから逃げるように、龍聖へ我が子としての愛情をかけることをやめてしまった。物心ついた頃から、母に甘やかされた記憶がない。でも父と同じように、母も情を持ってくれていたのだろうか？

何が本当なのか、何を信じれば良いのか分からない。

目の前の弱気な祖父の姿を、哀れにこそ思うが慈悲の心を持つことは出来ずにいた。

「私に出来る限りのことはさせていただきます」

龍聖は深々と頭を下げて、祖父の部屋を出た。

龍聖は部屋に戻ると、行燈《あんどん》に火を入れた。しばらくぼんやりと明かりをみつめていたが、クッと眉根を寄せて立ち上がり、部屋の中央へ移動して正座をした。目を閉じて背筋を伸ばす。気持ちを静めようとしたが、雑念が多くてなかなか静まらない。

しばらくして目を開くと、みるみる怒りがこみ上げて、ダンッと畳に拳を打ちつけた。

何もかもが理不尽に感じた。祖父も父も母も孝輔も……みんな身勝手だ。一方的に気持ちを押しつけるばかりで、誰も龍聖の本当の気持ちを理解しようとはしてくれていない。そしてこんな風にいつまでもくよくよと考えている自分が不甲斐ない。抑えようのない怒りだけが、胸の中に渦巻いていた。気を静めようと何度も大きく深呼吸をした。

どう足掻《あが》いたところで、運命は変わらない。宙をみつめながらそう思った。

ゆっくり立ち上がり、文机の横に置かれた小箪笥の前に行って座った。引き出しを開けて中に入っている物を次々と取り出した。すでに不要なものは処分してしまっている。残っている物は、家族に形見分けしようと思っていたものばかりだ。畳の上に並べてより分けながら、名前を書いた封筒にひとつひとつ入れていった。

「龍聖」

廊下から声がした。兄の声だ。

「兄さん」

「入ってもいいかい？」

「あ、はい、どうぞ」

龍聖は姿勢を正して返事をした。障子が静かに開けられて、兄が部屋の中へ入ってくる。龍聖は黙って兄を迎え入れた。

「部屋に明かりが点《つ》いたのが見えたから」

兄は微笑んでそう言うと、龍聖の向かいに腰を下ろした。ゆっくりと兄は龍聖の部屋を見回した。

部屋の隅に麻紐で結わえた本の束と、剣道の防具が置かれているのをみつめている。

「片付けてしまったんだね」

「持ち物は書物ぐらいしかないのですけど……」

龍聖は自嘲気味に笑みを浮かべてそう答えた。兄はただ微笑むだけだ。

「話をしたくてね」

「私とですか？」

「当たり前だろう？　お前に失礼だから、謝罪はしないつもりだけど……悔いは残したくないから話をしておこうと思って」

兄は龍聖の気持ちを気遣って、言葉を選んでいるようだ。穏やかで優しい兄。子供の頃からあまり体が丈夫ではなく、武芸はほとんど嗜んでいない。

「龍聖、正直に言うと、私はずっとお前のことを哀れだと思っていた。出来ることなら代わってやりたいとも思っていた。私は凡庸《ぼんよう》な人間で、学問もそれほど得意ではないし、体も弱いから剣道もまったく下手だ……それに比べてお前はなんでも優れているし、容姿も役者のように美しい……家督を継ぐのはお前の方が良いだろうにと思っていたんだ……だけどそうではないのだろうと最近は思うようになった。文武に優れ、容姿も含めて、非の打ちどころのないお前だからこそ、龍神様に仕える者として選ばれたのだろう……私のような凡庸な男が代わりになれるはずがないとね」

穏やかに語る兄の言葉を聞きながら、龍聖はまた言いようのない怒りが胸に渦巻いてきていた。拳をギュッと握りしめる。

兄に悪気がないのは分かっている。本心からの言葉だろう。どんな時も冷静沈着で、誰に対しても平等に慈悲深い仏様のような人だ。それでも苛立《いらだ》ってしまう。

兄がそれ以上何も言わないので、ふと龍聖は視線を上げて兄を見た。兄は真っ直ぐに龍聖をみつめている。苛立っていることもすべて見通されているようだ。龍聖は羞恥で耳まで赤くなった。

「兄さん……私は……生贄になどなりたくありません」

「ああ、分かっているよ」

「分かっていない！　兄さんも、おじい様も、父さんも……誰も分かっていない……儀式で私がどうなるのか誰も分からない……私は出家するのですか？　それとも死ぬのですか？　死ぬならそうだとはっきり言ってくれた方がいい。私は一体なんなのです……好きでこんな姿に生まれたわけではない。どんなに剣の腕を磨いても、孝輔みたいに逞《たくま》しい体にはならないし、女子と見間違えられ、からかわれ……どんなに男らしくなろうと努力しても報われず……私は軍人になりたかったのに！　誰よりも勇ましい軍人になれたはずなのに！　私はなりたいものになることも出来ない！」

龍聖は思いのたけをぶちまけた。我慢していたことを思い切りすべて口にして、はあはあと肩で息を吐いた。そしてふと兄と視線が合う。兄は変わらずとても穏やかだった。その顔をみつめるうちに、先ほどの祖父の言葉が頭をよぎった。

『元輔も自分のなりたいものにはなれぬのだ』

「気は済んだかい？」

兄に声をかけられて我に返った。

「あ……」

赤くなって俯く龍聖を、兄は微笑みながらみつめていた。

「龍聖は本当に軍人になりたかったのかい？」

兄がポツリと言った。祖父と同じことを言う……と思い、龍聖は驚いて顔を上げる。

「私は……軍人になって……国のために勇ましく……戦って……」

龍聖はずっと思っていたはずの言葉を口にしたが、なんだかそれは違うような気がしてきた。祖父が軍人になった本当の理由を聞いたからなのか、以前ほどの熱量で軍人になりたいと思えなくなっている。

「龍聖はあの姿に憧れていただけだろう？」

「え⁉」

「あの軍服を着れば、自分も立派な日本男児と認めてもらえるような気がしたのだろう？」

「ち、違います」

龍聖は自分の心の迷いを見透かされたようで、羞恥に耳まで赤くした。

「虫も殺せぬほど優しいお前が、戦地で人を殺《あや》められるわけがない」

「わ、私は優しくなどありません！」

頬を上気させてむきになって否定する龍聖を、元輔は穏やかな笑みを浮かべてみつめている。

「軍人はともかく……龍聖が本当になりたいものを見つける機会を得ることもなく、この家のために儀式を行うことは申し訳なく思うよ。……私はね、本当は絵師になりたかったんだ」

「え！　兄さんが絵師⁉」

初めて聞く話に、龍聖はとても驚いた。兄は照れくさそうな顔をして薄く笑う。

「子供の頃から綺麗な色のものがとにかく好きで、母さんの着物の柄をよく眺めたりしていたんだ。それがある日歌川国芳《うたがわくによし》、国貞《くにさだ》の浮世絵を見る機会があって、あの美しい色遣いに憧れた。こっそりと一人で真似て描いたりしていたんだよ。そのうち見つかって父さんにひどく叱られたけれど……。私は学問もそれほど出来ないし、武道などはまったく出来ないが、絵には少しだけ自信があってね……。

龍聖、お前の姿を描きたかったな」

「私を？」

「ああ……もう絵筆や画材は、父さんに捨てられてしまったから、描けなくなってしまったけれどね」

寂しそうに笑う兄の顔をみつめて、龍聖は少し胸が痛かった。改めて祖父の言葉が重くのしかかる。確かに龍神様の生贄なんて、訳の分からない運命を定められた自分は、かわいそうなのかもしれない。軍人になりたくてもなれなかった。しかし学問は好きだったし、剣術も好きだった。舞踊や、茶道、華道、香道まで習わされた。学べることが楽しくて、毎日夢中で学んだ。

だが兄の元輔はどうだろう。学問も武術も得意ではなく、絵師になる夢を見るどころか、ただ絵を描くことさえも父から止められ、これからの人生はこの家のために尽くし、当主としての重責を背負わなければならないのだ。そんな兄にとって、この先何年も続く決められた人生はどんなものに思えているのだろう？

「兄さん……思えば私は、今までの人生を好きなように生きてきました。学びたいと言えばなんでも学ばせてもらえた。読みたいと言えばどんな本でも取り寄せてくれた。剣術も好きなだけ習えた……陸軍幼年学校は途中で辞めさせられてしまったけど……甘やかされていたと思います……自分ばかりが不幸だなどと思ってしまって、申し訳ありませんでした」

龍聖は深く頭を下げた。他の誰でもなく、兄には謝りたいと思った。

「別に謝る必要はないよ……ただ私はお前に何か言い残したことがあれば愚痴《ぐち》でもなんでもいいから聞いてやりたいと思っただけだ。どうしても嫌なら逃げても良いとも思った。ただ出来ることならば、少しでも心穏やかに儀式を迎えてほしい」

穏やかに語る兄の姿を、龍聖はみつめていた。強い人だと尊敬する。

それから二人は子供の頃の思い出話などをして、しばらくの時間を和やかに過ごした。

「では、明日の儀式には私も立ち会うからね」

「はい、よろしくお願いします」

夜も深くなったため兄はどこか名残《なごり》惜しそうに、龍聖の部屋を去っていった。

龍聖は兄が去った後、また一人で部屋の中央に正座し、姿勢を正して目を閉じた。祖父の所から戻ってきた時とは、ずいぶん気持ちが変わっていた。とても心が静かだ。兄のおかげだと思う。

祖父や祖母、父母、兄や弟妹、そして孝輔……皆への色々な思いが湧き上がり、それらすべてをとても穏やかな気持ちで受け入れられていた。


翌朝、まだ夜が明け切らぬうちに龍聖は起き出した。障子を開けて廊下へ出ると、涼やかな空気を胸いっぱいに吸い込んだ。空を見上げると、雲ひとつない快晴だった。

ふと、龍聖は今の気持ちを日記に書こうと考えた。部屋へ戻り文机に移動すると、ペンとインク壺を出した。机の脇にある文箱を開けると、中に入っていたいくつかのノートを探って、未使用の手帳を取り出した。

手帳を開くとそこに今日の日付を書き、今日の分を書き連ねる。それは『龍神様にお仕えする』という絵空事のような未来を信じるための今日からの日記であり、結局儀式の後自分がどうなるのか分からないので、覚悟を決めた証として家族へ宛てた遺書の代わりのようなことも書いた。これを儀式の際に懐《ふところ》に忍ばせるつもりだ。

書き終わると、しばらくじっとみつめて、ぱたりと閉じる。小さく溜息をついた。

龍聖は立ち上がり、部屋の隅に置かれている竹刀を摑んで部屋を出る。

庭で素振りを始めた。しばらくして家人が起き出す物音が家の中から聞こえてくると、龍聖は素振りを止めて、腰の手拭いを取り額の汗をぬぐった。裏の井戸へと向かいポンプを押して水を汲むと、手拭いを濡らして体を拭いた。

「龍聖様、おはようございます」

下女が桶《おけ》を担いで現れた。

「おはよう、今日はいい天気だね」

「はい……あの、今から風呂の用意をいたしますので、お食事が済んだら、お風呂に入られますように、奥様から言われております」

龍聖は「分かった」と一言言って頷いて、手拭いを固く絞って家の中へ戻った。


朝食はいつもと変わりなく見えた。家族が膳を前に並んで座る。当主が食べはじめるのを合図に、皆が黙って食事を始めた。

誰も儀式のことを口にしなかった。龍聖に声をかける者もいない。しかし明らかにいつもと空気が違っている。龍聖は特に何も言わずに、黙々と朝食を食べた。

食事が終わり箸《はし》を置くと、そこで初めて母が口を開いた。

「龍聖、お風呂の準備が出来ているから入りなさい」

「はい、分かりました」

龍聖は手を合わせて礼をすると立ち上がる。皆が龍聖を見ている気がしたが、龍聖は知らぬふりをして、誰とも目を合わせずに立ち去った。

目の端に弟の周作《しゅうさく》と妹のアキとマツが、今にも泣きそうな顔で立ち去る龍聖を見ている姿が映ったが、声をかければ一緒に泣いてしまいそうだったので必死に堪えていた。

内心では昨日のうちに弟達となぜ話をしなかったのだろうと後悔していた。

儀式の日がこんなに朝から粛々と色々なことが進むのだとは思っていなかったし、龍聖自身も色々なことを考えたくないのでこんなに淡々とした気持ちになるとは思わなかった。

朝から風呂を勧められたのも、禊《みそ》ぎのような意味合いがあるのだろうと分かって入った。体の隅々までいつもよりも丁寧に時間をかけて洗い、その間は無心になれた。龍聖が風呂から上がると、真新しい浴衣《ゆかた》が用意してあった。

龍聖が浴衣を着て廊下に出ると、そこには母が立っていた。

「支度にかかりますが、もうよろしいの？」

母は龍聖を気遣うように尋ねる。それはもう何もやり残したことはないか？　と聞いているのだと分かる。龍聖は頷いてみせた。

「お母さん、ちょっと取りに行きたいものがあるので、一度部屋に戻ってもよろしいですか？　すぐに済みます」

「ええ、いいですよ」

龍聖は自分の部屋へ戻った。母が後からついてきたが特に気にしなかった。部屋に入り文机の上に置かれた手帳を手に取る。

「それを持っていくのですか?」

「いけませんか?」

龍聖が尋ねると、母は龍聖の顔をしばらくみつめて首を振った。

「いいえ、きっとそれくらいは許してもらえると思いますよ」

母は微笑んでみせたが、その表情はとても辛そうに見えた。

「他には良いのですか? 兄弟とは……」

「兄さんとは昨夜たくさん話せました。周作達と今話をすると別れ難くなってしまうので……薄情な兄だと思われるくらいでちょうどいいでしょう」

龍聖は苦笑しながらそう言って、改めて母をみつめた。

「お母さん、お別れだというのにあまり話もしませんでしたが、今まで育てていただきありがとうございました。感謝しています」

「龍聖……私は……」

母は龍聖の言葉に、それまで我慢していた思いがこみ上げてきたのか、着物の袖で顔を隠すようにして、肩を震わせて泣きはじめた。そんな母の肩を、龍聖はそっと撫でた。

「泣かないでください。私は龍神様にお仕えするという誉《ほま》れある役目に向かうのですから」

「そうですね……そうですね」

母は何度も頷いた。

龍聖はこの日のために新しく仕立てられた羽織袴に着替えた。着付けを母がしてくれたが、母は泣いて何度も手が止まってしまっていた。

龍聖はそんな母の姿を見て、自分もそれなりに愛されていたのだと感じて、ようやく心の中のわだかまりがすっきりと消えたような気がした。

仏間に儀式の用意がされていた。祖父と父と兄が羽織袴姿で並んで座っている。皆、神妙な面持ちでいた。上座に座布団がひとつ置かれている。そこに龍聖は座らされた。祖父たちと向かい合う形になる。

母と祖母は次の間に控えるように座っていた。

龍聖の前には、紫の絹の敷布の上に、銀製の古い鏡が置かれている。その横には、朱塗《しゅぬ》りの小箱に入った銀の指輪があった。どちらも初めて見るもので、龍聖はまじまじとふたつの品をみつめる。

「以前までは、代々龍成寺の住職が執り行っていた儀式のため、我らは正しい儀式の作法を知らぬ……上手くいくかどうかわからぬが……龍聖、覚悟はよいな？」

祖父に言われて、龍聖は力強く頷いた。顔を上げると、父がひどく緊張した様子で、顔を強張らせている。父はこの儀式を行うことや、龍神様の生贄について、あまり良い印象を持っていないように感じていたが、いざとなるとやはり緊張するものなのだろうか？　と不思議に感じる。兄はいつもと変わりないように見える。

そんな風に皆の様子を観察出来るほど、龍聖はひどく落ち着いていた。

『儀式の後のことをおじい様は知らなかったようだけど、どうするつもりなのだろう？　それともやっぱり私は死ななければならないのかな？　だからおじい様は知らないふりをしたのだろうか？　だからお父さんは儀式を嫌がったのだろうか？』

神妙な空気の中、龍聖はぼんやりとそんなことを考えていた。不思議なことに何も怖くなかった。本当は死にたくないと思っていたはずなのに、まるで他人事のように感じながら儀式を傍観《ぼうかん》している気分だ。

「ではこれより儀式を行う……皆、杯を持たれよ」

祖父の合図で、皆が手元に置かれた杯を手に持った。祖母と母がやってきて、酒を注いでいく。皆の用意が出来たのを確認すると、祖父が杯を上に掲げた。

「龍神様のご加護を」

そう言って一気に酒を飲み干したので、皆もそれに続いた。龍聖も杯の酒を飲み干す。乾杯というよりは、別れの盃《さかずき》というところだろう。

「龍聖……その指輪を左手の中指に嵌《は》めなさい」

「はい」

龍聖は言われるままに小箱に入った指輪を右手で掴んだ。その瞬間、何か違和感を覚えて指輪を掴んだまま動きを止めた。これはなんだろう？　と龍聖は思う。誰かの気配を感じる。それは怪しい気配というわけではない。何か遠いところと繋がったような……ふいに日常とは違う何かの気配を感じた。

「龍聖？　どうかしたか？」

父が声をかけたので、龍聖は我に返り首を振って指輪を左手の中指に嵌めた。根元までしっかりと嵌めたところで、左手がひどく熱くなるような感覚がした。指の先からびりびりと痺れが走り、それが左手を貫いていくそんな感覚だ。瞬間的に火傷をしたような痛みを覚えて、龍聖は「あっ」と声をあげて左手を押さえた。

「龍聖？　いかがした？」

祖父が怪訝《けげん》そうな顔で尋ねる。

「いえ……大丈夫です」

すぐに痛みは引いたので、はあと息を吐きながら左腕をさする。ふと視線を送ると、手の甲に濃い藍色《あいいろ》のあざが出来ていることに気がついた。

「あっ」

龍聖は思わず大きな声を上げていた。それに続くように、父達も「あっ」と声をあげる。

左の袖を捲り上げて見ると、龍聖の左手には、手の甲から肘の上の方まで、濃い藍色の文様が浮かび上がっていた。刺青《いれずみ》でも施したかのように、不思議な文様がくっきりと描かれている。

「これは一体……」

皆が驚いてしばらく息を吞み、龍聖の左腕をみつめていたが、我に返った祖父が呻くように呟いた。

「龍神様の生贄の証だ……儀式はうまくいっているという証拠だ」

祖父の言葉を聞いて、父がゴクリと唾を飲み込んだ。龍神の生贄の儀式など、祭祀《さいし》のひとつと軽く考えていたが、思いもよらぬ不思議な現象に父は狼狽《ろうばい》していたのだ。

龍聖も驚いていたが、怖くはなかった。それではこの『何かの気配』は龍神様のものだろうかと思ったが、そう思うとなぜか少しも怖くなかった。

「で……では龍聖、その鏡を手に取り中をみつめるのだ……鏡の奥に龍神様の姿が見えてくるだろう」

祖父が儀式を続けた。龍聖は言われるままに鏡を持つと、鏡の中を覗き込んだ。

それはとても古い鏡のようだが、鏡面はとても美しく、一点の曇りも見られない。そこには龍聖の顔が映っていた。

「どうだ？　龍聖……龍神様は見えるか？」

「いえ……何も……」

「よく見るのだ。見えてくるはずだ」

祖父に促されて、龍聖はじっと鏡をみつめた。自分の顔以外何も見えない。そう思った時、ふいにどこからか不思議な声が聞こえた。

『リューセー』

龍聖の名を呼ぶ声だ。思わず、はっと顔を上げて辺りを見回す。

「どうした？　龍聖」

父がおずおずと尋ねたが、龍聖は辺りを窺いながら慎重に耳を澄ます。

『リューセー』

また聞こえた。地の底から響いてくるような、低く深い声だ。ここにいる誰の声でもない。

『リューセー……リューセー』

今度は、はっきりと聞こえた。

「この声……」

龍聖がそう言いかけて顔を上げると、辺りの景色が歪んで見えた。それは水の中から外を見ているような、不思議な景色だった。皆の姿の輪郭《りんかく》が歪んで見える。父はとても驚いたように目も口も大きく開いていた。兄も驚いて立ち上がりかけている。祖父までもが驚愕の表情を浮かべている。

「龍聖！」

遠くで母の悲鳴のような声が聞こえた。すぐそこにいるはずなのに、とても遠いくぐもったような声に聞こえる。

「みんな……」

龍聖が手を伸ばそうとしたところで、ぷつりと意識が途絶えた。


タンッと畳に鏡が落ちる音で、皆は我に返った。見ると目の前から龍聖の姿はなくなっている。

「龍聖!!」

兄の元輔が名を叫んで立ち上がる。

「ひいいい」

父は悲鳴をあげて腰を抜かした。母達も悲鳴を上げている。

それは一瞬の出来事だった。

突然、龍聖の体が眩いほどの光に包まれた。その光の塊《かたまり》は大きく膨れ上がり、爆発するように激しく光が拡散した。部屋の中が光に溢れた。

皆は目を開けていることが出来ずに、ただ声もなく目を閉じる。それらのことは、本当に一瞬の出来事だった。

鏡が畳の上に落ちた音で我に返り、見るとそこにいるはずの龍聖の姿はなくなっていた。龍聖が座っていた座布団の上には、指輪が転がっている。

思わず兄が立ち上がり、勢いよく障子を開けて廊下に飛び出していた。辺りを見回しても、誰の姿もない。

「龍聖……」

元輔は愕然とした表情で、部屋の中を振り返る。父はひっくり返ったままで、祖父は立ち上がり龍聖のいた場所へ歩み寄っていた。そっと座布団に触れるとまだ温かい。指輪を拾い上げて深く息を吸う。

「龍聖は龍神様の下へ召されたのだ」

# 第3章　悲愛

　龍聖が目覚めるとそこは見知らぬ部屋だった。驚いて体を起こし、部屋の中を見回した。とても広い部屋だ。置かれている家具は、見事な装飾が施されている。龍聖の寝ていた場所も、とても大きな寝具の上だと気づいた。西洋のベッドだと思うが、こんなに広くて大きなベッドは見たことがない。

　夢かと思って頬を抓ったが、ただ痛いだけだった。目を擦ってみたが、やはり夢ではないようだ。

　その時扉が開いて人が入ってきた。龍聖がびくりと身を縮めると、入ってきた人物は龍聖が起きていることに気づき嬉しそうに近づいてきた。

「リューセー様、お目覚めになりましたか？　お体の具合は大丈夫ですか？」

　そう話す相手の顔や姿を見て、龍聖はとても驚いて目を丸くした。

　その者は日本人ではない。異国人だった。色素の薄い明るい茶色の髪と茶色の目、肌も白く、日本人とは違う顔立ちをしている。服装は見たこともないようなものだ。

「リューセー様？　私の言葉は分かりますか？」

　固まったまま何も言わない龍聖を、案じながら男が話しかける。

「リューセー様？」

　すぐ近くまで来て男が心配そうな顔で再度名前を呼びかけて、ようやく龍聖は我に返って目の前の男と視線を交わした。

「私の言葉は通じていますか？」

それまで混乱していて気づかなかったが、改めて問われて男が流暢《りゅうちょう》な日本語を話していることに気づいた。

「あっ……」

龍聖は慌てて首を縦に振ってみせた。その反応に男はとても安堵して表情を崩した。

「私の名前はジョンシーと申します。リューセー様の側近です。これからずっとお側でリューセー様のお世話をさせていただきます」

ジョンシーと名乗る男は、深く一礼をした。龍聖はまだ当惑気味に硬い表情で男をまじまじとみつめた。言葉は確かに日本語だが、外見は異国人だし名前も聞いたことのないような名前だ。それに龍聖に対する態度がとても丁寧で恭《うやうや》しい。『側近』と言ったが聞き間違いかと首を傾げた。

「側近……貴方が……私の？」

「はい、私の役目はリューセー様の日常のお世話をし、有事の際には命を懸けてお守りすることです。これからしばらくの間は、リューセー様にこの国の言葉やこの国の歴史など、色々な知識を学んでいただくために、お教えするのが私の仕事となります」

彼の言葉はよく分かるのだが、言っている意味が理解しがたい。なぜなら彼の言っている『役目』こそ、本来龍聖がやるべきことだと思っていたからだ。龍神様に仕えて、小姓のように働くのが自分の役目ではなかったかと……そう思い返して大事なことに気がついた。

「ここは……龍神様のいらっしゃる世界なのですか？」

「はい」

龍聖の問いに驚く気配もなく、ジョンシーはニッコリと笑って頷いた。そうあっさりと肯定《こうてい》されて龍聖の方が驚いてしまい、動揺して辺りをきょろきょろと落ち着きなく見回した。

「本当に……本当に龍神様はいらっしゃるのですか？　ここが龍神様の住む世界なのですか？　日本ではないのですね？」

「ニホン……大和の国のことですか？　それならばそうです。ここは大和の国ではありません。大和の国がある世界とは別の世界……異世界にあるエルマーン王国という国です。リューセー様が『龍神様』とお呼びになっている方は、この国の王であるランワン様です。今すぐにお会いになることは出来ませんが、近いうちに必ずお会いになれますよ」

「ランワン様……」

呆けたように言われた名前を口にしたが、みるみるうちに喜びが湧き上がってきた。頬に赤みが差し、瞳に光が浮かんだ。本当だったのだ。龍神様は本当に存在するのだ。そして間もなく会えるという。自分が今までやってきた様々な努力が、決して無駄なことではなかったのだと分かって嬉しかった。ただの生贄ではなかった。出家するわけでもなく、死ぬこともなかった。本当に龍神様にお仕え出来るのだ。

『異世界にあるエルマーン王国』という場所なのだと言われてもあまりピンとこないのだが、あの儀式の後に、こんな見たこともない、しかも異国の部屋で異国人がいるような場所に一瞬で来たのだとしたら、ここが龍神様の住む世界だと言われれば信じてしまう。

「さあ、リューセー様、お体に障《さわ》ります。今日のところはゆっくりお休みになってください」

ジョンシーはとても優しい声音で、龍聖に横になるように促した。龍聖は言われるまま大人しくベッドに横になると、じっとジョンシーをみつめた。

「ジョンシー殿と申されましたね……ご親切にありがとうございます。これから色々と教わることになると思いますが、よろしくお願いいたします」

龍聖はそう言って、ゆっくり目を閉じた。


翌朝、目覚めるとすでにジョンシーが側に控えていた。着替えを手伝ってもらい、この国の衣装に着替えた。朝食を摂り、その後は勉強会が行われた。

「いらして早々に申し訳ありませんが、あまり時間がありませんので、この国の歴史と、いくつかの簡単なこの国の言葉を覚えていただきます」

「この国の言葉……」

「陛下は多少なりとも大和の言葉が分かりますが、私以外の侍女や兵士達や他のシーフォンの方々は大和の言葉が分かりません。日常の会話はこの国の言葉になります。早く馴染めるように言葉を覚えてください」

「分かりました」

龍聖は頷いた。勉強は好きだ。異国の言葉にも以前から興味があったので少し嬉しい。

「あの、ところで今、あまり時間がないと申されましたが、何かあるのですか？」

龍聖の問いかけに、ジョンシーは嬉しそうに微笑んで頷いた。

「それはもちろん、陛下とリューセー様の婚姻の儀を行うからでございます」

「婚姻……今……婚姻と申されましたか？」

「はい」

龍聖は驚いた。一体どういうことなのだろうか。

「あの……言葉を間違われていませんか？　婚姻というのは、男女が夫婦の契《ちぎ》りを交わすことですよ？」

「はい、ですから……リューセー様は、竜王ランワン様の伴侶となるため、こちらの世界においでになったのです。ですから陛下と婚姻の儀を挙げていただきます」

「私は男ですよ？」

「存知上げております」

「ランワン様も男の方なのですよね？」

「はい」

龍聖は混乱してしまった。どういうことだろうと思う。気持ちの整理がつかないまま、勉強会が始まった。龍聖はそこで、シーフォンという竜族について学び、竜王の存在と『リューセー』との関係について学んだ。

リューセーの役目は、竜王に命の源《みなもと》である『魂精』を与えること、そして竜王の世継ぎを産むことである……と。

龍聖はその事実を聞かされても特に騒ぎ立てなかった。むしろ驚きすぎて言葉も出なかったのだ。まったく理解が追いつかない。夫婦？　世継ぎを産む？　言葉の意味と自分の立場がどうしても結びつかないのだ。

勉強会の途中で休憩を挟んだ際に、窓辺へ行き外の景色を眺めた。今いるこの建物は王城で、険しい山の中腹に建てられておりとても眺めが良かった。

窓の外に広がる景色は、日本のものではない。確かに異世界の地へ来てしまったのだ。そしてこの世界は龍聖の常識では計り知れないことが多いらしい。

ふと空を飛ぶ不思議な生き物の姿に気づいた。ジョンシーに尋ねると、あれが『竜』だと言われる。龍聖の知っている竜とは少しばかり姿が違うが、確かにその生き物は竜だった。たくさんの『竜』が空を飛ぶ景色は、とても不思議で、龍聖はぼんやりとした表情で、いつまでもみつめ続けていた。


翌日、勉強をしていると竜王ランワンが訪ねてきた。現れた竜王のその姿に、龍聖は驚かされた。腰まで長く伸びた髪が、目の覚めるような深紅の色をしていたからだ。ジョンシーに比べると、顔立ちはもっと彫りが深く、より異国人らしい姿をしている。

龍聖は異国人をこんなに間近で見るのは初めてだった。異国人は大きな体で尖った大きな鼻と大きな目の、鬼のように怖い顔だと噂に聞いたことがあったが、竜王は確かにとても背が高いが美しい顔立ちをしていた。天竺《てんじく》から来たというお釈迦様の仏像のように、鼻筋が通っていて高く、切れ長の大きな目は涼やかだ。鬼と言うより仏だ。

その美しい姿に見とれるように、龍聖は呆けて見入ってしまった。紛れもなくその人は龍神様だと思った。神々《こうごう》しくて、とても下界の人間と同じには見えない。

ランワンは入口から一歩踏み入ったところで立ち止まり、微笑みながら龍聖の姿をじっと眺めていた。

「リューセー、よく来てくれた。君が来るのをずっと待っていたんだよ」

彼はよく通る低い声でそう言った。とても優しく耳に心地いい。龍聖は神の御声だと興奮してしまい、それが日本語だということに気づくのに少しばかり時間がかかった。

龍聖がぽかんとした顔で何も反応をしないので、ランワンは不思議そうに少し首を傾げて、視線をジョンシーに送った。ジョンシーはランワンに一礼をして、そっと龍聖の側に近寄り耳打ちをした。

「リューセー様、ランワン様にご挨拶をなさってください」

ジョンシーに促されて、龍聖は我に返り耳まで赤くなった。慌てて深々と頭を下げる。

「お、お初にお目にかかります。守屋龍聖と申します。龍神様にお仕えするためにまいりました」

龍聖は緊張した様子で頭を下げたまま、そう挨拶の言葉を述べた。

ランワンはようやく龍聖の声を聴くことが出来て、とても嬉しそうに頷いている。

「リューセー、今は婚姻の儀の前なので、君の近くに寄れないのだけど、どうしても君の姿を一目見たくて来てしまったんだ。元気そうで良かった。そういつまでも頭を下げていないで、君の顔を見せておくれ」

彼はそう言って、とても優しく微笑んだ。龍聖は恐る恐る少しばかり顔を上げたが、ランワンの笑顔に驚いて思わずまた見入ってしまった。龍神様……竜王は龍聖が思っていたよりもずっと若い。龍聖よりも少しばかり年上くらいに見える。その佇まいは風格がありただ者ではないと感じるのだが、神様にしてはとても気さくで優しい。

「婚姻の儀が待ち遠しいよ。早く君と夫婦になりたい」

「リューセー様」

ジョンシーが軽く肩を叩いて名前を呼んだので、龍聖は我に返った。目の前にいたはずのランワンの姿はもうなかった。

「あ……」

「ずっとぼんやりなさっていましたが大丈夫ですか？　陛下とお会いになって緊張なさいましたか？」

心配そうなジョンシーの言葉を聞きながら、龍聖は促されるままに近くのソファに腰を下ろした。

「龍神様……ランワン様はお帰りになったのですね」

「はい、つい今しがた……覚えていらっしゃらないのですか？」

ジョンシーは少し驚いたように聞き返しながら、水の入ったコップを持ってきて龍聖に差し出した。それを受け取って、龍聖は一口水を飲んだ。

確かに緊張しすぎたせいもある。初めて見る龍神様の姿にも圧倒されてしまった。それに何よりも衝撃だったのは、ランワンの口から改めて言われた『夫婦になりたい』という言葉で、ジョンシーから聞いていた『婚姻の儀』の話が、勘違いではなかったのだと思い知らされたことだ。

それを聞いた瞬間、頭の中が真っ白になってしまった。思い返せばその後ランワンが別れの言葉を告げて去っていったのを、ぼんやりしながらも一礼をして見送ったはずだった。だがショックが大きすぎて上の空になってしまっていたようだ。

「本当に……私は龍神様と夫婦にならなければならないのですね」

ポツリと呟いた龍聖の言葉に、ジョンシーは少しばかり不安そうに表情を曇らせた。

「……お嫌なのですか？」

「え？　あ……いえ、その……」

思っていたことを口に出してしまったのに気づいて、龍聖はとても気まずく視線を逸らした。ジョンシーの不安そうな表情を見ても、やはり『嫌だ』と言うのはいけないことなのだと察せられる。

「嫌というわけではなく……その……思いもよらなかったことなので気が動転してしまって……」

「確かに歴代のリューセー様は皆様、龍神様と夫婦になるとは思わずにこちらの世界にいらっしゃるのだと聞いておりましたが……申し訳ありません……私はそこまでリューセー様が動揺なさるとは教わっておりませんでしたので、リューセー様のお気持ちも考えずに話を進めてしまっていました。きっと私のお伝えの仕方が悪かったのでしょう。本当に申し訳ありません」

ジョンシーが心から申し訳ないというように、表情を歪めながら深々と頭を下げるので、龍聖は困ってしまって眉根を寄せたまま唇を噛んだ。

「今までのリューセーはすべてを承知したのですね」

「はい、だからこそランワン様まで八代も、王家が栄えてきたのです」

龍聖は視線を落として考え込んだ。ジョンシーの言うことが本当なのだとしたら、今会ったランワン王は先の竜王と龍聖との間に生まれた子供だということになる。信じがたいことだが男同士で夫婦になり子供を儲《もう》けることが出来たという証に違いない。でもだからそうですかとすんなり納得することは出来ない。

「実は……私の家、守屋家は祖父の代で一度絶えかけてしまって……龍神様との契約を守り伝えてき

た寺が壊されて、住職も亡くなり……もちろん儀式をしなければならないという教えは守っています
し、こうして儀式を行ったので私がまいりましたが……儀式のやり方なども正しかったかどうか分か
らないのです。ですから私は……今までの龍聖様達と同じような教えを受けていないので、恥ずかし
ながら何か理解が足りないのかもしれません」
「それはまことでございますか？」
ジョンシーは驚いて目を丸くしている。龍聖は申し訳なさそうに頷いた。
「だから私は……龍神様にお仕えすると言ってもそれは形だけのことで、まさか本当に龍神様の住んでいる世界に来ることになるとは思っていなかったし、龍神様にお会い出来るとも思っていませんでした。そもそも龍神様が現実にいらっしゃるとも思っていなくて……。決して龍神様への信仰心がないという訳ではないのです。本当にお恥ずかしい限りで申し訳ありません」
龍聖は頬を染めて羞恥に身を震わせながら、ソファから床に崩れ落ちるように膝をついてそのまま土下座をした。
「リューセー様！　な、何をなさるのですか!?　どうかお立ちになってください！　私になどそのようにお謝りになってはいけません！」
「本当はさっきランワン様にこうすべきでした。でも気が動転してしまって……まさか本当に龍神様に御目通り出来るとは思っていなかったので……貴方から話には聞いていても、どこか信じていなかったのです。龍神様にお仕えするために幼き頃より色々なことを学んできて、毎日仏間に祀られた儀式の道具箱に向かって祈りを捧げてきたというのに……龍神様を信じていなかった……信仰心が足りなかったのです。本当にお恥ずかしい限りです。申し訳ありません」

ジョンシーに腕を摑まれて無理やり立たされそうになりながらも、龍聖は必死に謝り続けた。

「リューセー様、どうかそのように謝るのはおやめください。まずはお立ちいただき気をお鎮めください」

「でも私は……龍神様に……失礼な態度を……」

「そんなことはございません。リューセー様、さあ、ソファにおかけください」

ジョンシーはなんとか宥めながら龍聖をソファに座らせた。真っ赤な顔で今にも泣きそうに顔を歪めて狼狽している龍聖の姿を、困惑してみつめるジョンシーだった。


ランワンが龍聖の下を訪れた翌日に、青ざめた顔のジョンシーがランワンの執務室を訪れて面会を申し込んできた。

突然のジョンシーの来訪。その日も忙しくしていたランワンだったが、ただならぬ様子と聞いてなんとか時間を作って面会に応じた。

ジョンシーはとても緊張した様子で、執務室の入口から入ってすぐのところに立ちすくんでいる。

「ジョンシー、何事だい？　君がわざわざ私のところに来るのだからリューセーのことだと思うけれど……特に医師も誰も騒いでいないから、リューセーの身に何かあったというわけではないんだよね？」

ランワンは穏やかな口調でジョンシーに話しかけた。

「陛下……実は……お願いがあってまいりました」

ジョンシーの声が微《かす》かに震えている。ランワンは少しばかり眉根を寄せた。

「私に願い事？　言ってごらん」

その様子から楽しい話題ではなさそうだと思ってランワンは身構えた。

「恐れながら……婚姻の儀の日程を少し延期していただけないでしょうか？」

「え？　婚姻の儀を延期？　それはどういうことだい？　君は自分の言っていることが分かっているのかい？　婚姻の儀はリューセーが降臨してから五日後……どんなに遅くとも十日までには行うということが決められている。その理由は君も知っているだろう？　リューセーは婚姻の儀で私と契りを交わさなければ我らと同じ体になれないし、香りも消えることがないから他のシーフォンに会うことも出来ない。それに今の我が国の状況も分かっているはずだ。国民はまだ不安を抱えている。皆が一刻も早く新しいリューセーの姿を見たがっている。元気なリューセーの姿を……まさか！　まさかあの人も母と同じような病を……」

「いいえ、決してそのようなことはございません」

ランワンが誤解をして狼狽えたので、ジョンシーは慌ててそれを否定した。

「リューセー様は大和の国ではとても健康にお育ちになったそうです。病の心配はございません」

ジョンシーは頭を下げながら淡々と説明をした。だがまだ表情は硬いままで顔色も良くない。それもいたしかたのないことだった。

リューセーの側近であるジョンシーは、シーフォンと同等に城内の侍女や兵士に命令が出来る権限を持っているばかりではなく、こうして王に直接話をする権限も持っている。だがそうは言ってもアルピンであるジョンシーには、王とこうして直接話をするなどかなり敷居の高いことだ。その上今日の目的は『婚姻の儀の延期』という、王家の重要なしきたりに口を出す、とんでもない願いを告げに来たのだ。

『死ぬ覚悟で来た』と言っても決して大袈裟ではない。

それもすべて主であるリューセーのためだ。

昨日、ランワンが龍聖を訪ねてきた後、龍聖が初めて悩みを打ち明けた。そして自身を恥じて酷く動揺し、ジョンシーが懸命に宥めたがよほど思い悩んでしまったのか、その夜は熱を出して寝込んでしまったのだ。

竜王と夫婦になるということに、そこまで龍聖が動揺して思いつめてしまうとは思ってもみなかった。龍聖自身もそんな自分を恥じて、より一層悩んでしまったようだ。

守屋家の事情も聞いて何か今までのリューセー達とは違う異変が起きているようにも感じた。

そういうことを側近であるジョンシーが、すぐに察してやれなかったことを悔い、龍聖を哀れに思って思い悩んだ末に、婚姻の儀の延期を申し出る決意をしたのだ。

だが今の段階で、どこまでランワンの耳に入れるべきかを迷っていた。これはとても繊細な内容だ。言い方をひとつ間違えれば、余計に龍聖を傷つけてしまうことになりかねない。

「ジョンシー、どういうことか説明をしてくれ、なぜ延期をしなければならない？　リューセーに何かあったのか？」

「恐れながら陛下……リューセー様は今、熱を出して寝込んでしまわれています。病気ではございません。恐らく心労や慣れない世界での暮らしによる疲れなどのせいだと思われます。熱自体は一日二日安静にお休みいただければ下がるだろう程度なので心配はありませんが……」

思いもかけないジョンシーの言葉にランワンは狼狽えたが、心配ないと言われて少しだけ安堵の表情をした。

「本当に心配ないのだな？　リューセーにはまだシーフォンの医者を近づけることが出来ないのだから病になられては困る。それもあって早く婚姻の儀をしたいのだが……でもまあそういうことならば、明後日に予定していた婚姻の儀をさらに二日ほど延期して四日後とするのは構わないよ」

「陛下……私が延期をお願いしたいのはもっと長い日数でございます」

「どういうことだ？」

せっかく安堵していたのにジョンシーの言葉を聞いて、ランワンは怪訝そうに眉根を寄せた。

「実は……リューセー様はご自身のお立場をあまりご理解されていないようなのです。大和の国で何らかの事情があって、今までのリューセー様のような教育をお受けになっていないそうで……それで突然こちらの世界に来てしまい、かなり動揺してしまわれて……それが寝込んでしまわれた原因のひとつなのです」

「それはなぜだ？　どうしてそんなことになったんだ？」

「私もまだリューセー様からくわしく聞かされていませんので……これは私の推測に過ぎないのですが……もしかしたら先代のリューセー様が早世なされたことと何か関係があるのではないかと……」

「母のせいだと？」

ランワンが不快感をあらわにしたので、ジョンシーは顔面蒼白になって額に脂汗《あぶらあせ》を浮かべながら必死に言葉を続けた。

「決して先代リューセー様を悪く申し上げているのではございません。ただ……先代リューセー様のご不幸はこのエルマーンにも大きな影響を与えました。当然ながら大和の国にもまったく影響がなかったとは言えないのではないでしょうか？」

大和の国で何か異変が起こり、守屋家が途絶えそうになったらしいという話は言い出せなかった。まだくわしく龍聖から聞き出せていないせいでもあるが、たとえ聞いたところで大和の国へ行く術《すべ》がない以上、対処しようもない。捉え方次第では先代リューセーが早世したのがすべての元凶だと思われかねないだろう。実際のところ今の言葉だけでも、ランワンは不快感をあらわにした。とても繊細な話だ。今はまだその話題に触れて良い時期ではない。

早世したリューセー、そのために衰弱して同じく早世した先代竜王。未だかつてない事態に、エルマーンの人々が不安の中にいる。それをなんとかしようとランワンは日々模索《もさく》している。

そこに降臨した新しきリューセー。一刻も早く婚姻の儀を済ませて、国民の前に若く元気で新しき竜王夫妻として立ち、皆に安心と希望を与えたいだろう。

エルマーン王国の国民としてそれは痛いほど分かる。ランワンが目覚める前までの国内の状況は、本当に惨憺《さんたん》たるものだった。

南北の関所を閉ざして外界との繋がりを遮断し喪に服していたが、それ故に他国の者の目がない分アルピン達はあからさまに怯えて不安を日々口にしていた。城内も暗く静まり返り、シーフォン達は皆部屋に閉じこもっていた。いたずらに不安を煽るような言動に走らないように、特に力の弱い下位のシーフォン達は部屋に待機するように、ロンワン達上位のシーフォンが指示したからだ。

城内で働くアルピン達は、その暗く静まり返ったシーフォン達の様子を見てさらに不安が増していた。

そんな中ジョンシーはリューセーの側近として、ランワンのリューセーを迎えるための準備を精力的に進めて、侍女達を鼓舞《こぶ》してなんとかやり過ごしてきた。

ランワンが新竜王として戴冠《たいかん》し、ランワンのリューセーも降臨して、ようやくエルマーンの人々に笑顔が戻りはじめた今は、むしろ先代の話題は避けたいところだ。暗い話は思い出したくない。冷静に先代達を悼む気持ちになるには、もう少し時間が必要だ。

だがリューセーの側近としての立場で考えると、今のリューセーはとても痛々しくて、本人が納得するまでは無理強いしたくはない。ランワンと龍聖は一目しか会っておらず、まだ心が通じ合っていない。ランワンは今はまだ龍聖の味方とは言えない。龍聖の味方になれるのは側近であるジョンシーだけだ。

比喩ではなく本当に命を懸ける決意をして、この場に来ていた。たとえ王の逆鱗《げきりん》に触れて処罰されることになったとしても、側近の代わりはいくらでもいる。しかし龍聖の代わりはいないのだ。なんとしてもお守りする。ジョンシーは、ぐっと拳を強く握りしめた。

「リューセー様がご自身の立場を理解し、この世界で生きることに不安を感じることや、心労を覚えるようなことがなくなるまでは、婚姻の儀を進めるのは反対です。しかし一日も早くそうなれるように、私も誠心誠意尽くしますので、何卒私にお任せいただけますようお願いいたします」

ジョンシーは声を張って思いの丈を告げた。その場に膝をつきゆっくりと額が床につくまで平伏する。そのジョンシーの姿を、ランワンは言葉をなくして呆然とみつめていた。

ただならぬ決意を感じる。

「分かった」

ランワンは小さく呟いた。そして一度大きく息を吸い込む。

「ジョンシー、お前の言い分はよく分かった。そこまでリューセーのためを思う忠義に感服した。婚姻の儀は先延ばしにしよう。だが皆を納得させるにはある程度の期限は必要だ。予定よりも十日延ばす。リューセーが降臨してから十六日目に婚姻の儀を執り行う。どうだ？　これで納得してくれないか？」

ランワンは少しばかり申し訳ないという表情をしてみせながら、ジョンシーに延期の時期を提案した。ジョンシーとしてはもっと長くしてほしいと言いたかったが、ランワンの提案はかなり譲歩《じょうほ》してくれていると思う。

ジョンシーが即座に返答をしないので、それでは足りないのだろうとランワンはすぐに察して苦笑した。

「まずは皆を納得させなければならない。十日ならばおそらく即決させることが出来る。様子を見ながらそれよりもまだ先延ばしに出来そうならば、二日三日と延ばしていこう。もちろん早くなるに越したことはないのだが……ジョンシー」

「はい、承知いたしました。寛大なご配慮を賜《たまわ》りありがたく御礼申し上げます」

ジョンシーは平伏したまま承諾するしかなかった。

「陛下からお見舞いのお花が届いております」

ジョンシーが枕元に花を見せに来た。とても美しい花だ。龍聖はゆっくりと起き上がり申し訳ない思いで、花束とジョンシーの顔を交互にみつめた。

寝込んでから三日。熱はすっかり引いたのだが、ジョンシーがしばらく安静にするようにと言ってくれて、そのままずっと床についている。

『婚姻の儀』が延期になったと告げられた。「何もご心配いりませんよ」と龍聖を気遣うように微笑むジョンシーをみつめながら、きっと彼が延期するように手を尽くしてくれたのだろうと察した。

ジョンシーは何度も龍聖に「私はリューセー様の側近です。すべてのことからリューセー様をお守りします。どうか信じてください」と言ってくれる。

側近というものが具体的にどのような立場にいる者なのか龍聖には分からないが、彼の誠意はとても伝わってくる。忠臣に間違いない。そして忠臣という者はこの国も日本もきっと違いはないのだろう。見ず知らずの異国の者ではあるが、彼のことは信じたいと思った。

「綺麗な花ですね……私の国では見たことのない花です。香りも良い……この香りは……」

龍聖は何かを言いかけたが、目を閉じて懐かしむようにゆっくり香りを嗅いだ。

「どうかなさいましたか？」

ジョンシーが尋ねると、龍聖はとても穏やかな表情で目を開けた。

「いえ、この花の香りが、私の国の『白檀《びゃくだん》』という香木の香りにとても似ていて……私の母が好きな香りで、よく香を焚いて着物に香りを付けていましたから……この香りを嗅ぐと、母を思い出すのです」

そう話す龍聖は、優しい笑みを浮かべている。ジョンシーは、龍聖のそんな表情を初めて見た気がして、とても嬉しくなった。

「これはルーファという花です。陛下がリューセー様の慰めになればと、お選びになったのですよ」

「陛下にお礼を申し上げなければなりませんね」

龍聖が静かに答えると、ジョンシーは微笑みながら頷いた。

「リューセー様が喜ばれていたとお伝えしておきます」

「あの……」

ジョンシーが花を活《い》けに行こうとしたのを龍聖が呼び止めた。

「龍神様は……ランワン様は本当に怒っていらっしゃらないのですか？」

不安になって尋ねると、ジョンシーは目を細めて優しい口調で答えた。

「何度も申し上げていますが……ランワン様はリューセー様の身を案じるばかりで、何もお怒りになっていません。だからこそ婚姻の儀を延期していただけたのです。ランワン様はとてもお優しいお方です。お会いになってそう思われませんでしたか？」

「それは……」

龍聖はランワンの姿を思い出した。一目会っただけ……本当に僅かな時間、僅かな言葉を交わしただけだったが、とても優しい方だと思った。紛れもなく龍神様だと分かるほど神々しい姿をしていて、この国の国王だというのに少しも威張った様子もなく……いや威張らなくても自然と威厳が醸《かも》し出されていたのだが……龍聖を気遣って笑顔まで向けて優しく声をかけてくださった。

緊張してろくに挨拶も出来なかった龍聖に対して、少しも怒ることなく身を案じてくれるなど信じられないくらいだ。

「とてもお優しい方だと思います。思い出しても……涙が出るほど慈悲深いお方だと思います」

穏やかな表情でそう話す龍聖の姿を見て、ジョンシーは安堵していた。ランワンに対して決して恐れや嫌悪を感じているわけではないのだと思ったからだ。

ここは異世界であること。龍神様は神様という架空の存在ではなく、竜王ランワンとして存在すること。リューセーの立場や役目があること。それらをきちんと理解し納得さえすれば、何も問題なく婚姻の儀を行えるだろうと思っていた。

「起き上がれるようでしたら陛下にお礼のお手紙を書かれてはいかがですか？　大和の文字で構いませんから」

「失礼にならないでしょうか？」

「きっとお喜びになりますよ」

笑顔でジョンシーに促されて、龍聖は手紙を書くことにした。

それは御礼状の形式に則った堅苦しい真面目な手紙で、恋文とはまったくほど遠いものであったが、思いもかけず届いた龍聖からの手紙に、ランワンはとても感激して何度も何度も嬉しそうに文面に目を走らせた。

「とても綺麗な文字を書くのだね。手紙が書けるほど回復したのだろう？　本当に良かった」

素直に心から喜ぶランワンの姿に、ジョンシーは心が痛んだ。

「申し訳ありません。一刻も早くリューセー様にご理解いただきますので……」

「ジョンシー、今は焦る必要はないよ。リューセーはリューセーなのだから……きっと分かってくれると信じている。よろしく頼んだよ」

「はい」

ジョンシーは深々と頭を下げた。

それから二日ほど様子を見てジョンシーは勉強会を再開し、内容や言葉遣いに気を配りながら竜王とリューセーの関係について説明をした。エルマーン王国の歴史や歴代の竜王とリューセーの話に、龍聖がとても興味を示したのでそれも併せて詳しく説明をした。

龍聖も必死に理解しようとしていた。疑問に思うことは遠慮なく質問をした。何もかもが日本とは違うことばかりで、困惑することばかりだったがそれでも少しずつ理解を深めていった。

そして『リューセー』という存在が、多大なる苦難の末に見出された特別な存在であり、他に代わることのない者だということも理解した。

『伴侶』というのは、初代竜王ホンロンワンが自分の命を繋ぐ『リューセー』を、糧を得るためや子孫を残すための道具ではなく、かけがえのない存在である証として位置付けたのだということ。

『婚姻の儀』は、二代目竜王ルイワンがリューセーをめとる儀式をするにあたり、『契約』などではなく、もっと愛情を表した形として始めたこと。人間の世界で最も強い『家族』という関係を作り出すための方法として考えていること。

龍聖が今まで知っていた常識とは違うが、男同士で結婚する正当な理由を聞かされて、ようやく龍聖はそれらを理解することが出来た。

龍聖は勉強会であらゆる知識を得ながら、自身のことを深くみつめ直していた。

やはりどう考えても明治政府による改革で、龍成寺を失ったことは守屋家にとって一大事であったのだ。寺を壊されることに反対して、僧侶や村人がたくさん命を落としたのだと聞いた時に、龍聖にはなぜそうなったのか理解出来ないと思っていた。神や仏への信仰は人があってのものではないだろうか？　寺や仏殿などの形を失ったとしても、人々が信仰さえ失わなければどうにでもなる。

かつてキリシタンが隠れてでも信仰を持ち続けたように、二尾村の者達や龍成寺の僧侶達も政府に大人しく従って、寺を放棄すれば良かったのではないか？　そうすれば無駄な人死にも出なかったのではないか？　そんな風に思っていた。

しかし形を失った伝承が存続し続けることは難しい。現に祖父も父も正確な伝承を受け継いでいなかった。

自分で八代目にもなる龍聖という役目。例えば伝統職や伝統芸などを代々受け継ぐ者は自分自身で次の代の者に直接教えることが出来る。だから無形であっても伝承出来るのだ。だが龍聖の場合は代々であってもそれぞれの者の間には長い年月の隔たりがある。龍聖同士は互いに生きて相まみえることは出来ない。

十八歳という若さで龍神様の下に旅立ってしまう龍聖。次の龍聖が生まれるまでに五十年も百年もかかってしまう。子や孫やひ孫の代までいつ生まれるか分からない龍聖を待ち続け、もしも生まれた時にはどのように教育するか、どのように契約の儀式を継承するかも含め、正しい知識を受け継ぎ続けるには、龍聖の親兄弟ではなく、専門の幾人もの者達によって伝承を護り続ける必要がある。そしてそれを支えるための地盤として場所も必要なのだ。

それが菩提寺である龍成寺だったのだろう。

何百年も伝承を護り続けることが出来たのは、二尾村の人々の信仰と協力があればこそで、龍神様がそこにいると信じられている龍神池を護る龍成寺があったからこそなのだ。

エルマーン王国の歴史を学び、代々の龍聖の話を聞けば聞くほど、自分との違いに驚愕してしまう。皆がこの異世界に来てすぐに、自分の立場を理解し、竜王に従い婚姻の儀を執り行って、仲睦まじく普通の男女の夫婦のように家族になって王族を繁栄させている。

もちろん聞かされる話は残された書物によるものだから、歴代の龍聖達がこの世界に来てどのように驚き戸惑ったか細かな事実は書かれていない。だがこんな見たこともないような部屋や家具、異国人のような人々、空を飛ぶ異形《いぎょう》の生き物、日本とはまったく違う風景……それらを見て驚き戸惑わなかったはずはないのだ。

それでも皆、大きな問題もなくすぐに婚姻の儀を受け入れている。

ジョンシーの話によると、どの龍聖もまさか龍神様と夫婦になるとは思っていなくて、一様に動揺していたようだが、それでもこんな風に慌てふためき熱までだして寝込むなんて醜態《しゅうたい》をさらしたのは自分ぐらいなのだ。恥ずかしいなんてものではない。

おそらく今までの龍聖達は、龍成寺の住職より龍神様に仕えるための心構えや、あらゆる場面を想定しての教えを正しく受けていたのだと思う。

祖父からは『小姓のような役目』と聞いていたが、初代龍聖は室町幕府の頃の戦乱の時代の者なので、本物の武将に仕えた小姓のような武士の習いを教わっていたのかもしれない。それならば作法どころか根本的に精神面での覚悟が違うのだろう。

どんな目に遭《あ》おうとも龍神様に仕え抜く覚悟……本当に死も恐れぬ覚悟だったのかもしれない。

それならば合点《がてん》がいく。男と結婚するとか、子供を産めとか言われても、動揺することなくすべてを受け入れるだろう。

自分とは覚悟が違う。口では『守屋家のために死ぬ覚悟』と言っても、本当は死ぬのが怖かった。儀式をするのが怖かった。前夜に兄に弱音を吐いてしまうほど、自分は弱い人間なのだ。だから未だに婚姻の儀に躊躇している。

武士の時代からほど遠い世界で、想像ばかりの知りうる知識で付け焼き刃のように学んだ『小姓もどき』では、どう考えても太刀打ち出来るはずがない。

そして今その事実に気づいたとしても、もうどうすることも出来ない。覚悟もない、精神も弱い、こんな自分ではとても龍神様にお仕えすることなど出来そうにもない。

「リューセー様、大丈夫ですか？　お顔の色が優れませんが……少し横になられた方が良いでしょう」

真っ青な顔の龍聖に気づき、ジョンシーが慌てて寝室へ連れていった。龍聖は言われるままに大人しくベッドに横になり深い溜息をついた。

「ジョンシー……婚姻の儀のことですが……一日も早くやらなければいけないことは分かりました。でも……どうしてもまだ覚悟が定まらないのです。とても恥ずかしいのですが……聞いていただけますか？」

龍聖が真剣な眼差しをジョンシーに向けて言ったので、ジョンシーはベッドの側に膝をついて龍聖の顔に少しでも耳を近づけるようにして聞く体勢を取り頷いた。

「リューセー様、どうぞなんでもお話しください。もしも何か不安に思うことがあるのでしたらお打ち明けください」

ジョンシーは穏やかな口調で龍聖を促した。龍聖は一度深呼吸をした。

「ジョンシー……私は龍神様と衆道の関係にならなければならないとは知りませんでした。婚姻の儀は北の城というところにランワン様と行って、そこで契りを交わさなければならないと言いましたね？　私はランワン様と夫婦になるのが嫌なわけではないのです。ただ私は……衆道の知識がありません。どのようなことをされるのか、考えるだけで怖いのです」

龍聖は思いつめた様子でジョンシーに打ち明けた。ジョンシーは驚いて、すぐには何も答えられずにいた。気持ちを整理しているのか、少しばかり間をおいて言葉を選ぶように、龍聖に問いかけてきた。

「リューセー様……それはまことでございますか？　大和の国で、衆道の作法などを学ばれてこなかったのですか？」

「はい」

動揺した様子でそう尋ねるジョンシーを、龍聖は困惑した表情でみつめてコクリと頷いた。

「どうしてそのような……代々のリューセー様は皆様、竜王に仕えるために、夜伽《よとぎ》の作法までを学んでこられると……私はそのように教えられておりました」

ジョンシーの言葉を聞いて、龍聖も驚いて表情を曇らせた。そして眉間にしわを寄せて考え込んだ。

『やはりそうなのだ』と思う。歴代の龍聖達は、皆武士の時代の人達だった。武将に仕える小姓のような嗜みを習うということは、やはり衆道の作法も入っているということだったのだ。

「恥ずかしい話ですが……私は以前、茶道の師匠に犯されそうになったことがあるのです。無理やりに押し倒されて体を触られて……必死で抵抗して難を逃れたのですが、その時のことが未だに怖い記憶になっています。喧嘩などの暴力とはまったく違う恐怖を初めて知って……私を見るその者の厭《いや》らしい眼差しとか……欲望を向ける男達の態度とか……そういうものに酷い嫌悪感を持っています。犯されかけたのはその一度だけですが、それに近しいことをされかけたのは一度や二度ではなくて……私の父は衆道を嫌っていたので、その事実を知ってとても怒って……私にそのような隙があるから悪いのだと……男を無意識に誘惑しているのではないかと……そんな風に叱られて、それも私の心の傷になっていて……とにかくそういうことが怖いのです。考えただけで震えてしまうのです」

龍聖は真っ青な顔で切々と語った。唇が震えている。ジョンシーは酷くショックを受けたような顔で、相槌《あいづち》も打てずに聞いていた。

「女でもないのに……男のくせに強姦されかけたというくらいで、こんなに怖がるなんて恥ずかしいと思います。別に……犯されたとしても犬に噛まれたと思えばいいのに……殴り合いの喧嘩をして、顔を腫らしても平気なのに、性欲を向けられることを怖がるなんて……本当に女々しくて恥ずかしいのですが……」

苦しげな表情で吐き出すように語る龍聖を見て、ジョンシーは居たたまれなくなり龍聖の手を強く握って、その握った手に額を押し当てた。

「リューセー様……そんな辛い思いをされていたとは知らずに……申し訳ありません」

「あ、貴方が謝ることではありません。第一、今初めて告白したのです。知らないのも当然です」

「ですが最初から婚姻の儀についてや、夫婦になることについて不安な表情をされていたのは知っておりました。自分のお立場をご理解されていないだけだと思って、今まで勉強会を進めてまいりましたが、くわしくお教えすればするほど時折辛そうなお顔をなさることにも気づいていました。それなのに私は……そこまで悩み苦しまれるには、何かよほどの事情があるのだとリューセー様の心中を察しなければならなかったのに……申し訳ありません」

肩を震わせて謝罪するジョンシーの言葉を聞いて、龍聖は思わず涙が溢れ出そうになった。眉根を寄せて唇を噛んで堪える。

今まで誰にもこんな話をしたことはなかった。唯一知っている両親の態度を見て、すべて自分が悪いのだと思い込んでいた。だからこんな風に龍聖のことを思ってくれる者などいなかったから、泣きたくなるほど嬉しかった。

「ジョンシー……ありがとう。でも……どうしてもそれは避けられないのですよね。絶対にランワン様と性交しなければならないのですよね？」

心細そうな声で呟く龍聖に、そんなことはないと励ましてやりたい気持ちに駆られたが、もちろん嘘をつくことは出来ない。ジョンシーは顔を上げて苦し気な表情で龍聖をみつめた。

「陛下の……竜王の世継ぎを産むことが出来るのは、この世でリューセー様ただお一人しかいません。他国のように側室が代わりになるということは出来ないのです。世継ぎが生まれなければ竜族は滅び、この国も滅びます。そして……大和の国の守屋家も滅びることになるのです」

龍聖はきゅっと眉間のしわを深くして、しばらくジョンシーをみつめたまま考え込んでいた。黒い瞳が揺れている。

「龍神様は……竜王様は不思議な御力をお持ちの神様なのでしょう？　男に子を孕《はら》ませることが出来る御力があるのならば、性交などせずともその御力で私に子を宿すことは出来ないのですか？」

龍聖はなんとも複雑そうな笑みを浮かべて、そう呟くように言った。自分でもおかしなことを言っているとと思っての笑みなのだろう。それもまたせつなくて、ジョンシーは苦し気に目を伏せる。

「申し訳ございません」

「いいえ……私が悪いのです。龍聖でありながら、こんな醜態をさらして……今までこんな龍聖などいなかったと、さぞや皆様驚きのことでしょう。ランワン様も呆れられていると思います」

「そんなことはありません。陛下は心からリューセー様の身を案じておられます。だからお花を贈られたり、他国の珍しい菓子を取り寄せたり……毎日陛下からお見舞いの品が届くではありませんか」

「ランワン様は本当にお優しい……慈悲深いお方だということは分かっています。本当に……私は自分が恥ずかしくて情けないだけなのです」

龍聖は両手で顔を覆った。

「すみません……あと少し……あと少しだけ時間をください。必ず克服いたしますから……」

そう言って体を震わせながら声を殺して泣く龍聖を見て、ジョンシーもまた涙した。


翌日、少し遅めの時間ではあったが「もう大丈夫」と言って龍聖が起きてきた。朝食を摂り勉強をしたいというので、ジョンシーは龍聖を気遣いながらエルマーン語を教えた。

無理して気を張っているのか、龍聖はもう不安そうな表情を見せることなく、熱心にエルマーン語を覚えようとしていた。だがその日三食とも僅かばかりしか口にしなかった。

その翌日は、早くから起きて「勉強をいたしましょう」と元気な素振りを見せた。食事も普通に食べるようになったが、無理をしているとしか思えない。

『約束の期限まであと五日……とてもそれまでにリューセー様の心の傷を癒やせるはずなどない。もちろん完全に癒やすには一年も二年もかかるのだろうけれど、せめて陛下との性交は怖いものではないのだと、陛下のことを信じていただけるように心の余裕を作る時間が欲しい……せめてあと十日……さらに日延べしてもらえるようにお願いしに行こう』

ジョンシーは決意をして直談判をしに行くことにした。

昼食の後、龍聖には『所用があるのでしばらく出かけます』と言い残し、侍女に龍聖のことを頼んで、王の執務室へと向かった。

本来ならば事前に面会を申し出る必要があるが、今は少しでも時間が惜しい。会っていただけるまで待つつもりで向かっていた。

執務室のある階まで降りたところで、ばったりとシーフォンの男性に会った。ジョンシーは直接面識のない者だったが、確か財務の書記官だったと思う。

ジョンシーは一歩退いて会釈《えしゃく》をした。

「ん？　お前は……リューセー様の側近だな？」

群青色《ぐんじょういろ》の髪をした中年の男は、ジョンシーの顔を見るなりあからさまに顔をしかめた。そのような顔をされて、ジョンシーは困惑しつつもさらに深く頭を下げて、相手の機嫌を損ねないようにと気を遣った。

「急いでいたもので申し訳ありませんでした。どうぞ先にお進みください」

ジョンシーは男に道を空けるように壁際に退いた。だが男はジョンシーを睨むようにみつめたまま動かない。ジョンシーは恐る恐る顔を上げた。

「一体どういうつもりだ！」

男はいきなり恫喝《どうかつ》した。突然の大きな声にジョンシーは驚いて何も言えずに固まってしまった。

「あ、あの……」

「なぜ早く婚姻の儀を行わないのだ!?　リューセー様に何も問題はないのだろう？　お前が日延べを願ったという話ではないか！」

「そ、それは……恐れながら……リューセー様が体調を崩されたため……陛下も安静にとお気遣いいただいて日延べしたのです」

あまりの男の剣幕に、ジョンシーは震えながらも懸命に答えた。

「体調が悪い？　まさか新しいリューセー様までも病弱なのか！」

「いいえ！　そんなことはありません！　とても健康でいらっしゃいます。ただ……まだこちらの生活に慣れていらっしゃらないだけです」

「リューセー様が婚姻の儀を嫌がっているという噂もある。大和の国では契約を反古《ほご》にしようと何か企《たく》んでいる者がいるのではないのか？」

「そんな！　滅相《めっそう》もない！　なんということを申されるのですか！　いくらシーフォンの方でも、そのような暴言は許しませんよ！」

ジョンシーは毅然《きぜん》とした態度で反論した。先ほどまで低姿勢だったジョンシーが、怒りをあらわにしたので男は驚いて顔を真っ赤にした。

「アルピンのくせに生意気な！　リューセー様の側近だからと言って、お前が好き勝手にしているのではないのか!?」

「おい！　貴様！　何をしている！」

男が真っ赤な顔で右手の拳を振り上げた時、それを制する声がかかった。それは少し離れた廊下の先からではあったが、朗々とした声は男の動きを止めるほど響き渡っていた。

ジョンシーと男が声のする方へ視線を送ると、一人の男性が颯爽《さっそう》とマントを翻《ひるがえ》してこちらに向かってきていた。

「ダ……ダーハイ様」

「貴様、ジョンシーに何の用だ」

側まで来るなりシーフォンの男を睨みつけて、良く通る低い声で間髪容《かんはつい》れぬ勢いで尋ねてきた。

「な……何というか……私はただ……」

「貴様の醜《みにく》い怒鳴り声が廊下の端まで聞こえていたぞ！　その先には陛下の執務室があることを忘れたか？　見苦しい真似は控えろ！」

ダーハイに一喝されて、男はみるみる血の気の引いた顔になり、慌てて逃げるようにその場を去っていった。

「ダーハイ様、ありがとうございました」

「いや、乱暴なことはされていないか？」

「何も……私は大丈夫です。ありがとうございました」

ジョンシーは何度も頭を下げて礼を述べた。

「皆、婚礼の儀が延期されたことを不安がって、気が立っているのだ……許してくれ」

「あ……」

ジョンシーは男に言われた言葉を改めて思い出して、思わず息を呑んだ。皆が悪い噂を立ててしまうほど、大ごとになってしまっているのだと悟ったからだ。

「ランワンの所には毎日のように、いつになったら婚姻の儀をするのだと、問い詰めに来る者が絶えない。もちろんあんな風に声を荒らげる者はさすがにいないが……逆に不安をあらわにして泣き落としに来る者が多い。それを宥めるのにせいいっぱいで、公務に支障が出るほどだ」

「そんなに……ですか……」

ダーハイが大きな溜息をついて頭をかきながら、苦笑交じりに言った言葉に対して、ジョンシーは顔面を蒼白にして呟いたので、ダーハイは困ったようにまた溜息をついた。

「まあ……ランワンがそれでもいいというのだから気にするな。リューセー様のお体の方が大事だ。病ではないのだろう？　もう少しは落ち着かれたか？」

「は、はい……昨日から勉強会を再開出来るほどにまで……お元気になられました」

ジョンシーは仕方なくそう答えた。とても『まだお心が不安定なままです』などということは言えない。

「そうか、ならば延期した約束の日には婚姻の儀が行えそうだな……あと五日、それくらいならばオレとラウシャンで、陛下の援護は出来る。他の者達のことは気にするな。急がなくてもいい。あと五日めいっぱい使ってリューセー様を支えて差し上げてくれ。今のリューセー様には、我々は何もしてやれない。お前だけが頼りだ」

「はい、承知しております」

ジョンシーは深々と頭を下げた。

「そ、それでは失礼いたします」

ジョンシーがそう言って、今来た道を戻ろうとしたのでダーハイが呼び止めた。

「ジョンシー、陛下に用があったのではないのか?」

「え?」

ジョンシーはぎくりとして足を止めた。

「お前がこの階に来る用といったらそれくらいだろう……ああ、もしかしてオレが言った言葉を気にしているのか? 確かにランワンは忙しくしているが、お前の面会には応じるだろう。リューセー様のことを報告しに来たのだろう? 遠慮することはない。オレについてきなさい」

ダーハイはそう言ってさっさと歩きだしたので、ジョンシーは慌てて後に続いた。本当は面会を諦めて帰るつもりだった。そんな話を聞いて、とてもさらなる延期の申し出など出来るはずもないからだ。

だがダーハイの好意を無下にすることも出来ず、とぼとぼとした足取りで執務室に向かいながら、頭の中ではどうしようかと必死に考えていた。

そうこうする間に執務室の前に辿り着いてしまった。ダーハイが扉を叩いて中に入っていく。少ししてジョンシーが呼ばれた。

ジョンシーは執務室の中に入ると、入口から少し入った所で足を止めて深々と頭を下げた。

「突然まいりましたことをお許しください」

「ああ、ジョンシー、よく来てくれた。実は私もそろそろお前を呼んで、リューセーの様子を聞きたいと思っていたんだ」

ランワンが穏やかな口調で出迎えてくれたが、ジョンシーは深刻な表情で深く頭を下げたままでいる。ダーハイはその様子を見て何かを察したように、ランワンを見た。

「それじゃあオレは行くよ」

軽く挨拶をしてダーハイは部屋を後にした。扉が閉まって執務室にはランワンとジョンシーの二人だけになった。

ジョンシーは新たな決意を胸に秘めていた。延期の申し出が叶わないのであれば、どうしても言っておかなければならないことがあると決心したのだ。それを聞いたランワンが、どんな反応を示すかは分からない。それでも言うしかないと思った。

「ジョンシー、リューセーの様子はどうだい？　私に遠慮せずに正直なところを言ってくれ、まだ日延べが必要ならば考慮しよう」

ランワンの優しい言葉に、頭を下げたままのジョンシーは、眉根を寄せて唇を噛んだ。その言葉に甘えられるものならば甘えたい。きっとランワンは言葉通りに考えてくれるだろう。さらに十日というのは無理でも、あと三日くらいは延ばしてくれるかもしれない。今のリューセーを思えば一日でも延ばせるものならばありがたい。

しかしさっきの男の態度や言動を目の当たりにして、そんなことは出来ないのだと身をもって知った。

リューセーは竜の聖人だ。皆もリューセーに会えば、悪い心証など一瞬で消え去ってしまうだろう。だが今のように皆が本当の理由を知らぬまま、リューセーにも会えず、婚姻の儀が延期され続けるのでは、シーフォン達の不安が募るばかりで、リューセーの立場が悪くなりかねない。

リューセーの側近という立場を思えば、シーフォン達がリューセーへの心証を悪くするのは決して良いことではない。

リューセーを守るためにも、ランワンに真実を伝えて、今以上にリューセーの味方になってもらうことが必要だと思った。

だから今のジョンシーに出来ることはひとつしかない。

「リューセー様にはしばらく安静に休養をとっていただき、おかげですっかりお元気になられて昨日から勉強会を再開いたしました。竜王とリューセーの関係や、ご自分の立場もご理解いただいています。リューセー様は、陛下についてとてもお優しく慈悲深いお方だと、とても感謝されています」

「そうか……ああ、そうか……それは良かった」

ランワンは心から安堵したのか、嬉しそうに笑いながら椅子の背に凭れかかって大きく息を吐いた。

ジョンシーはゆっくりと顔を上げて、そんなランワンを黙ってしばらくみつめていた。

「陛下……恐れながら、本日はどうしても陛下にお伝えしなければならないことがあってまいりました」

真剣な表情でジョンシーがそう言ったので、ランワンはすぐに表情を曇らせた。

「まさか……悪い話ではないだろうね？」

体を起こして背筋を伸ばしながら、不安そうに尋ねた。

「悪い話といいますか……この話を陛下がどのように受け止められるかは分かりません。ですが……併せて私からお願いしたいことがあります」

「お願いしたいこと？　日延べの話ではないのだろう？　それは私に伝えたいということに繋がるの

かい？」

「はい」

二人の間に緊迫した空気が流れた。ランワンにはジョンシーが何を言おうとしているのかまったく想像がつかない。だが楽しい話題ではないと分かった以上、覚悟を持って聞くしかない。

ランワンは不意に立ち上がり、中央に置かれたソファまで移動を始めた。

「ジョンシー、そこで話そう。そんなに離れたところから大きな声で出来るような話ではあるまい。お前からしたら私と面を突き合わせて話すなど、とても話しづらいかもしれないが我慢してつきあってくれ」

ランワンはソファに座り、向かいの席を差してそこに座るようにジョンシーを促した。ジョンシーは困惑した様子で、すぐには動けずにいたが渋々という様子でゆっくりとソファに向かった。

アルピンであるジョンシーにとっては、竜王ランワンとこんなに近い距離で向かい合うなど、心臓が潰れてしまうような威圧感がある状況だ。しかし逆らうことなど出来ず、言われるままに向かいのソファに座った。顔を上げることは無理で、俯いたまま膝の上に載せた手を強く握りしめた。

「ジョンシー、話を聞こう」

「あ、は……はい」

背中を嫌な汗が流れる。握った手の中は汗でびっしょりだ。ジョンシーは、ごくりと唾を飲み込んで深く息を吸い込んだ。死ぬ気で来たのだ。リューセー様のためだと自分を鼓舞する。

「恐れながら申し上げます。先ほど申し上げました通り……リューセー様が陛下に対して尊敬と敬愛を持って、この世界にいらしたことは間違いなく、そのお心は今までのリューセー様となんら変わることはございません。ただ大和の国の世情が様変わりし、竜王との契約を正しく伝承することが困難となっているらしく、リューセー様はご自身のお立場をよく理解されないまま降臨なさいました。その誤解により心労が重なり体調を崩されておいででした」

ランワンはジョンシーが順序立てて話すのを静かに聞いていた。前置きよりも本題を早くと急かしたい気持ちはあるが、心の準備を整えるために必要だと思っているのだろうと、ジョンシーの真意を汲み取っていた。

「リューセー様とはよく話し合い、必要と思われる知識を伝えてなんとか誤解を解き、ご自身の立場をご理解いただきました。今は陛下と婚姻の儀を執り行い夫婦となることを、冷静にご理解いただいております」

「ジョンシー、話に口を挟む形になって申し訳ないが、念のために確認させてくれ。リューセーは私と夫婦になることを知らなかったため混乱したということだろうが、私の母も含めて、歴代のリューセー達は皆、竜王と夫婦になるなど思いもよらず、毎回困惑していると聞いていた。私のリューセーの場合はそういう困惑とはまた違う状況だったということだね？」

ランワンはゆっくりとした口調で、言葉の齟齬《そご》がないようにひとつひとつジョンシーの反応を窺いながら尋ねた。ジョンシーは一切顔を上げることはなかったが、ランワンの言葉に何度も頷いた。

「はい、そもそも大和の国で陛下……竜王は『龍神様』という神様だと信じられています。そのため初代竜王ホンロンワン様と交わされた契約は、神様と交わした約束だとして伝承されております。守屋家に生まれる『リューセー』は神にお仕えする神子として育てられて、儀式も神へ供物《くもつ》を捧げるように生贄のつもりで執り行うのだそうです。ですからリューセー様は、龍神様からどのような言いつけをされても、そつなく対応出来るように学問や武術など様々な教育を受けていて……いわば私のような側近の教育に近く……いえそれの何倍も様々なことを身に着けておられます」

「そうだね。リューセーはこのエルマーン王国に様々な知恵を与えてくれる存在だ」

それがまるで自分にとっても誉れであるかのように、ランワンが笑顔で相槌を打った。

「このたびのリューセー様もそのような教育を受けてこられたとても優秀なお方です。ですが……大和の国の世情は……微妙ではありますが、とても大きな食い違いの基となってしまう変化を起こしておりました。守屋家が祀ってきた『龍神様』は、本当の意味での『信仰』だけになってしまっているようなのです」

「本当の意味での『信仰』とはどういうことだ？」

ランワンは眉根を寄せて首を傾げた。

「この世界にもいくつか存在する、人間達の間にある宗教と同じようなものです。見たことも会ったこともない架空の『神』を信じて敬《うやま》い奉《たてまつ》る……あれと同じようなものです」

「それは……つまり……我々竜王の存在を信じていないということか？」

ランワンはとても驚いてしまった。まさかそんなことがあるなどとは思ってもみなかったからだ。

「そうですね……『信仰』はありますから、『信じていない』というのは語弊があるかもしれません。龍神様のことは信じているけれど、実際に生きた人と同じような形で存在するとは思っていないということです。ですから儀式をした後にエルマーン王国に来て、龍神様である竜王に会うとは夢にも思っていなかったのです」

「それは……一体……どういうことなんだ……」

ランワンは頭を抱え込んでしまった。想像をしえなかった事態に、混乱していた。

「守屋家の祖先はホンロンワン様と直接会っているだろう。だから敬い続けているのではないのか？　それを忘れてしまったということか？」

「そういう事実の伝承は途絶えてしまったようです。ですからリューセー様は儀式をして『龍神様の下へ行く』という教えは言わば比喩で、儀式の後は出家をなさるか……あ、出家というのは俗世を捨てて聖職者になることのようです……もしくは本当の意味の生贄として自害するか……もっともこの自害についてはあまり本気で思っていたわけではないようですが……とにかく神の下へ行くという言葉を、誤解していらしたようなのです。ですから突然見知らぬ世界に来て混乱されてしまったのです」

驚愕の表情で聞いていたランワンは、ゆっくりと目を伏せて長い溜息のような息を吐き出した。

「なるほど……分かった。そういうことならばいたしかたない。リューセーには何も罪はない。むしろ不安にさせてかわいそうなことをしたと思う。だがそのことについては理解したと言ったな？　もう大丈夫なら良いんだ。婚姻の儀まではまだ日にちがある。私はぎりぎりまで待つし、先ほども言ったように足りなければもう二、三日延ばしても構わないから、少しでもリューセーの心が休まるように労《いたわ》ってやってくれ」

「陛下……恐れながらまだ話は続きます」

「え？」

淡々とした口調でジョンシーが言った言葉に、ランワンは表情を強張らせた。今の話だけでも十分に驚いたというのに、まだ何か問題でもあるのかと動揺する。

「リューセー様は今申し上げたような理由で、龍神様が実在しないと思っていたために教わらなかったことがあるのです。……それは……衆道《しゅどう》の嗜《たしな》みをご存知ありませんでした」

「それは……」

明らかに困惑してどう返事をすればいいのかランワンが迷っているのを感じた。ジョンシーは改めて自分を鼓舞する。

「リューセー様は衆道をお好きではありません。男性との性交に抵抗を示しておられます。大和の国にいた頃に男性から乱暴を受けそうになり、それが心の傷になっておいでです。陛下と夫婦になることは理解されていらっしゃいますが、どうしても性交が怖いとおっしゃっているのです」

「性交が怖い……私と契りを交わしたくないということか？」

「陛下、誤解のないように申し上げます。リューセー様は男性との性交という行為が怖いのであって、陛下が相手だからと言っているのではございません」

「しかし婚姻の儀では必ず性交をしなければならない。私と交わらなければリューセーの体は変わらないし、子を産むことも出来ないのだぞ？」

ランワンはショックが大きすぎたのか、特に怒ったり声を荒らげたりすることはなく、まるで他人事のように淡々と述べている。ジョンシーは申し訳ないという気持ちで、俯いたまま眉間のしわを深くした。

「すべて……すべてリューセー様にはご説明しており、リューセー様も理解されておいでです。ですが……心の傷はそう容易く消すことは出来ません。どんなに言葉で怖くはないのだと教えても、すぐに納得出来るものではございません」

「ではどうすればいいというのだ？　リューセーの心の傷が治るまで、性交をしてはならないというのか？　一体それにはどれほどの月日がかかるというのだ？」

ランワンが茫然としているのは見なくても分かる。ジョンシーはグッと奥歯を噛みしめた。リューセーのことを思えば、何年でも待ってほしいと言いたいのを我慢した。

「私から陛下にお願いしたいことは……そういう事情があるのだということを胸に留め置き、リューセー様を労っていただきたいと……もしも性交に至る際に、リューセー様の態度がおかしくなったとしても許していただきたいと……何卒お願い申し上げます」

ジョンシーはソファから離れて、床に膝をつき深々と平伏した。

「ジョンシー……」

「何卒お願い申し上げます。リューセー様の心の傷を癒やして差し上げられるのは陛下しかおいでになりません。陛下がリューセー様を心から慈《いつく》しみ愛されることこそが一番のお慰めになります。リューセー様には何の罪もありません。どうかお慈悲をおかけください。何卒……何卒よろしくお願いいたします」

血を吐くような悲痛な願いに、ランワンは言葉を失い足下で土下座するジョンシーをみつめるしかなかった。

「こ、婚礼は……五日後に行ってもよいのだな？　私が……怖がらぬようにリューセーを労り、無理をさせずに性交を行うことが出来れば……それで良いというのだな？」

沈痛な面持ちでジョンシーをみつめながらランワンがそう念を押すと、ジョンシーは平伏したまま少しばかり沈黙し、やがて震える声で「はい」と一言答えた。

婚礼衣装に身を包んだ龍聖は、たくさんの兵士達に守られるようにして廊下を進んでいた。目の前には竜王の背中がある。

城の中にある神殿で婚姻の儀を済ませた後、場所を変えると言われて、王の後について歩いていた。

龍聖の表情は、緊張のせいでひどく強張り血色が悪い。だが決心はついている。逃げ出すつもりはない。

五日前、ジョンシーが龍聖の前に土下座をして、泣きながら謝罪した。自分の力不足で婚礼の儀の日取りをこれ以上延ばせなかった。リューセー様に十分な時間を差し上げることが出来なかった。側近として失格だと、自身をひどく責めながら平伏するジョンシーに、龍聖は驚いてなんとか宥めてくわしく話を聞き出した。

そこでジョンシーから前のリューセーが病のため早世してしまい、そのせいで前の竜王までもが早世したという事情を聞かされた。

今までの勉強会では特に触れられていなかったことだ。おそらくリューセーを気遣って言えずにいたのだろう。

長いエルマーン王国の歴史で、そのような形で竜王とリューセーが早世したことなどなく、何か悪いことが起こる前兆ではないかと国民が不安に包まれていた。一日でも早く新しい竜王が新しいリューセーを迎え入れて、若い二人によりエルマーン王国が立ち直ることを皆が望んでいる。

だが婚姻の儀が日延べされたため、国民の不安はさらに深まり一刻も早く儀式を行えという声があがっている。

しかしランワンは、リューセーの身を案じて、婚姻の儀を一日でも長く日延べすべきだと擁護し、家臣や国民達とリューセーの間で、板挟みになり苦しんでいるそうだ。

そういう事情を説明されて、さすがの龍聖もこれ以上我が儘を言えないのだと悟った。

祖父の言葉を思い出す。

『少しずつではあるが、歪みが生じているのかもしれん』

祖父が案じていた通り、前の龍聖は早世してしまい龍神様に最後まで尽くし切れていなかったのだ。

『龍神様との契約で、龍聖は龍神様にお仕えする』という教えと、この世界に来て教わった竜王とリューセーの関係が、龍聖の中でようやくすべて一致した。

竜王と夫婦になり、世継ぎを産んで、竜王のために魂精を与えて、竜王が天寿を全うするまで側にいて尽くし、この国を繁栄させるためにリューセーが必要なのだ。

それが龍聖の役目であり、『龍神様にお仕えする』ということだ。

ジョンシーとの勉強会で教わったことで自分の立場を理解していたつもりだったが、日本の守屋家の歴史と、この世界のエルマーン王国の歴史の繋がりがすべての意味を持って合致した。

前の龍聖は、病のため二十年以上床に臥していたそうだ。その間竜王に尽くせず、国民を悲しませた。龍成寺を取り壊されたり、正信叔父さんが戦死したり、守屋家で不幸が続いたのはきっとその影響なのだろう。

そうだとしたら、婚礼の儀を日延べし続ければ、エルマーン王国の国民が不安を募らせて不幸になるだけではなく、守屋家にも何か災いが起こってしまうのではないだろうか？

龍聖は血の気の引いた顔で、ジョンシーをみつめた。ジョンシーは、龍聖をじっとみつめ返して、苦悩に歪んだ顔で涙を流しながら、もう一度深々と頭を下げた。

「リューセー様……何卒……婚礼の儀を行うことを……ご承知ください」

「ジョンシー、分かりました。今度こそ本当に覚悟を決めました。私のために……貴方にも、ランワン様にもご迷惑をおかけして……本当に申し訳ありませんでした」

龍聖はジョンシーの手を握り、労《ねぎら》うように頭を下げた。

「陛下は誰よりも心からリューセー様を大切に思っていらっしゃいます。決してリューセー様の嫌がることはなさいません。どうか陛下を信じてください」

そう言って龍聖の手を握り返しながら、必死に言うジョンシーをみつめて、龍聖は何度も頷いた。

龍聖は不思議と冷静だった。すべての事情が分かれば、色々なことに諦めがつく。

「私が……前の龍聖の名誉を挽回して、龍神様に誠心誠意お仕えすれば、この国も守屋家も安泰《あんたい》になりますか？」

落ち着いた様子で龍聖が言うと、ジョンシーは龍聖の顔を見て、はっとして息を呑んだ。龍聖がとても穏やかな表情をしていたからだ。今までのような不安な色は見受けられない。

「はい……リューセー様が陛下と幸せになられることこそが、この国と守屋家の安泰に繋がると思います」

ジョンシーの答えに、龍聖はただ黙って頷いた。

龍聖は今までのことを色々と思い返しながら、前を歩くランワンの後ろ姿をみつめていた。白い婚礼衣装に、深紅の髪が映《は》えて美しい。儀式の間、初めて間近でランワンの顔を見ることが出来て、その尊き美しさに、不安も恐怖も忘れてしまっていた。

こんなに美しい容姿をした人間がいるはずがない。やはりこの人は龍神様なのだと改めて思った。神様と婚礼をするなど夢としか思えない。

『これは夢なのかもしれない』

ぼんやりと目に眩い赤い髪をみつめながらそう思った。

狭く長い階段を上がり、登り切った所にとても広い部屋があった。天井が高く、他には何もない大きな部屋に、巨大な金色の竜が一頭座っていた。

龍聖は驚愕して金色の竜を見上げた。思わず足がすくむ。目の前の巨大な竜は、金色の瞳で龍聖をみつめている。その瞳をみつめ返すうちに、不思議と恐怖が薄れていった。

「リューセー、大丈夫か？　これは私の半身の竜だ。バオシーという。私の半身だから怖くはないよ。知性があるんだ。襲ったりはしない。彼も私と同じようにリューセーを大切に思っているんだよ」

ランワンが龍聖を気遣いながら優しく説明をした。それを聞いて龍聖は、ランワンとバオシーを交互にみつめて頷いた。

「はい、ランワン様にも他のシーフォンの方々同様に、半身の竜がいるのだと教わっております。毎日空を飛ぶ竜を見ていましたから……怖くはありません。ただとても大きいので驚いてしまいました。申し訳ありません」

「そうか、良かった……ではバオシーの背に乗って北の城に向かう。さあ、まいろう」

ランワンが右手を差し出したので、龍聖は少しばかり躊躇したがおずおずとその手を握り返した。

その瞬間衝撃を受けたように、龍聖は目を丸くして体を硬直させた。なんだか分からないがランワンの手を握った瞬間、不思議な感覚に襲われたからだ。それは決して嫌な感じではない。握り合った手からまるで血潮が流れ出すような、ランワンと何かで繋がったような、なんとも言い表せない感覚だ。

ランワンも同じことを感じたのか、龍聖の顔を驚いたようにみつめた後、少し照れくさそうに目を細めて笑いかけてきた。龍聖は思わず少し頬を染める。

「上まで運ぶからじっとしていてくれ」

ランワンがそう言って、ひょいと龍聖の体を抱き上げた。

「あっ！」

龍聖は驚いて思わず声をあげたが、ランワンは気にすることなく駆けだして、床まで下げていたバオシーの頭に飛び乗り、そのまま首を駆け上がって背中に乗った。

バオシーの背中の上に降ろされて、龍聖は赤い顔で「すみません」と頭を下げたので、ランワンは何も言わずに微笑みながら頷き、バオシーに出立を命じた。

バオシーはゆっくり体を起こし、翼を広げた。天井から下がる大きな鎖を口にくわえて勢いよく引くと、ガラガラと滑車の回る音がして、目の前の壁が扉のように大きく左右に開き、青い空が広がる。強い風が吹き込んできて、龍聖は思わず目を閉じた。

バオシーはドスドスと助走して、ふわりと宙に飛び出した。大きな翼が風を孕み巨体が空に舞う。

龍聖は怖くて思わずランワンにしがみついていた。すると微かに心地いい香りがしてきて、それを嗅いでいたら気持ちが落ち着いてきた。もしかしたらこれがジョンシーより教わった『互いに惹かれ合う香り』なのだろうか？　とふと考える。

そうしている間にバオシーは北の城に降り立った。

ランワンに連れられて城の最奥まで入っていった。すでに長い間人が住んでいないという城の中は、まるで洞窟の中のように空気が沈んでいるように感じた。廊下に連なる蠟燭《ろうそく》の火を頼りに辿り着いた最奥の部屋は、別世界のような美しい部屋だった。

「ここは竜王の間と言って、代々我々竜王とリューセーが婚姻の儀の際に利用する場所なのだよ」

ランワンの説明を聞きながら、真っ白に輝く大広間のような部屋の中を、圧倒されたように無言できょろきょろと見回した。

天井も壁も床も白い石で出来ている。天井の石は光って辺りを明るく照らしていた。所々に緑が植えられ、水の湧く池のようなものまである。石で出来た大きな丸いテーブルや椅子まで置かれてあった。

広間の奥の壁にふたつの扉があった。そのひとつを王と后の指輪で開けて、中を見るように促された。言われるままに部屋の中を覗き込むと、赤い光を発する大きな丸い玉が壁に埋められて辺りを照らしていた。大きなベッドがひとつある以外には何もない。ベッドには寝具が敷かれていなかった。

龍聖は不思議そうな顔でランワンを見た。

「この部屋で契りを交わすんだよ」

ランワンはそう言って寝具を抱えて部屋の中に入っていった。あらかじめ用意してあったようだ。

『契りを交わす部屋』と言われて、龍聖は表情を強張らせて思わず立ちすくんでしまったが、ランワンがベッドに敷布を広げはじめたのに気づき、はっと我に返って慌てて中に入り寝所の支度を手伝った。

支度が整うと、ランワンはベッドに腰かけて、龍聖に隣に座るように手招きした。龍聖は戸惑いながらも少しだけ離れて隣に腰かけた。

「リューセー、いきなり見ず知らずの私と婚礼をあげさせられて、契りを交わすのは抵抗があるかもしれない。本当ならばもっと時間をかけて、私のことを知ってもらって、好きになってもらって、契りを交わしても構わないと思ってくれるまで待ってあげたいのだけれど、代々こういうしきたりなんだ。それに今の国の情勢もあまり良くない。許してほしい」

ランワンが頭を下げたので、龍聖は飛び上がるほど驚いた。

「ゆ、許すなど滅相もありません。私は龍神様にお仕えするためにまいったのです。しきたりに従うのは当然です。私の態度に失礼がありましたら申し訳ありません」

龍聖は赤い顔で何度も頭を下げた。

「リューセー」

名前を呼ばれて顔を上げると、優しい表情でみつめるランワンがいた。その美しさに思わずぼうっと見とれる。

「リューセー……私達の香りのことは知っているね？　私達は互いに惹かれ合う香りを放っている。それは自分でもどうすることも出来ない。止めるためには交わるしかない。言わば香りは互いが交わるために、相手を好きだと思い込ませる媚薬のようなものだ。今はこの指輪をしているから匂わなくなっている。君の指輪には儀式の時に見た通り、私の血をかけたから疑似的に私と交わったような効果があって、君の香りも放たれなくなっている。指輪を外して互いの香りを嗅げば、好きとか嫌いとか関係なく、君も私のことが怖くなくなって何も考えずに交わることが出来るだろう」

「わ、私は……」

龍聖は頬を上気させて、怖くないと言い訳をしようとした。だがランワンが右手の人差し指を、龍聖の口元に当てて「シィ」と言って言葉を制した。

「君にはすまないと思うけれど、私は国のため、民のため、君と交わり一刻も早く君を我が伴侶として迎えなければならない。だから君の気持ちを無視して、指輪を外すつもりだ。だけどその前にこれだけは言っておきたいと思う。リューセー……私は初めて君を見た時から、君に惹かれている。君のことが好きだ。信じてもらえないかもしれないけれど、君のことを何も知らなくても君を愛しいと思う。しきたりだとか契約だとか関係ない。男同士だってかまわない。私のことを好きになってもらいたいけれど……今は私の気持ちだけでも信じてほしい」

赤い光に照らされたランワンの顔を、呆けたようにみつめる龍聖の前で、ランワンはゆっくりと自分の指輪を外した。すると途端に濃厚な香りが鼻腔をくすぐる。それは決して嫌な香りではなかった。バオシーに乗っていた時に、微かに香ってきた心地よい香りだ。それがむせ返るように強い香りとなって、あっという間に龍聖の体を包み込んだ。

頭の芯が痺れて体がどんどん熱くなるのを感じる。心臓が早鐘のように鳴り、耳まで赤く染まっていく。

変わりゆく龍聖の様子をみつめながら、ランワンは龍聖の右手を取って、龍聖の指輪も外した。同じように龍聖の甘い香りがふわりと立った。

「リューセー……許せ」

ランワンは摑んだ右手を引き寄せて、龍聖の体を強く抱きしめた。

「ああっ」

思わず漏れた自分の声で我に返った。激しく瞬きをして大きく目を見開くと、そこには石造りの天井が見える。ベッドに仰向けに寝ているのだと気がつき、それと同時にランワンが龍聖の上に覆いかぶさり、体中を撫でられ口や手で愛撫されていることにも気がついた。ざわざわとした今まで感じたことのない感覚が体中を走る。

いつの間にか全裸にされていて、ランワンもまた全裸だと分かり、龍聖は激しく動揺してしまった。

「あっ……ぃやっ……」

ランワンの唇が首筋を這い、鎖骨から胸へと移動する。時々ちゅうと強く吸われて、びくりと体が震えた。自分の身に何が起きているのか考えようとするのだが、鼻腔をくすぐる心地よい香りのせいで、すぐに頭がぼんやりとしてしまい理性を保つことが出来ない。

『これは性交をしているのか?』頭の中の遠いところで、そう思った。すると無意識に『怖い』という感情が湧き上がり、びくりと体が震える。

だが乳首を吸われて甘く噛まれて、その快感に恐怖が打ち消される。体中を丁寧に愛撫され、次第に息が弾んでくる。なぜこんなに息が乱れるのか分からないが、時折声が漏れるのを抑えられない。

「あっ……あぁ……あん……」

鼻から抜けるような甘えた声が漏れる。自分の声ではないようなその嬌声《きょうせい》に、龍聖は羞恥で顔から火が出そうだった。しかし抑えようとしても、ランワンの大きな手が優しく肌を撫で、敏感な部分を強く吸われると、甘い疼《うず》きが体中に起こり、そのたびに乱れる息と共に勝手に口から声が漏れてしまう。

ランワンの手が龍聖の性器を握った時、脳裏に嫌な思い出がよみがえった。茶道の師匠の豹変《ひょうへん》した厭らしい表情と荒い息遣い、着物の裾を割って無理やり入ってきた手が、龍聖の股間を弄《まさぐ》った。布越しに感じたその手の感覚は、恐怖以外のなんでもなかった。

「あっ……だめ……そこは……」

龍聖が身を固くして抵抗をしたので、ランワンは空いている左手で龍聖の肩を抱き、首筋に優しく口づけた。

「大丈夫、力を抜いて」

低い声で優しく耳元で囁いて、耳たぶを食むように唇で愛撫した。ぞくぞくと背筋を甘い痺れが走り、龍聖は思わず喘ぎを漏らしながら身悶《みもだ》えた。体の力が抜けて、頭の中が真っ白になる。

ランワンの手が龍聖の陰茎を上下に扱《しご》きはじめると、激しい快楽の刺激が襲ってきた。何も考えられなくなり、息を乱しながら絶え間なく喘ぎはじめた。

「あっあっ……んっんんっあぁっ……」

龍聖の男根はみるみる勃ち上がり、ランワンの手の中で今にも弾けんばかりに、露《つゆ》を滴《したた》らせはじめている。ランワンが親指で鈴口を愛撫するように撫でると、龍聖の腰が跳ねて艶やかな声をあげる。

龍聖の香りが一段と濃くなったように思えた。甘い香りが媚薬のようにランワンを興奮させる。そしてそれはランワンの香りも強くさせて、龍聖を包んでいった。龍聖は喘ぎながら体中の血が股間に集まっているような感覚に囚われ、背中を反らして腰を痙攣《けいれん》させた。

「あぁぁっ」

大きく喘ぐと同時に、白い飛沫が飛び散る。

肩で息をしながら朦朧《もうろう》とした表情で、ぐったりとランワンに身を預ける龍聖の頬に、ランワンは愛し気に何度も口づけた。

龍聖の放った精液で濡れた右手を、龍聖の尻に這わせて後孔に塗り込むように指先で優しく愛撫しながら、少しずつ穴をほぐしはじめた。

一度もいじられたことのないその部分は、とてもきつくて狭い。指一本すらも容易に入らないようなその場所を、丁寧にほぐし少しずつ指先を出し入れし、無理強いせずに根気よく開かせていった。

指を二本根元まで深く入れても、抵抗がないほどにほぐれてくると、龍聖が再び喘ぎを漏らしはじめた。龍聖の中はとても熱くて、ランワンの指に中の粘膜が吸いついてくるようだった。

「リューセー、愛しているよ」

時折龍聖の耳元で優しく囁きながら、首筋や耳たぶを軽く吸って、龍聖が怖がらないようにとそればかりに気を遣っていた。

ランワンの芳醇《ほうじゅん》な香りと甘い囁きで、龍聖はうっとりとして何も考えられなくなっていた。後孔をいじられていても何をされているのか考える余地もない。ただ体の中からじわじわと、甘い疼きが湧き上がっていて、次第に息が乱れはじめていた。

指が三本入るまでにほぐされた後孔に、ランワンの怒張した男根の先が宛がわれた。

「あっあっあああっ……」

龍聖は大きく目を見開き驚きながらも、何が起きているのか分からずにただ悲鳴とも喘ぎともつかぬ声をあげていた。

後孔がめいっぱい広げられて、そこに大きな塊が押し入ってくる。肉を割って入ってくる熱い塊が何か分からなかった。体の中に異物が入ってきている。その事実にそれまで朦朧としていた意識が呼び戻されていた。

得体の知れない物が体の中にあるという状態に、『怖い』という思いが再びよみがえった。龍聖が体を硬直させたので、ランワンは龍聖を背中から包み込むように抱きしめた。

「リューセー……今、私と繋がっているんだよ。怖くない。私は君に酷いことはしないから、どうか力を抜いておくれ……リューセー、愛しているよ」

ランワンの逞しい腕に抱きしめられ、ランワンの香りに包まれて、龍聖の体から力が抜けていった。

ランワンは龍聖を抱きしめたまま、ゆっくり腰を前後に揺さぶりはじめる。熱い肉塊が体の中を蠢《うごめ》きはじめて、次第にまたじわじわと甘い疼きが湧き上がってくる。

龍聖は頭の奥で『男と性交するなんて嫌だ……』と小さな悲鳴があがっていたが、甘い香りと白い靄《もや》に包まれてそれ以上考えられなくなっていく。

「あっあぁあっ……んんっあっあぁあぁあっ」

ランワンの腰の動きが次第に激しくなっていき、湿った厭らしい肉の交わる音と共に、龍聖の喘ぎ声とランワンの乱れる息遣いが交差する。

「リューセー……リューセー……」

ランワンは高まる快楽の波に身を委《ゆだ》ねながら、夢中で愛しい者の名を呼び続けている。

ゆさゆさと激しく龍聖の体を突き上げて、やがて最奥《さいおう》に精が吐き出された。熱い迸《ほとばし》りが体の中に注がれるのを感じながら、龍聖はそのまま意識を失った。

龍聖は目覚めると、隣に人の姿があることに気づき、思わず驚いて起き上がった。見るとランワンが安らかな寝息を立てている。そこでようやくランワンと契りを交わしたのだと思い出した。

正確にはあまりよく覚えていない。ただ断片的に記憶はあるので、ランワンに抱かれたのだということは分かっている。

『とうとう男に抱かれてしまった』

龍聖はぼんやりと思った。不思議と嫌悪感はないが、まるで夢を見ていたような気がして、実際のところは実感がない。

ふと喘いでいる自分が脳裏に浮かんだ。カァッと赤面して強く目を瞑《つむ》った。思い出した。女のような声をあげて、射精までしてしまった。

『男に抱かれて、気持ちいいと喜ぶなんて、私は男娼のようではないか』

ショックが強すぎて羞恥どころではなかった。恥ずかしさと悔しさで、みるみる涙が溢れてきた。両手で顔を覆い、肩を震わせて泣いた。

「んっ……」

ランワンが目を覚ました。隣で泣いている龍聖に気づき、驚いて飛び起きた。

「リューセー、リューセー……一体どうしたんだ？　どこか痛むのか？」

ランワンが心配して尋ねた。その声に龍聖の体がびくりと震える。言葉が出なくてただ首を振った。

泣くのを止めようとしても、涙が止まらない。嗚咽《おえつ》をあげないように歯を食いしばるのでせいいっぱいだった。


「どうして泣いているんだい？」

なおも心配してランワンが優しく尋ねる。龍聖はただ首を振るばかりだった。

ランワンは眉根を寄せてそんな龍聖を、しばらく黙ってみつめていた。

「そんなに……私と交わるのが嫌だったのだね」

せつない声でそう言われて、龍聖は慌てて顔を覆っていた両手を離してランワンを見た。

「そんなことはっ……そんなことはありません」

上ずる声で否定したが、涙が止まらない。龍聖の涙に濡れた美しい黒い瞳をみつめながら、ランワンはとても悲しそうに顔を歪めた。

そんなランワンの姿を見て、龍聖の胸がひどく痛んだ。決してランワンを嫌っているわけではない。むしろ好きだと思っている。こんなに優しく慈悲深い人を、嫌いになどなれるはずがなかった。

ただ衆道に抵抗がある元々の思考を、簡単に覆すことは自分でも難しい。女のように抱かれることに抵抗がある。そんな自分を恥ずかしいとしか思うことが出来ない。自分の容姿に劣等感を持ち、男性に強姦されかけて心に傷を持っているのだ。無理やり自分を納得させようとするほど、精神的に追い詰められていくようだった。

守屋家のためにもリューセーとしての務めを全うしなければならない。龍神様にお仕えしたいという気持ちに偽《いつわ》りはない。龍神様としてではなくても、ランワンは王として尊敬出来て、優しく慈悲深いその人柄には一人の人間としても強く惹かれる。それなのにどうして抱かれる覚悟が出来ないのか……。

「申し訳ありません！　私が悪いのです。私が軟弱なのです。覚悟が足りないのです。お許しください」

　龍聖はその場に崩れるように平伏して謝罪した。

「リューセー！　リューセー！　顔を上げなさい。そんな風に私に謝ってはいけないよ」

　ランワンが龍聖の肩を抱くようにして顔を上げさせた。

「リューセー……性交というのは、愛する者同士が互いを思い合ってすべきことだ。覚悟なんかをしてするものではないよ。君がそんな風に思っているのならば、私達は性交をするべきではない」

「でも……」

「君の体を我々竜族と同じ体にするために……私の伴侶にするためにはどうしても一度交わることが必要だった。だから君を抱いたけれど、嫌がる君をこれ以上抱くつもりはない。安心して良いよ。私達はこれからずっと長い時間をかけて、互いに分かり合い少しずつ夫婦になっていけば良いと思う。いずれ君が私のことを好きになってくれて、また抱かれても良いと思ってくれればそれでいいから」

　ランワンの優しさに涙が溢れて止まらなかった。龍聖は再び両手で顔を覆って嗚咽した。

　この寛大で優しく強き王に、小姓として、家臣として仕えることが出来るのならば、命を投げ出してでもお仕えするのに……なぜリューセーは妻でなければならないのだろう……強くそう思って泣き続けた。

目を開けて自分が眠っていたのだということに気がついた。瞼《まぶた》が酷く重くて熱い。両手で目を擦った。睫毛《まつげ》に涙の乾いた結晶がついていた。泣き疲れていつの間にか眠ってしまったのだ。

恥ずかしいと思いながら隣に視線を送ると、ベッドにランワンの姿はなかった。

起き上がりベッドから降りて、床に落ちている衣を拾い上げてそっと羽織った。少し開いた扉から眩しい明かりが差し込んでいる。扉まで歩いていきそっと開いて外を窺った。

広間の中央にあるテーブルに、ぽつんとランワンがいた。頬杖をついてぼんやりと座っている。その姿がひどく寂し気で、龍聖の胸が痛んだ。

龍神様は、龍聖が想像していたものとは違っていた。人と同じ姿で実在しているとは思っていなかったし、王として国を治め、国民を愛し、家臣を大切にし、自ら進んで公務に奔走《ほんそう》するとは思っていなかった。笑ったり驚いたり寂し気にしたり、こんなに表情が豊かだとは思わなかった。

そして誰よりも龍聖を気遣い、心から愛していると言ってくれるとは思っていなかった。

夫婦が愛し合うように、自分もランワンを愛せるかどうかは分からない。彼のことは好きだけれど、この気持ちはまだそういう意味のものではない。

それでも今は彼を見て、出来ることなら愛したいと思っている。彼の愛に応えたい。

竜王の世継ぎを産むことが自分の務めなのだ。衆道が嫌いだなどと言っている場合ではない。自分に定められた役目を忘れて、そんな甘いことを言っている場合ではない。

「何を怖がることがあるというんだ」

龍聖はぐっと眉根に力を込めて呟いた。

扉に右手をかけて開けようとしたが、その手がひどく震えていた。手の先がどんどん冷たくなっていく。左手で右手首を摑んだ。震えを止めようとするが止まらない。

龍聖は悔しそうに唇を噛んだ。

「私が怖いのは性交することだ。ランワン様が怖いわけではない。ランワン様は優しいお方だ。あのように……私のせいで悲しい顔をさせてはならない。龍聖……お前はランワン様にお仕えすると覚悟したのではないのか？」

自分を叱咤するように呟いた。右手の拳を強く握り締めて、腹の底に力を入れた。

「しっかりしろ」

無理やり自分を奮い立たせて、扉を開けて部屋の外に出た。

ゆっくり歩いてランワンの下へ行く。

「ランワン様」

側まで近づいて声をかけると、ランワンがはっとして振り向いた。

「リューセー……起きたんだね。お腹が空いただろう。この部屋に来て二日目になるんだよ。果物しかないけれど食べなさい」

ランワンがテーブルの上に置いてあった果物をひとつ手に取って、龍聖に差し出した。龍聖はそれを受け取り、ランワンの向かいに座った。

「ランワン様は召し上がったのですか？」

「ジョンシーから聞いていないのかい？　私は君の魂精があれば良いんだよ。手を握るだけでも君から魂精を貰うことが出来る。君のおかげで私はとても満たされているよ」

そう言ってランワンが微笑んだので、龍聖は頰を染めて視線を逸らした。貰った果物を頰張る。甘い桃のような味の果実だった。

緊張のせいか、喉に物が詰まっているような苦しさを覚えて、果肉をなかなか呑み込めない。胸も苦しいが、表情には出さないように頑張って、なんとかひとつをゆっくり食べ終わった。ほうっと息を吐いた龍聖を、ランワンはどのように受け止めたのか、少しばかり引きつったような笑みを作った。

「あと一日の辛抱だ。この部屋には三日間こもらなければならない決まりだからね。明日には城に戻れるよ」

「ランワン様」

「なんだい？」

「私をもう一度抱いていただけませんか？」

思わぬ言葉にランワンは驚いて返事が出来なかった。龍聖はテーブルの下で、両手をぎゅっと握って、震えてしまいそうになるのを、必死に耐えながら言葉を続けた。

「ランワン様が……こんな私の体でも抱きたいと思ってくださるのならば、抱いていただけませんか？」

龍聖は真っ直ぐにランワンをみつめて、はっきりとした口調でそう言った。

「リューセー、だが君は……その……さっきも言ったように無理をしなくても良いんだよ」

ランワンが困ったような顔で、宥めるように答えた。だが龍聖は首を振った。強張りそうになる表情を誤魔化すように、笑みを作ってランワンをみつめた。

「ランワン様……ランワン様には知られてしまっているようなので、とてもお恥ずかしいのですが、私は向こうの世界にいた時に、衆道の作法を習っておりませんでした。ですからランワン様に抱いていただくには、とても手間のかかる面白みのない体だと思います。でもこちらの部屋は、私の体を変えてくれて、疲れや痛みも和らげてくれる竜の宝玉の力で守られた部屋だと教わりました。ですからこの部屋で幾度か抱いていただければ、性交に慣れる体になると思うのです。その方が私も怖くありませんから……どうか私を抱いてください。お願いいたします」

龍聖はそう言って頭を下げた。それは龍聖が、切腹するのと同じくらいの覚悟を決めて言った言葉だった。自分の役目が、竜王の世継ぎを産むということならば、役目を果たすまでは絶対に性交をし続けなければならない。それならば、この部屋で抱かれた方が、痛みや辛さを感じない分きっと怖くないはずだと、自分に言い聞かせた。

そして世継ぎさえ産めば、もう性交をしなくて済むかもしれない。

世継ぎを産むため、自分の役目を果たすため、守屋家のため……龍聖は、まるで呪文のように心の中で何度も呟いていた。

「リューセー……」

ランワンはまだ少し戸惑っていたが、穏やかな龍聖の表情には不安や迷いが感じられなかったので、それが龍聖の本心なのだと解釈した。

「本当に良いんだね？」

「はい、ランワン様、私もランワン様をお慕いしております」

「あっあああっ……」

龍聖は大きく喘いで、身を捩《よじ》らせながら両手で自らの口を塞いだ。声が出るのを恥ずかしがって、耳まで顔を赤く染めながら、両目には涙を浮かべている。

「辛いか？」

ランワンが心配そうに声をかけると、龍聖は口を塞いだまま顔を左右に振る。ランワンはしばらく様子を見て、ゆっくり腰を動かしはじめた。

龍聖の体の中を肉塊が蠢くのを感じる。その熱さに体が震える。痛みはない。体を押し広げられても辛くはない。むしろ快楽に支配されて、心地よさに意識が飛びそうになる。

自分の意志に反して、体は悦《よろこ》び、女のような甘い声まで漏れる。そんな自分が恥ずかしくて、死にたくなってしまう。

ランワンは、龍聖に乞われて二度目の性交をする決意をしたが、何度も龍聖に「大丈夫か」と声をかけ、龍聖の様子を窺いながら、それはとても慎重に行為に及んだ。

龍聖は固い決意で自ら誘ったものの、ベッドに横たわる自分の体にランワンの手が触れただけで、身を固くして震えてしまった。そんな龍聖を見て「やはり止めよう」と言うランワンに、どうしてもと無理に頼んで性交に挑んだ。

優しく丁寧に、壊れ物を扱うかのように、ランワンに体を触られて、少しずつほぐされて、事が進めば『怖い』という気持ちも忘れるほど、快楽に翻弄された。

理性を失ってしまえば、ランワンに身を任せて愛し合えるのだが、気がつけば羞恥と自己嫌悪で涙に濡れる。

竜王の間で何度か抱かれたが、どうしても『怖い』という体の記憶を消し去ることは出来なかった。

その一方で抱かれて悦び、女のような甘ったるい声をあげる淫らな自分への嫌悪感が湧き上がる。

『性交が怖いと震えるくせに、いざ抱かれれば嬌声をあげるなど、なんて汚らしく醜いのだろう』

自分自身を責め続けて、どうすればいいのか分からなくなる。

「リューセー……すまない……すまない……」

抱くたびに涙を零す龍聖を見て、ランワンが苦しそうに顔を歪めながら許しを請う。そんなランワンを見て、龍聖はひどく胸が痛んでさらに辛さが増すばかりだ。

『優しいランワン様を苦しめて、私はリューセー失格だ。早く性交が平気にならなければ……早く世継ぎを身籠《みごも》らなければ……早く……早く……』

龍聖は頭の中を渦巻く葛藤に押しつぶされそうになり、ランワンの背中に両腕を回して、縋《すが》りつくように抱きついた。

「リューセー」

「ランワン様……もっと……抱いてくださいませ……」


窓辺に置かれた椅子に龍聖が座っていた。少しだけ開かれた窓から風が吹き込み、窓にかけられた薄地のカーテンを揺らしている。龍聖の長く美しい黒髪も、さらさらと風に揺れていた。

「リューセー様……お茶をお飲みになりますか?」

ジョンシーがそっと側に寄り添い声をかけたが、龍聖の反応はなかった。ぼんやりとした顔で、窓の方をみつめている。

婚礼の儀を無事に済ませて、晴れて夫婦となってからひと月が過ぎていた。

北の城にいる間、ジョンシーは龍聖の身を案じていたが、バオシーは歌を歌っていたので、つつがなく二人は契りを交わすことが出来たのだと安堵した。

北の城から戻ってきた時も、二人は仲睦まじく手を繋いでいた。婚礼の宴《うたげ》も盛大に行われ、シーフォン達や国民達に龍聖が紹介されて、皆が心から喜び明るい笑顔に包まれた。

エルマーン王国内に活気が戻り、新しい竜王とリューセーの治世が始まったと誰もが安堵した。

だがひと月が経った頃から、龍聖に異変が起きはじめた。時折、魂が抜けたかのように、ぼんやりとして無反応になってしまうのだ。

最初のうちはただぼんやりとしているだけだと思っていた。しかしジョンシーが声をかけても、肩を叩いてもまったく反応をしない。一時間もすれば何事もなかったかのように、いつもの龍聖に戻るのだが、龍聖自身には自覚がない。その上、そういう症状を発症した時は、決まってその前までの出来事や行動などの記憶をなくしてしまうのだ。

失うのは、半日か一日程度の記憶なので特に支障はない。ぼんやりとする症状も、そう頻繁なわけではなく、五、六日に一度という程度だったので、ジョンシーは気にしつつも、疲れているだけだろうと思っていた。

そのため症状が出ると勉強会を少し休ませたりして、様子を窺っていた。

当の本人はまったく気にする様子はなく、むしろそういう時ほど明るく振る舞うようになった。空元気ではないのかと疑って、何か悩んでいるのではないかと問いただすと、本気で怒ったりするのであまり追及するのも憚《はばか》られた。

今日もまた発症してしまったと、ぼんやりと座る龍聖を心配しながら側で見守っていた。

ずっと窓の外を眺めていた龍聖が、ふっと意識を取り戻したように振り返りジョンシーをみつめた。

「ジョンシー、なぜそんな変な顔をしているのですか？」

龍聖がそう言ってクスリと笑う。

「リューセー様……ご気分はいかがですか？」

「え？」

「……リューセー様、午後から何をするおつもりだったか覚えていらっしゃいますか？」

ジョンシーは恐る恐るという様子で尋ねた。龍聖はきょとんとした顔でジョンシーをみつめ返して、考える素振りをした。

「え……午後から……何かをするって……言っていましたか？」

龍聖は考えてもまったく思い出せずにいた。それを見てジョンシーの表情が曇る。

龍聖は魂が抜けたようになるほんの少し前に、昼食を食べていた。その時に『体が鈍《なま》るからこの後は中庭で素振りをしたい』と言っていたのだ。だが食事の途中からだんだん様子がおかしくなってきて、その後ぼんやりと魂が抜けたように一時間も過ごしていた。

「リューセー様、今朝、ランワン様がどこに行かれたかご存知ですか？」

「今朝？　え？　いつものように午前中は接見のため、謁見《えっけん》の間に行かれたのではないのですか？」

「リューセー様……」

ジョンシーは眉根を寄せて口ごもってしまった。ランワンは今朝外遊に発《た》った。三ヶ国を回るので明日まで帰らない。朝から仲睦まじく一緒にバオシーのいる塔の上まで行って、ランワンを見送ったというのにそれを龍聖は忘れているのだ。

ジョンシーの様子を見て、龍聖は違うのだと気づいて再び考え込んだ。

「あ！　ち、違います。ランワンは外遊に行っていますよね。以前からそう言っていたではありませんか」

龍聖は思い出して慌ててそう弁明をした。だがそれを聞いてもジョンシーの表情は曇ったままだ。

なぜならそれは今朝の記憶ではなく、以前から予定として聞いていたことを思い出しただけだからだ。

やはりまた半日以上の記憶が欠損している。

「ジョンシー、なぜそんな顔をするのですか？　うっかり忘れていただけです。ちゃんと覚えているでしょう？　私はしっかりしています！　私は！　私は！」

「リューセー様！　申し訳ありません！　大丈夫です。私の勘違いです。リューセー様は何も悪くありません」

龍聖が発作のように息を荒らげて怒りだしたので、ジョンシーは慌てて宥めた。おそらく龍聖自身も何か自分で感づいているのだとジョンシーは思っていた。だからこうして癇癪《かんしゃく》を起こしてしまうのだろう。

何が原因なのかジョンシーには分からない。一時的なものならばよいのだが、何か思い悩んでいることがあるのならば、それに気づいてやれない自分の責任だと感じていた。

ジョンシーは毎日神殿に通い、龍聖のために祈った。

ランワンはその日の仕事を終えて私室に戻ってきた。扉の前で一度足を止めて、自分を鼓舞するように大きく深呼吸をして頷き、扉を勢いよく開いた。

「リューセー、戻ったよ」

そう言って入ってきたランワンを、ジョンシーが深く頭を下げて出迎える。視線を動かして龍聖の姿を探すと、ソファにじっと座っている龍聖の後ろ姿を見つけた。それを見てランワンは改めてジョンシーに視線を送る。ジョンシーは苦悩の表情で頭を下げていた。ランワンの表情が曇る。

「いつからだい？」

ランワンは龍聖をみつめながらジョンシーに尋ねた。

「昼食前からです」

ジョンシーの答えを聞いて、ランワンは溜息をついた。

婚礼から一年が過ぎていた。その後龍聖の症状は悪くなる一方で、発症の頻度はそれほど変わらないのだが、一度発症すると半日から丸一日は抜け殻《がら》のようになってしまっていた。そのため隠し続けることは叶わず、三月ほど前にランワンに知られてしまった。

『なぜもっと早く言わなかった！』と最初はランワンが激怒したのだが、正気に戻った後の龍聖のただ事ではない様子に、言い出すことが出来なかったジョンシーの心情を理解してくれた。

ランワンが龍聖を宥めすかしてなんとか医師の診察を受けさせると、医師は『気鬱《きうつ》の病でしょう』と診断をした。気鬱の原因となっているものが分かればそれをとり除けば良いが、とにかくこの病は気長に様子を見るしかないのだと言われた。気持ちが晴れる薬湯を処方されたので、ジョンシーがお茶に混ぜて分からないように毎日飲ませてはいる。だがあまり改善は見られなかった。

「実は……もしかしたら気鬱の原因は、私との性交なのではないかと疑ってるんだ。私と性交をした後にああなることが何度かあったから……やはり無理しているんじゃないかと思ってね」

ランワンが龍聖をみつめながらポツリと呟いたので、ジョンシーは驚いたようにランワンをみつめた。

「だけどそうじゃない時も何度もあるから確信が持てなくて……それに……その……時々リューセーの方から求めてくることもあるんだよ。だからよく分からないんだ」

「陛下……」

「何がリューセーを苦しめているのだろう……私にはリューセーのことが分からない……私達はまだ本当の意味で夫婦になっていないんだ。リューセーはまだ私のことを愛していない」

「陛下、そんなことはありません。リューセー様は陛下を愛していらっしゃいます。あんなに仲睦まじくしていらっしゃるではありませんか。リューセー様は偽りでそういうことが出来るお方ではありません」

ジョンシーがむきになって言ったので、ランワンは苦笑した。

「そうだね……確かにリューセーは私のことを好いてくれているよ。お慕いしているとも言われたし……でもね、愛しているとまだ一度も言われたことがないんだ。リューセーは、私を龍神様として敬愛し尊敬してくれている。リューセーの好きはそういう意味の好きなんだよ」

ランワンは寂しそうな表情でそう言って歩きだした。龍聖の下まで行くと、そっと隣に座った。

「リューセー、ただいま」

優しく話しかけるが、龍聖は何も反応しなかった。ぼんやりとした表情で宙をみつめている。ランワンはしばらくそんな龍聖をみつめてから、深い溜息をついた。

「もう今夜は休もう」

ランワンは立ち上がり、龍聖を抱き上げた。ジョンシーと視線を交わし頷いてみせたので、ジョンシーは何も言わずに深く頭を下げて、王の私室を後にした。

明るい笑い声が廊下にまで響き渡っていた。廊下に立つ見張りの兵士達の表情も釣られたように明るい。

「まあ素敵！　そのお菓子の作り方はご存知ありませんの？　食べてみたいわ！」

「ミンファ様、申し訳ありません。何度も食べましたが作り方は知らないのです」

「お姉様、想像をすれば食べた気持ちになれますわ」

「ルイラン、じゃあ貴女は今度から想像だけにしてお菓子は出されても食べないのね？　ではこれは私がいただくわ」

「まあひどい！　お姉様の意地悪！」

ランワンの妹であるミンファとルイランが、龍聖を訪ねてきていた。明るいミンファに釣られて、龍聖も楽しそうに笑っている。賑やかな様子を、侍女達も嬉しそうに見守っていた。

婚礼の後、龍聖を気遣ったランワンが、二人の妹に龍聖と仲よくしてやってほしいと頼んだ。二人は快く承知して、週に一度というくらいに頻繁に、龍聖に会いに来てくれていた。

今まで二人が遊びに来ている時に発症したことはない。二人には『気鬱の病』であることは伝えてあるが、いつも龍聖が変わらぬ様子なので、まさか重篤《じゅうとく》であるとは思っていなかった。

「そうだわ……リューセー様、大和の国には『子宝の神様』がいるって本当ですの？」

「え？」

突然ミンファがそんなことを尋ねたので、龍聖は驚いたのか言葉を詰まらせてしまった。

「子宝……」

小さく呟いて少しぼんやりとした表情をした。

「リューセー様？」

ルイランが不思議そうに声をかけると、はっと我に返り龍聖がニッコリと微笑んだ。

「ええ、『子宝の神様』はいます。それもあちこちにその土地に伝わる『子宝の神様』がいます」

「それは神様にお願いすれば子供に恵まれるの？」

「そうですね……まあ、神社も様々ですから、ご利益があるところとないところもありますよ」

龍聖が答えに困っている様子なのを察して、ルイランが助け舟を出した。

「お姉様、いきなりそんなことを聞いても、リューセー様はお困りですよ」

「なぜ？　だってそんな話を昔、お母様から聞いたことがあった気がしたから……」

「だってリューセー様は別に大和の国で神職に就いていたわけではありませんし……第一、なぜそんなことをお聞きになったの？」

ルイランが首を傾げたので、ミンファは唇を尖らせた。

「だって……私、子供が欲しいんですもの……ルイワン、貴女だって欲しいでしょう？　リューセー様も……私達三人とも結婚しているのですから、子供が欲しいって話くらいしても良いでしょう?」

「私もリューセー様も結婚してまだ一年ほどしか経っていませんわ。お姉様だってまだ六年でしょう? シーフォンは子供が出来にくいのですから、十年くらいは出来なくても普通だって、お母様に言われました。焦るのは良くないのよ」

「まあ、生意気なことを言って!」

ミンファがルイランの頬を少し抓ったので、二人は思わず笑いだした。だが龍聖だけは笑わずにぼんやりとしている。その異変にジョンシーがすぐに気がついて、慌てて駆け寄ってきた。

「ミンファ様、ルイラン様、大変申し訳ありませんが、この後にリューセー様にはお約束がございまして……」

ジョンシーが深々と頭を下げたので、ミンファは近くの棚の上に置かれている時計に視線を送った。

「あら、もうこんな時間……長居してしまったわ。ごめんなさい」

「本当ですわ……リューセー様から聞く大和の国のお話はいつも楽しくてついつい……申し訳ありません」

二人はすぐに立ち上がり、龍聖に一礼をした。

「ありがとうございました。また伺いますね」

龍聖は反応しなかったが、二人は特に気にする様子もなく帰っていった。ジョンシーは深々と礼をしてそれを見送り、大ごとにならなくて良かったと安堵した。

「子宝……」

龍聖が呟いた。

「え？　リューセー様、何かおっしゃいましたか？」

「龍神様の御力をもってしても子が出来ないのは、私の体が悪いのでしょうか？」

抑揚《よくよう》のない言い方で龍聖が呟いた。ジョンシーは驚いて龍聖の前に回り込み、その場にひざまずいて龍聖の顔を見上げる。龍聖はぼんやりとした顔で宙をみつめていた。また気鬱を発症している。

「リューセー様、お子が出来ないことを悩んでおいでなのですか？」

「世継ぎが産まれれば……もう……」

『性交をしなくてもいい』

龍聖の頭の中で、いつものように繰り返される呪文だった。

『怖い性交は、私を苦しめ、優しいランワンを苦しめる。性交さえしなければ、優しいランワンと仲よくいつまでも側にいることが出来る。でも性交をしなければ世継ぎが産まれない。私はリューセーの役目を果たさなければ……世継ぎを産まなければ……世継ぎが産まれれば、性交をしなくていい……早く世継ぎを……早く……早く……』

「リューセー様？」

ぼんやりと焦点の合わない視線で宙をみつめながら、龍聖は心の中で呪文のように呟き続けていた。

ジョンシーが尋ねても反応はなかった。ジョンシーはせつない表情で、いつまでも龍聖をみつめていた。

「リューセー、夕日が美しい。テラスに出てみよう」

ランワンが政務を終えていつもより早く帰ってきたかと思ったら、そんなことを言って龍聖の手を握りテラスに連れ出したので、龍聖は戸惑いながらもついていった。

テラスに出ると目の前が真っ赤に輝いていて、龍聖は思わず眩しくて目を閉じた。

「今の時期は特に夕日が美しいんだ。ここからだとちょうど夕日を背にするから、向かいの山々が夕日を受けて輝くだろう？　赤い山に赤い夕日の光が重なって、山が燃えているように見えないか？」

「はい……とても……とても綺麗です」

目の前の美しい光景に、龍聖は心を奪われて溜息をついた。

「ほら、今はまだ少し日が高いから、山の稜線《りょうせん》が金色に光って見えるだろう？　その下が真っ赤で……黄金をまとった燃える山のようだ」

「ランワン様のようですね」

「私かい？」

「はい」

龍聖がうっとりとした顔で、隣に立つランワンを見上げて微笑んだ。

「ほら、だんだんと金色の光がなくなり、代わりに炎のように真っ赤に山が燃え上がる」

「美しいです」

二人は手を繋いだまま飽きることなく景色を眺めていた。空が赤紫に変わり、山を照らす夕日の光も弱まってきたところで、ランワンが繋いでいた手を離した。

「リューセー、これを君に」

ランワンは美しい布を差し出した。緑色の織物だった。よく見ると微妙に違う色の様々な緑の糸が、複雑な織り目で織られていて、離れて見ると不思議な色合いの……柔らかな若葉のような緑に見える。手に取るととても軽くて、ふわふわと柔らかい。

その布をランワンが龍聖の首に回してかけた。

「よく似合うよ……君は夏の若葉のようだ。そう思って、この布を特別に織らせたんだ。少し織るのに時間がかかってしまったから、夏の若葉の時期は過ぎてしまったけれど……君はいつまでも若葉のように美しいよ」

優しく囁くようにランワンが説明してくれた。ランワンはいつも龍聖が驚かないようにと思うのか、声を抑えて、優しく囁くように話しかける。龍聖はそんなランワンの声が好きだと思った。首に巻かれた布の柔らかな温かさが、まるでランワンそのもののように感じる。

「嬉しい……ありがとうございます」

龍聖はそう言って、心から嬉しそうに笑った。

こうしてリューセーを見ていると気鬱が治ったのではないかと思わされる。

ジョンシーから『リューセー様の気鬱の原因はご懐妊なさらないことにあるかもしれません』と告げられた。そういう発言を龍聖がしたのだと言われた。だがジョンシー自身はその後、本人に確認はしていない。下手にその話題を出すことで、それを切っ掛けに発症してしまうのを恐れたのだ。

それを聞いたランワンも、やはり確認するのを恐れてそのままにしている。しかしもしもそうなのだとしたら、色々と辻褄《つじつま》が合うと思えた。

性交をした翌日に時折発症するのも、そうでない時に発症するのも、子が出来ないことを思い悩んでのことかもしれない。時折リューセーの方から積極的に求めてくるのも、それが原因とも思える。

それならば懐妊してしまえば、病は治るということだ。ランワンは少しだけ安堵していた。

「リューセー……愛しているよ」

ランワンは囁いて、龍聖の肩を抱き寄せながらそっと口づけた。

それから間もなく、龍聖が懐妊をした。


「ジョンシー……ジョンシー……」

朦朧としながら龍聖がジョンシーを呼んだ。

「リューセー様、私はここにおります」

「ジョンシー……怖い……怖い……私はどうなるのですか……」

「大丈夫です。まもなく生まれます。あと少しです。頑張ってください」

「怖い……怖い……」

龍聖は何度もうわ言のように呟きながら、ようやく卵を産み落とした。

「リューセー様、ほらご覧ください！　お世継ぎです。竜王の誕生です！」

そこにいる皆が、生まれた卵に竜王の印がついていることを喜んだ。ジョンシーも大喜びで、龍聖に卵を差し出して見せる。

龍聖ははあはあと息を乱してぐったりと横たわっていた龍聖は、『世継ぎが産まれた』と聞き心から安堵していた。やっとリューセーとしての役目を果たすことが出来たのだ。ランワンによく似た赤い髪の赤子を思って、ジョンシーが差し出した卵をじっとみつめた。

「これ……は？」

「今、リューセー様がお生みになった卵ですよ……お世継ぎの竜王様です」

「私が産んだ赤子はどこですか？」

龍聖は動揺して辺りを見回している。その様子にジョンシーは戸惑った。

「リューセー様、竜王の御子は卵の形で生まれてくるのだとお教えしたではありませんか……この美しい卵が今お産みになった御子ですよ」

ジョンシーが宥めるように説明すると、龍聖は顔面を蒼白にして、じっと卵を見つめた。

「たまご……私が……卵を産んだのですか……私が……」

龍聖は蒼白になり、ガクガクと震えはじめた。

「リューセー様？」

「私は……間違えた……赤子を産めなかった……私は役目を……私は失格……私は……」

「リューセー様、どうなさったのですか？　リューセー様！」

ジョンシーは卵を医師に預けて、激しく震える龍聖の肩を摑んで何度も呼びかけた。

「あああああ――――!!」

龍聖は狂ったように叫び声をあげた。

「リューセー!?」

出産したと聞き、外から慌てて駆けつけたランワンは、驚いたように立ち尽くしていた。何が起きたのか分からない。

「リューセー様っ！　しっかりなさってください」

両手で顔を覆い大声をあげて泣き叫ぶ龍聖を、ジョンシーは必死で宥めようとした。

「あああぁぁぁぁぁぁ！　いやぁぁぁぁぁぁぁぁ！」


龍聖が壊れた。


「リューセー様……卵を抱く時間ですよ」

ジョンシーは、長椅子にぼんやりとした様子で座っている龍聖の隣にそっと寄り添うように座り、その腕に抱えるように卵を持たせた。リューセーは視点の定まらない眼差しで、宙をみつめたまま卵を受け取る。それが毎日の日課となっていた。

卵を出産して、龍聖の心は完全に壊れてしまった。一度も正気に戻ることがなく、ずっと心のない人形のようにただぼんやりとしている。

なぜこのようなことになったのか誰にも分からない。あれほど子供を望んでいたから、懐妊すれば病は治るとランワンは信じていた。実際に懐妊が分かってから出産までの五日間は一度も発症しなかった。

『赤子ではなく卵を産んだことがショックだったのでしょう』と医師が言った。だが竜王の子が卵で生まれてくることは、きちんと話してあった。それなのになぜ……。側近であるジョンシーがきちんと説明していなかったのだろうと、誰もがジョンシーを責めた。

ただランワンだけが『リューセーは記憶をたびたび失っていた。きっと卵で生まれるということは、リューセーにとって元々耐え難いことだったのだろう。だから忘れてしまっていたんだよ』そう言って擁護してくれた。

医師達は、龍聖に卵を抱かせることに反対をした。正気でない龍聖に卵を持たせたら、割ってしまうのではないかと案じたのだ。しかし龍聖の魂精がなければ卵は育たない。

「ですがリューセー様は、いつも大事そうに卵を受け取られるのですよ」

ジョンシーが必死で訴えた。

「だが正気ではないのでしょう？　お世継ぎなのですよ？　リューセー様がこのまま正気に戻られないのでしたら、お二人目を望むのは難しい。もしものことがあれば、二度とお世継ぎが望めないのです！　卵が原因で正気を失われたというのに、正気ではないリューセー様に卵を抱かせるのはあまりにも危険です」

「……それでも出産から二日経ちますが、リューセー様が卵を受け取ることを拒んだことは一度もございません。お手元に差し出すとそっと優しくお受け取りになるのです」

「貴方はすでに側近として失格ではないのですかな？」

医師が断固として反対をして、ジョンシーを責め立てて対立をした。

「では私が一緒に卵を抱こう。それならいいだろう？」

それまで黙って聞いていたランワンがそう口を挟んだ。王に言われては医師も反論出来ない。

それ以来、毎日一時間、決められた時間に卵を抱く時、いつもランワンが部屋へ戻ってきて、龍聖ごと抱きしめるように卵を抱いた。

卵は厳重に警備された専用の部屋で、大切に守られている。本来ならばその部屋に通って卵に魂精を与えるのだが、龍聖をその狭い空間に連れていくのは難しいとして、卵を抱く時間に、ジョンシーが卵を王の私室まで運んでくるのだ。

ランワンは龍聖を抱きしめながら、ずっと耳元で優しく話しかけていた。その日一日あったことや、卵が孵《かえ》ったらどんな名前を付けようか？　など明るい未来を思いながら、愛しそうに龍聖と卵を抱きしめる。龍聖はとても穏やかな表情で、じっとランワンに抱かれながら、腕の中に大切そうに卵を抱え込んでいた。

無反応で虚ろな眼差しであることを除けば、龍聖は卵を慈しむ母のように見えてしまう。

ジョンシーはそんな二人の姿をみつめながら、いつも泣くのを我慢していた。幸せそうな夫婦にしか見えないのがあまりにも辛かった。

起こってしまったことを後悔しても始まらないが、誰よりもジョンシー自身が自分を責め続けていた。もっと早くどうにかしてやれなかったのか？　一番側にいて、なぜ龍聖の苦しみを分かってやれなかったのか？　おかしくなりはじめたと最初に気づいた時に、恐れずにもっと踏み込むべきではなかったのか？　龍聖の心がとても繊細だということは、降臨した当初より分かっていたはずだ。あんなに優しい龍聖が、なぜここまで自分を追い詰めなければならなかったのか？　ジョンシーを思いやって悩みを打ち明けられずにいた龍聖を思い、血を吐くような思いで自身を呪った。

もう絶対に何があっても龍聖を守り抜く。一度は責任を感じて自害しようと考えたが、今は毎日それだけを生き甲斐にしていた。

外交でランワンが留守をしているときは、代わりにジョンシーが手助けをするように寄り添う。

卵は順調に育っていた。龍聖の魂精が間違いなく卵に注がれている証拠だ。ランワンも『卵を抱いている時、リューセーは私にも魂精をくれるんだよ。リューセーの魂精はとても優しくて温かいんだ。今でも私のことを好いてくれているのではないかと思ってしまうほどだよ』と嬉しそうに言っていた。

ジョンシーはアルピンなので、龍聖の魂精がどんなものか分からないが、毎日卵を抱く姿を眺めていると、優しくて温かいということがよく分かると感じていた。

ジョンシーは、そっと龍聖の顔をみつめた。生気のないぼんやりとした視線を除けば、いつもと変わらぬ美しい顔だ。卵を抱く時、僅かだが龍聖の表情が変わることに最近気づいた。微かに微笑んでいるように表情が柔らかくなる。

きっと我が子だと分かっているのだ。心が壊れても……。そう思って、ジョンシーは表情を曇らせた。

卵を出産した時の痛々しい龍聖の姿を思い出す。

ジョンシーは最近、偶然に龍聖の手帳をみつけてしまった。小さな手帳に綺麗な文字で綴《つづ》られた日記だった。大和の国から持ってきたらしく、この世界に来てからの龍聖の想いが書き込まれてあった。ランワンへの想いに戸惑っていることも綴られている。愛したいと願っている想いが伝わる。ジョンシーはそれを見ながら、とてもせつない気持ちになっていた。なのになぜ心が壊れてしまったのだろう……そう思いながら開いた最後の方のページを見て愕然とした。

書きなぐるような荒々しい文字で「ケモノ　ケモノ」といくつも書かれてある。

「私はケモノになった」そんな文字もあった。

やはり卵を産んだことが耐えられなかったのか……ジョンシーは手帳を胸に抱きしめて声もなく泣

いた。

いつこれを書いたのだろう？　正気をなくしたままこの日記のことだけは覚えていたのだろうか？

ジョンシーは泣き止むと、手帳を握りしめてどうしようかと悩んだ。ランワンに見せるべきか迷う。最後の方のページを見せるのはいたたまれない。でもいつかリューセー様が正気に戻られたら……これを笑って見ることが出来る日も来るかもしれない。今は……。

「ジョンシー様？」

侍女の呼ぶ声に、ハッと我に返り慌てて壁の作り棚の一番下の引き出しを開けると、引き出しを抜いてその奥に手帳を押し込み、無理やり引き出しを元に戻した。

ジョンシーは龍聖をみつめながら、その時のことを思い出していた。

『ケモノ』……今は優しくその腕に卵を抱いている。まだそれをケモノと思っているのだろうか？

「リューセー様、重くないですか？」

卵を胸に抱きしめている龍聖に、そう話しかけた。卵は大きく育っていた。まもなく一年になる。そろそろ孵ってもおかしくない頃だ。

「リューセー様、そろそろ卵を戻してまいりますね」

ジョンシーがそう言って、龍聖の腕から卵を受け取り立ち上がった。

「フェイワン」

龍聖が一言呟いた。

「え？」

行こうとしかけたジョンシーが、驚いて振り返ると龍聖がこちらをみつめていた。まだ視線はぼん

やりとしているように見えるが、確かに卵をみつめている
「リューセー様……今、『フェイワン』と申されました？　それは御子様のお名前ですか？」

龍聖が正気に戻ったのかと思って、ジョンシーは嬉しくなった。ゆっくりと龍聖の前にひざまずいて、卵を見せながら龍聖の顔をみつめて微笑んだ。

「フェイワン様とおっしゃるのですね？　御子様のお名前は」

「フェイワン……私の赤ちゃん」

ぼんやりとした様子で、またそう呟いた。焦点の定まっていなかった黒い瞳が揺れて、卵からジョンシーへと視線が動いた。確かに今龍聖と視線が合っていると思って、ジョンシーは喜びに震えた。

「ジョンシー……ランワン様は？」

たどたどしくまるで夢でも見ているように、龍聖が呟いた。

「あ……ああ……」

ジョンシーは喜びで、今にも叫びだしそうになった。必死で我慢して、唇を震わせながら涙を堪える。

「リューセー様……ランワン様は外交に出られておいでですが、間もなくお戻りになるはずです」

「そう……ランワン様が……お戻りになる……」

龍聖は小さくそう答えると、またぼんやりと宙をみつめた。

確かに会話が出来た。龍聖の心が戻りはじめているのかもしれない。

「リューセー様、卵を戻してまいります。すぐに戻りますからお待ちください」

ジョンシーはそう言って立ち上がり、侍女に後を任せて卵を抱いて部屋を出た。走りたくなるのを

我慢しながら、兵士達と共に、卵を守る部屋へと急いだ。

「ジョンシー……」

龍聖が呟いた。

側で龍聖を見守りながら、テーブルを拭いていた侍女が驚いたように龍聖をみつめた。

「リューセー様……ジョンシー様をお呼びになりましたか？」

思わず尋ねると、龍聖はぼんやりとしたまま宙をみつめて「喉が渇きました」と一言言った。

「あ、は、はい！　お茶を用意いたします。少しお待ちください」

侍女は上気した顔で、慌てて側に置かれたポットを手に取ったが、お湯が冷えていたので急いで隣室にお湯を取りに向かった。一年ぶりに龍聖の声を聞いたのだ。それもちゃんと会話になっていた。侍女が興奮するのも無理はなかった。

龍聖は視線を窓の方へと移した。しばらくぼんやりとみつめていたが、不意に立ち上がると、窓辺へ歩いていった。薄地の白いカーテンが真っ赤に燃えて見える。それに惹かれるように来たのだ。カーテンを開けると、窓の外に真っ赤に燃える山が見えた。窓を開けてテラスに出る。

柔らかな風が龍聖の髪を撫でた。夕日を浴びた山々が美しい。山の稜線が金色に輝いて、山は真っ赤に燃え上がっている。

「ランワン様……」

小さく呟いた。ずっと頭の中に靄がかかっているような感じがしていた。考えたいのに、考えられない。誰かが話しかけているのは分かるが、何を話しているのかを理解出来ない。ぼんやりとした靄の中で、自分が誰なのかも分からない……ずっとそんな感じがしていた。

でも毎日、ぽっと心に小さな優しい明かりが灯ることがある。何かを腕に抱いた時に灯る光だ。その光は毎日少しずつ大きくなり、いつしかその光の真ん中に、小さな赤ん坊の姿が見えるようになった。ランワンと同じ赤い髪をした赤ん坊だった。

「なんだ……ここにいたんだね」

靄の中で龍聖はそう呟いた。ランワンの子を産んだはずなのに、赤子の姿がなくて、小さな卵がひとつあった。獣でもないのに、なぜ自分が卵を産むのだろうか？　そんな風に思って不思議だった。

でもようやくみつけた。私の赤ちゃん。

「フェイワン」

そう名前を呼んでいた。すると光の中で赤ん坊が、キャッキャッと嬉しそうに笑う。龍聖も嬉しくなって笑った。すると少しずつだが靄が薄くなっていくように思えた。

「綺麗……」

テラスに立った龍聖がそう呟く。頭の中の靄がずいぶん晴れてきて、その目にエルマーンの景色を映していた。

その時、遠くの空で何かがキラリと光った。目を凝《こ》らしてみつめる。小さな光の点が少しずつこちらに近づいてくる。あれはランワンの金色の竜バオシーだ。ランワンが帰ってきたのだ。

「ランワン様」

龍聖は嬉しそうに呟いた。ずいぶん久しぶりに会える気がする。

オオオォォォォ！　と遠くからバオシーの咆哮《ほうこう》が聞こえた。バオシーが龍聖に気づいてくれたようだ。龍聖は微笑みながら手を振ろうと右手を挙げた。

「あっ！」

その時、突風が吹いた。風に煽られて、龍聖の首に巻いていた緑の布がフワリと宙に舞った。

「ああ！　ランワン様にいただいた大切な若葉の……」

咄嗟《とっさ》に龍聖は、それを掴もうとした。身を乗り出すように右手を伸ばして、左手をテラスの縁について体を支える。右手が布を掴んで、ほっとした瞬間、ガクリと体を支えていた左手が滑ってバランスを崩した。体力の落ちていた龍聖には、体を支える力がなかった。

「……ランワン様っ！」

龍聖の体はテラスから宙に投げ出されていた。


オオオオオ——ッと、バオシーが咆哮をあげた。

「リューセ——!!」

ランワンの叫び声が空にこだまする。

遠くから確かに龍聖の姿を見た。それは儚《はかな》く散る花弁のように、城のテラスから落ちていく姿だった。

ジョンシーが部屋に急いで戻ると龍聖の姿はなかった。同じタイミングで侍女が、隣室からポットを抱えて出てきたところだった。思わず互いに顔を合わせて驚く。

「ジョンシー様、お早いですね」

「リューセー様は？」

「え、たった今喉が渇いたとおっしゃって……」

その時バオシーの咆哮が聞こえて、二人とも驚いたように窓の方を見た。一瞬、窓の外で何かが動いたように見えた。

「リューセー様⁉」

ジョンシーが慌てて駆け寄り、テラスに飛び出したが誰の姿もなかった。しかし竜がひどく騒いでいる。城の上にたくさん集まってきていた。

「リューセー様？　……リューセー様⁉」


「決して、自殺などではありません。リューセー様は……確かに正気に戻られていたのです。御子様のことをフェイワンと呼んでいました。とても優しいお顔で……そしてランワン様の名前を呼ばれて……。私が……私がいけないのです。リューセー様が、陛下をお探しのようだったので、陛下はもうすぐ戻られるとお伝えして、そのままリューセー様を残して、卵を戻しに行ってしまいました……リューセー様はきっと陛下をテラスでお待ちになっていたのだと思います。事故です。何かが起きて……落ちてしまわれたのです」

ジョンシーは涙も涸れ果てて、憔悴《しょうすい》し切った様子だったがランワンや近臣達の前で証言をしていた。

「しかし正気になったのならば、ますます自殺と思えてしまうだろう」

「リューセー様は自ら命を絶たれるようなことはありません」

ジョンシーは必死で訴えたが、誰も聞く耳を持たなかった。

「もういい……もういいから、しばらく一人にしてくれ」

離れた所で、憔悴した様子で頭を抱えていたランワンが、そう言って立ち上がり寝室へ入っていった。パタンと固く扉を閉ざし、それきり出てこなかった。

事情聴取に来ていた国内警備長官や内務大臣達が、顔を見合わせて溜息をついた。

ジョンシーは悲しみで胸が潰れそうだった。後悔してもしきれない。あれほど命を懸けて守ると誓ったのに、結局最後まで守ることが出来なかった。

「リューセー様は自殺などなさいません……決して……そんなに弱い方ではありません……リューセー様は絶対に自殺など……」

ジョンシーはうわ言のように何度も呟きながら立ち上がった。ふらふらとした足取りでテラスへ向かう。

「おい、ジョンシー、どこへ行く？　まだ話は終わっていないぞ」

呼び止められたが、すべてを無視してテラスに出た。外は真っ暗な闇に包まれている。街も暗く沈んで見える。竜達が悲しげな声で鳴いていた。

「リューセー様……お守り出来ず……申し訳ありません」

ジョンシーは泣きながら宙に身を躍らせた。


卵は、龍聖の死の二日後に孵《かえ》った。

丸々とした赤子を、ランワンは抱き上げると「フェイワン」と呼んだ。母のない子を哀れに思い、ランワンは静かに涙を流す。

エルマーン王国暗黒期の始まりである。

## 第4章　猛炎の子竜

緑鮮やかな下草の生える中庭に、深紅の髪の少年が立っていた。その側《そば》に老齢の騎士が、威厳のある風貌で立っている。

「フェイワン様、こちらが今日から一緒に剣術を学ぶタンレン様です。フェイワン様の従弟《いとこ》にあたります」

「殿下、お初にお目にかかります。タンレンと申します。我が母はルイランです」

深い緑の髪の少年が、恭《うやうや》しく一礼をして自己紹介をした。

フェイワンは少し戸惑ったように目を丸くしながら、初めて会う自分と同じ年頃の少年を、まじまじとみつめた。父の妹であるルイランには、幼少の頃から何度も会ったことがある。フェイワンと同じ年頃の息子がいることも聞いていたが、フェイワンは今まで大人にしか会ったことがなく、自分と同じような『子供』を見るのが初めてだったので、珍しいものを見るような不思議な気持ちでいた。

「ルイラン様の……」

フェイワンが呟《つぶや》くと、タンレンと名乗る少年は、明るい表情で力強く頷《うなず》いた。

「タンレン様はフェイワン様より二歳年下です」

剣術の師であるラティーフがそう付け足すように言ったので、フェイワンはまた珍しそうにタンレンをみつめた。

タンレンは、フェイワンの様子がおかしいのか、懸命に笑いを堪《こら》えている。そのせいで、みるみる顔が赤くなっていた。

「なぜそんな赤い顔をしている？」

フェイワンが不思議そうに尋《たず》ねると、タンレンはぷはっと耐え切れずに噴き出して、明るい声で笑いだした。

「タンレン様！　無礼ですよ？」

「も、申し訳ありません」

ラティーフに叱られて、タンレンは顔色を変えると、慌てて姿勢を正して俯《うつむ》いた。フェイワンはその一連の出来事にも目を丸くして、タンレンとラティーフを交互にみつめている。

「ラティーフ、叱らなくてもいい。オレが変なことを尋ねてしまったのだろう。無礼なことなどない。タンレン、もう一度尋ねる。なぜさっきは赤い顔をしていたんだ？」

「あ、いえ、フェイワン様があまりにもオレの……わ、私のことをじろじろと見るので恥ずかしくなってしまったのです。それで笑いそうになったので我慢していたら苦しくなって……それで顔が赤くなったのだと思います」

タンレンがはきはきとした口調で答えたので、フェイワンは満足そうに大きく頷いた。

「それはすまなかった。オレはオレ以外の子供に会うのが初めてだったので驚いていたんだ。ルイラン様には何度かお会いしていたし、ルイラン様から息子の話は聞いていたから、君がその息子なのかと思って、じろじろと見てしまったんだ。許してほしい」

「ゆ、許してほしいなど……無礼を働いたのは私の方ですから……」

「いや、さっきも言ったが少しも無礼ではないよ。それよりも、君はとても正直者だ。君の答えは言

い訳じみたところがなくてとても小気味良かった。君とは仲良くなれそうだ」

フェイワンは、ニッと笑って右手を差し出した。タンレンは驚いたが、嬉しくなって握手で応《こた》えた。

二人のやりとりを見守りながら、ラティーフは感心したように小さく溜息をつく。フェイワンは六十歳、タンレンは五十八歳（二人とも外見年齢十二歳くらい）で、まだあどけなさの残る少年だというのに、二人のやりとりは大人顔負けだと思った。さすがはロンワン（王族）と言うべきだろうか？

フェイワンはこのエルマーン王国の世継ぎである皇太子、片やタンレンは王妹を母に持つ直系の王族だ。

エルマーン王国は竜族シーフォンが治める国だ。そのシーフォンを束ねる王、竜王は強大な魔力を持っている。世継ぎである皇太子は自身の魔力を制御出来る年頃になるまで、他のシーフォンの子供達と会うことは叶わなかった。

六十歳に成長したフェイワンに、そろそろ学友を作らせたいと竜王ランワンが望んだので、年の近い従弟であるタンレンが選ばれた。

「それでは剣術の授業を始めてもよろしいですかな？」

ラティーフが二人に言うと、二人は真面目な表情で「はい」と元気に答えた。


フェイワンとタンレンが仲良くなるのに、それほどの時間は必要なかった。剣術の時間以外も、フェイワンはたびたびタンレンを部屋に招いた。

二人の少年の明るい笑い声が、廊下にまで響き渡る。扉の前に立つ警護の兵士達は顔を見合わせると、思わず微笑み合った。

フェイワンのこんなに大きな笑い声を聞くのは初めてだったので、侍女や兵士達までなんだか嬉しい気持ちになる。

「嘘だ～！　それは嘘だろう！」

フェイワンが笑い転げながら大きな声でそう言った。

「本当です！　外交に行った伯父から聞いた話なんです」

タンレンも笑いながら懸命に言い訳をする。二人はしばらく笑い続けて、やがて笑い疲れたというように、ソファに仰向けに寝転んだ。タンレンは向かいの椅子に座り、フェイワンをみつめている。

「お前の話は本当に面白いな」

「そうですか？　殿下に喜んでいただけたのなら幸いです」

「タンレン、オレを殿下と呼ぶのはやめろって言っただろう？　それにそういう言葉遣いもなしだ。オレ達は従兄弟なんだし……友達でもある」

フェイワンは起き上がると、困った顔のタンレンを見てニッと笑った。

「父上が言っていた。オレには兄弟がいないから、将来、オレの側で支えてくれるのは従弟であるタンレンとユイリィだって……ユイリィにはまだ会ったことないけど……タンレン、お前にはずっとオレの側にいて欲しいと思う」

「こ、光栄です」

タンレンは少し頬を上気させて、瞳を輝かせながら答えた。その返事に、フェイワンは満足したように笑みを浮かべる。

「本当か？　本当にそう思ってくれるか？」

「もちろんです！　殿下が竜王に即位された時に、側でお仕えするにふさわしい男になれるように精《しょう》進《じん》いたします」

「また殿下と言った」

「あ……申し訳ありません」

タンレンは赤くなって頭をかいた。

「頼んだぞ」

「はい」

フェイワンは少し考えるような素振りをした。

「ユイリィはどうなのだろう？　タンレンはユイリィに会ったことはあるか？」

「はい、とても真面目で大人しくて優しいですよ。頭も良いし……でん……フェイワンもきっと気に入ると思います」

「いつ会えるだろう？」

「そうですね……ユイリィはオレより四歳年下です。フェイワンより六歳も下ということになるので、まだ会えないのかもしれませんね」

「そうなのか……」

フェイワンはタンレンの話を聞いて、腕組みをして首を傾げた。

「しかし……意外だな」

「え？　何のことですか？」

フェイワンが不思議そうに言うので、タンレンは同じように首を傾げて聞き返した。

「いや……物静かなルイラン様の子がお前で、明るくて華やかなミンファ様の子が大人しいユイリィだなんて……と思ったんだ」

タンレンはフェイワンの言葉に、驚いて少し小鼻を膨《ふく》らました。

「オレは父に似ているとよく言われるのです」

タンレンにとってはそれが自慢らしく、胸を張って言っている。

「ああ、そうだな、確かにそうかもしれない」

フェイワンがポンッと手を叩いて笑った。

「フェイワンも陛下によく似ていらっしゃる」

「そうか？」

フェイワンが少し照れくさそうに聞き返したので、タンレンは大きく頷いた。

「息子は母には似ないものなのかな？　もっともオレには母がいないから……」

フェイワンがそう言って、少し表情を曇らせたので、タンレンはサーッと血の気が引く思いがした。

フェイワンに会うにあたり、両親から耳が痛くなるほど「母親、リューセー様の話は禁止」と言われていたのを思い出したのだ。

「ユ、ユイリィもミンファ様には似ていませんからそういうものなのでしょう！」

タンレンはなんとか話を逸《そ》らそうと、一生懸命に考えた。

「オレは父のように強い男になりたいのです。だから剣術の稽古に一番身が入ります」

タンレンが力強く言うと、フェイワンが「おお」と感心するように声を漏らした。

「ダーハイ様は剣の達人だと父上も言っていた。父上が外遊に赴《おもむ》く時、ダーハイ様が護衛についてくれると、とても心強いと言っていた。そうか、タンレンは父を超えるつもりなのだな？」

フェイワンにそう言われて、タンレンは思わず赤くなった。

「べ、別に超えるとまでは……」

「心意気の問題だよ。将来、オレの片腕になってくれるというのならば、ダーハイ様を超えるほどの剣の達人になってほしい。そうすればオレも安心だ」

フェイワンがニコニコと笑いながら言うので、タンレンは困ったように苦笑したが、覚悟を決めたのか、真面目な顔をして「はい」と頷いた。


「父上！」

フェイワンは養育係のウェンシュに伴《ともな》われて、王の私室へとやってきた。居間のソファに座る父ランワンの姿を見るなり、フェイワンは満面の笑顔で駆け寄った。父に会うのは二日ぶりだ。ランワンは笑顔で両手を広げてフェイワンを出迎えた。フェイワンがその腕の中に飛び込むと、ランワンがしっかりと包み込むように抱きしめた。

「元気にしているようだね？」

「はい！」

フェイワンは嬉しそうに返事をして、父の顔を見上げた。だがその父の顔が少しばかり疲れているように見えて、フェイワンは心配そうに眉根を寄せた。

「父上、お疲れですか？」

「ん？　いや、大丈夫だよ」

「でも外遊からお戻りになったばかりでしょう？」

「お前に早く会いたくてね……お前の顔を見たらすっかり疲れも吹き飛んだよ」

ランワンが笑顔でそう言ったので、フェイワンは少しばかり安堵《あんど》して笑顔を取り戻した。

「もうしばらくはゆっくり出来るのでしょう？」

「いや、まだしばらくは忙しいんだ。お前と毎日会えないかもしれないが許しておくれ。これも竜王の務めなのだ。分かるね？」

ランワンはフェイワンをみつめて、優しく諭《さと》すように言いながら、何度もフェイワンの頭や頬を撫でた。フェイワンは一瞬寂しそうに顔を歪めたが、すぐに笑顔を作って「はい」と答えた。

もうひと月以上、父に毎日会えなくなっていた。だが父はこの国の王、竜王なのだから忙しいのだと言われてしまうと、フェイワンは我慢するしかない。

それでも父に会える時は、こうして思いっきり抱きしめて甘やかしてくれる。それで十分だと自分に言い聞かせていた。

「剣術の稽古はどうだ？」

「はい、とても楽しいです」

「楽しいか？　ラティーフは厳しくないのか？」

ランワンが少し驚いたように目を丸くして言ったので、フェイワンは声をあげて笑った。

「すごく厳しいです。怒ると怖いし、稽古も容赦ないです」

「そうだろう。私もラティーフに剣術を習ったが、とても厳しく鍛《きた》えられたよ」

ランワンの言葉に、フェイワンは笑顔で頷いた。

「ラティーフ様から聞きました。父上もよく叱られていたと」

「そうだよ。少しでも手を抜いて怠けると、ラティーフにはばれてしまうからね」

二人は笑い合った。

「オレが楽しいって言ったのは、タンレンと共に学べるからです。タンレンはとても優秀で、オレよりも剣の上達が速いのです。だからオレもタンレンに負けたくなくて頑張っているのです」

「そうか、タンレンと仲良くなったか？」

「はい、タンレンは話もとても面白いし、頭も良いし……一緒にいてとても楽しいのです。タンレンは将来オレの側で仕えてくれると約束してくれました。タンレンはダーハイ様のように強くなりたいのだそうです」

フェイワンが、キラキラと瞳を輝かせて語るのを、ランワンは目を細めてみつめていた。

「私にはミンファとルイランという妹達がいるが、男の兄弟がいない。だからダーハイ達のように従兄弟に私の側に仕えてもらっている。竜王とシーフォンの力の関係については学んだね？」

「はい、竜王はすべてのシーフォンを従える強い魔力を持っていると習いました」

「そうだ。竜王に近しい者ほど魔力は強い。竜王の兄弟、従兄弟がそうだ。王族から血筋が遠くなるほど力が弱くなる。力が弱いということは、竜王にはまったく逆らえないということだ。それがどういうことか分かるか？」

尋ねられて、フェイワンはしばらく考えた。

「竜王を叱れません」

「そうだな」

フェイワンの答えに、ランワンはクスリと笑って頷いた。

「フェイワンの言う通りだ。竜王と言ってもすべての行いが正しいわけではない。時には迷い、間違うこともある。竜王に仕える近臣には、それを正せる者がいなくてはならない。それが国を治めるということなんだ。もしも竜王が間違った治世を行えば、国は廃《すた》れ滅びてしまいかねない。我ら竜族はこの世に、我々だけしかいないのだ。我らが滅びるということは、この世から竜族が絶滅するということなのだ。だから人間の国がひとつ滅びるのとはわけが違う。国王とは国民すべての運命を背負わなければならない重大な役目を負っているし、竜王とはそれ以上に重大な役目を負っている。フェイワン、お前もいずれ竜王となる。代わりはいない。お前がなりたくないと言ってもならなければならない。分かるね？」

「はい」

フェイワンは、その大きな金色の瞳で真っ直ぐにランワンの瞳をみつめた。ランワンはしばらくフェイワンの瞳をみつめていたが、ゆっくりと目を閉じた。何か考えているのか、その表情が少し苦し気に歪んだように見えて、フェイワンは不安そうに「父上？」と呼びかけた。

するとランワンは我に返って目を開けると、フェイワンをみつめて何事もなかったかのように微笑みを浮かべた。

「竜王を支えてくれる近臣は多ければ多いほど良い」

「養育係のウェンシュ様や剣術の先生のラティーフ様もロンワンだからオレを叱れるのですよね？」

「そうだよ。二人も私の従兄だ。でも私よりもずっと年上だから、お前が大人になる頃には年をとって、お前を支える近臣にはなれないだろう。だからお前が竜王になった時に、お前の側でお前を支えるのはタンレンやユイリィだ。ああ、ラウシャンも心強い支えになるだろう」

「ラウシャン様？　でもラウシャン様は父上の近臣でしょう？　オレが大人になった頃にはおじいさんになってしまうのではないですか？」

フェイワンがそう言うと、ランワンは楽しそうに笑った。

「ラウシャンはああ見えて、この父よりも年上なんだよ？　私の叔父上なんだ。彼は特別で……とても年を取るのが遅くてね……きっとお前が大人になってもそれほど年は取らないと思うよ」

フェイワンはそう言われても、なんだかよく分からないという顔で首を傾げている。

「ユイリィには会えないのですか？」

「ユイリィはまだお前よりも幼いからね。それに少し体が弱いんだ。ああ……最近はだいぶん強くなってきたようだけど、小さな頃はよく熱を出して寝込むことが多くてね。ミンファがとても心配して……お前に会わせるのは、もう少し先になると思う」

「それはオレの力が強いからですか？」

「そうだ。ユイリィがたとえロンワンで、他のシーフォンよりもずっと力が強いと言っても、まだ幼いうちは、お前の力に圧倒されてしまうだろう。一度でも、お前に対して敵《かな》わないと、体が覚えてしまうのは良くないからね。もう少し耐性がついてからが良いだろうと、ミンファとも話したんだ。でもユイリィは、とても優しいいい子だから、いつかお前に会えたら、タンレンと同じようにすぐに仲良くなれるよ」

「はい、楽しみです」

ランワンは頷くと、フェイワンを再び強く抱きしめた。フェイワンは、ランワンの胸に顔を埋めると、気持ちよさそうな表情で目を閉じた。

「父上にこうして抱きしめられると、とても心地よいです」

「そうか……毎日抱きしめてやれなくてすまない」

ランワンにそう言われて、フェイワンは顔を埋めたまま首を振った。

「父上はお忙しいのですから仕方ありません。それに……オレももう子供ではありませんから別に毎日抱きしめていただかなくても……そ、そうです！　子供ではないのですから、抱きしめてもらわなくても平気です」

フェイワンは、はっとしたように顔を上げて、少し顔を赤らめながら慌てて言い訳をした。ランワンはフェイワンの顔を胸に押しつけるように抱きしめた。

「私がお前をこうして抱きしめたいんだよ。お前は恥ずかしいと嫌がるかもしれないが、私のために辛抱しておくれ」

優しい父の声を聴きながら、フェイワンは心地よさそうに目を閉じた。

「仕方ありませんね」

フェイワンは嬉しそうにそう答える。

父に抱きしめられると、体の中がとても温かくなる気がした。何か心地よい温かいものが、体の中に入ってくるような不思議な感じがするのだ。父の匂いを嗅ぎながら、こうしていることがとても幸せだと思った。

「ずいぶん重くなったな。お前の成長を見るのが、父の何よりの生き甲斐なんだよ」

ランワンはそう言って、フェイワンの頭を何度も優しく撫でた。


謁見《えっけん》の間では、ランワンが他国から外交に訪れた王族と話をしていた。

「わざわざ王弟殿下にお越しいただきましたのに、ゆっくりとおもてなしも出来ずに申し訳ありません」

「いえ、ランワン王にはお忙しい中、このように拝謁させていただき光栄に存じ上げます。またぜひ我が国にもお越しください」

男は深々と頭を下げて、外務大臣のチンユンに伴われて謁見の間を後にした。

「陛下、本日の接見は以上です」

側に控えていた金髪の青年が、ランワンにそう告げた。

「たったの三名か？　そうか……チンユンが調整してくれたんだね」

「はい、今のバリアドル王国の王弟殿下を含めて、陛下に接見していただくべき重要な方々は、本日は三名のみで、他は大使や使者など我々で対処出来る者ですので、後のことはお任せください」

「ラウシャン、ありがとう。ではお言葉に甘えて失礼するよ。親書などの書簡は後でまとめて、北の城に持ってきてもらえるかな？」

「かしこまりました」

ランワンが腰を上げたので、ラウシャンが手を貸そうとしたが、それをやんわりと断った。

「まだ大丈夫だよ。ありがとう」

ランワンはそう言って、ゆっくりとした足取りで玉座から降りて奥へと歩いていった。ラウシャンは深々と頭を下げてそれを見送った。

「陛下、すぐに移動なさいますか？」

謁見の間を出たランワンの下に、ダーハイが駆け寄ってきた。ダーハイは今や国内警備長官でタンレンの父親だ。ランワンにとっては、一番年の近い従弟でもある。

内務大臣のホンシン、財務大臣のオウラン、大法官のソンレイ、侍従長官のショウエイのいずれもランワンの従兄弟達ではあったが、皆ランワンよりもかなり年が上だ。

そのためランワンが友のように特に親しくしていたのは、ダーハイとラウシャンの二人だった。

外務大臣のチンユンは、妹ミンファの夫であり、優秀な人物で信頼はしていたが、彼はロンワンではないので、親しくなれる関係にはなかった。

「ああ、またしばらく向こうで政務を行う。すまないがつきあってくれ」

「何を言う、王の身辺を守るのがオレの仕事だ。つきあうも何もないだろう」

ダーハイがニッと笑って言ったので、ランワンは申し訳なさそうに微笑み返した。


北の城。

エルマーン王国にはふたつの城がある。エルマーン王国を取り囲むようにそびえる険しい岩山の北面に建つ、初代竜王ホンロンワンが築いた北の城と、西面に建つ二代目竜王ルイワンが築き、代々の竜王とシーフォン達が住む現在の居城。

北の城は、岩山をくりぬいて造られた原始的な構造の城であるため、現在は封鎖して誰も使用していない。だが城の最奥に造られた『竜王の間』と呼ばれる特別な場所があり、そこは現在も代々の竜王が使用していた。

本来であれば、限られた目的のためだけに使用する場所ではあったが、ランワンは止むを得ない事情で、今も毎日のように利用している。

巨大な金色の竜が、北の城の頂上にゆっくりと舞い降りた。それに続いて灰緑の竜も城の上に舞い降りる。

竜の背から降りたランワンとダーハイは城の中へ入っていった。

暗い廊下を最奥まで進み、大きな扉の前に立つと、ランワンが鍵を開けて、重厚な重い扉をダーハイがゆっくりと開いた。

部屋の中から眩《まぶ》しい光が溢《あふ》れだす。

『竜王の間』——そこには二階分ほどの高い天井と、広々とした空間があり、床も壁も天井も白い石で造られていた。

眩しい光は、天井から降り注いでいて、その光は半永久的に消えることはない。

初代竜王ホンロンワンが、その強大な魔力で作り上げたこの部屋は、子孫である代々の竜王のために造られたものだ。

床や壁や天井は、すべて石化した竜の亡骸で造られていて、天井には竜の宝玉が埋め込まれていた。竜の宝玉が放つ光はただの光ではなく、僅《わず》かながら魔力も含まれていた。竜王やシーフォンは、この部屋では自身の魔力を消費せずに済むため、体への負担が軽減される。

本来竜王は、食物を摂取する代わりに、伴侶であるリューセーから『魂精《こんせい》』を貰い命の糧としていた。だがランワンは、伴侶であるリューセーを不慮の事故で失い、もう六十年近く魂精を得ていなかった。

魂精を得られないということは、絶食しているのも同じ状態だ。竜王にはリューセー以外から、魂精を得る方法がない。だからランワンは、ただこのまま命が尽きるのを待つしかなかった。

竜王は、魂精を得られなくても百年は生きられると言われている。出来るだけ魔力を使わず静かに暮らせば、もう少し長く生きられるかもしれない。

だがランワンには、命に代えても為《な》さねばならない大きな使命があった。それは息子であるフェイワンを育てることだ。

フェイワンも竜王の世継ぎであるため、他のシーフォン達とは違う。命の糧は魂精だ。本来ならば母であるリューセーから魂精を貰い成長する。

リューセーの死から二日後にフェイワンは卵から孵《かえ》った。母を知らぬ哀れな我が子を育てるため、ランワンは自らの魔力を魂精に変えて、フェイワンを育てていた。

フェイワンのために魔力を使い続けるので、ランワンの体力は日に日に落ちていた。最近は歩くのさえも辛くなっている。ランワンは近臣達と話し合い、日常のほとんどを竜王の間で過ごすことに決めたのだ。

ランワンは広間の中央に置かれた大きなテーブルまで行き、椅子に腰かけて大きく息を吐いた。その辛そうな様子に、ダーハイが心配そうに顔を歪める。

「大丈夫か？」

「ああ、すまない。大丈夫だよ。やはりここに来るととても体が楽になる……思わず溜息をついてしまったよ」

ランワンが苦笑しながら言ったので、ダーハイは表情を曇らせたまままみつめている。

「もうあちらへは戻らず、ずっとここにいればいいのではないか？」

「いや、まだ体が動く間は、出来るだけ友好国からの来賓は私が迎えた方が良い。接見は続けるよ。それがフェイワンのためにもなると思っている」

「しかしここ_との行き来だけでも疲れるだろう？」

「そのことだが……正直に言うと、今日それを実感しているんだ。バオシーと共に飛ぶのは、これを最後にしようかと思う……ああ、そんな顔をしないでくれ、まだ大丈夫だ。まだ飛べる。飛べるが、自分が思っている以上に、空を飛ぶことは魔力を使うのだと実感した。今後のことを考えれば、もうバオシーを飛ばさない方が良いと思う。次にこちらに来る時は、君の竜に乗せてもらってもいいかな？」

「もういっそのこと、フェイワンも連れてきて、ここで一緒に暮らしたらどうだ？」

ダーハイが隣の椅子に座り、腕組みをしながら言ったが、ランワンは首を振った。

「それはダメだ」

「なぜだ？　ここは魔力に満ちているから、君も体が楽なのだろう？　ならばフェイワンだって同じだ。フェイワンもここで暮らせば、君から貰う魂精も少なくて済むんじゃないのか？」

「違うんだよ、ダーハイ。ここにある魔力と魂精は別のものだ。私もここにいれば体は楽だが、決して魂精の代わりになっているわけではない。ここにいたとしても、私はいずれ衰弱して死ぬだろう。ダーハイ、私がここに来るのは、フェイワンのために、少しでも長く生きたいからだ。一日でも長く竜王として国を治め、フェイワンに魂精を与え、自身の魔力の消費を抑えるためだ。このままいずれ衰弱して、寝たきりになってしまったら、私はもうここへは来ないよ」

「それはどういうことだ？」

ダーハイが眉間にしわを寄せながら尋ねた。『寝たきりになったらここへは来ない』という意味が分からなかったからだ。寝たきりなったならなおさらここが必要だろうと思った。

「そのままの意味だ。私が寝たきりになったら、向こうの城で死ぬまでを過ごすということだ」

「何を言ってる？　君が動けなくなったら、オレが君を担《かつ》いででもここへ連れてくる」

「いや、それはダメだ。動けなくなったらもうここへは来ない。そんな日は出来るだけ先延ばしにしたいけれど……」

ランワンはとても穏やかな顔で答えた。ダーハイは、まだ理解出来ないという表情をしている。

「ダーハイ、分かってくれ。ここは……竜王の間とは、本来、新しき竜王のために、ホンロンワン様が作ってくださった場所だ。新しき竜王が自分の時代が来るまで眠り、婚姻の儀式をするために使う場所だ。それ以外では使わないのが決まりだ。歴代の竜王達が、死期が近づき寝たきりになったからと言って、この部屋を使ったことはあるか？」

「だが君の場合は違う。君はまだ若い。本来ならばまだ死ぬべき年ではない」

ダーハイがムキになって言ったが、ランワンは静かに首を振った。

「どんな理由があろうと、ここは竜王が死ぬための場所ではないんだ。そんなことでここを汚《けが》したくない。ダーハイ、私はフェイワンのために、この部屋を悲しい思い出の場所にしたくないんだ。フェイワンがこの部屋に来る時は、彼のリューセーと共に、婚姻の儀式のために初めて来て欲しい。ここを……父を看取る場所なんかにしたくないんだよ」

ランワンの言葉に、ダーハイは顔色を変えた。そこまでランワンが考えていたとは思っていなかったからだ。それと同時に、ランワンが死もすべて受け入れて、穏やかな表情で語ることに衝撃を受けた。

「ランワン……」

「そんな顔をするな。君は父の死に際は見ていないんだよね？」

「ああ……だがオレの父から聞いている」

「私も妹達から聞いた。寿命ではない竜王の死はとても哀れだ。リューセーを早くに亡くせば、魂精が貰えず衰弱して死ぬ。言わば餓死だ。父上は三十年近く母から魂精を貰わずに亡くなった。見る影もないほど痩せ細って亡くなったと聞いた。父上の場合は年齢的にもうそれほど若くなかったし、精神的な衰えもあって母を失った喪失感から立ち直れずに、長く生きられなかったのだろうと思う。私が六十年経ってもまだこうして元気でいられるのは、フェイワンという生きる希望があるからだ。それにリューセーのおかげもあると思う」

「リューセー様の？」

ランワンは一度頷いて目を閉じた。何かを思い出しているようだが、その表情はとても穏やかだった。ダーハイは黙ってランワンの言葉を待った。

しばらくしてランワンは目を開けると、とても懐かしそうな眼差《まなざ》しで宙をみつめた。

「母はとても儚《はかな》げな人だった。病に倒れて寝たきりになる前から、すでに弱っていたようで、いつも青白い顔をしていたそうだ。父もそれに気づいていて、母を気遣ってあまり魂精を貰っていなかったらしい。病にかかり床に臥せってからは、もちろん魂精を貰わなかった。でも私は、リューセーからたくさん魂精を貰っていたから……あの人はね、私を愛してくれなかったかもしれないけれど、とても誠実で優しい人だったから、心が壊れても私が握る手を拒むことはなかったし、手を握るとたくさんの魂精を注いでくれていたんだ。あの人の魂精はとても温かく優しかった」

ランワンはそう言って微笑んだ。

「最近よくリューセーのことを思い出すんだ。側近のジョンシーが言っていたように、リューセーは、決して自殺したのではないと思っている。フェイワンを育てるうちに、そう思えるようになったんだ。フェイワンを抱きしめて魂精を与えると、私はとても幸せな気持ちになるんだよ。魂精とは愛情のようなものだと思うようになってね……愛情を注いだ分だけフェイワンが成長する。それは何よりも幸せなことなんだ。リューセーは、心が壊れていても、毎日卵を抱き続けた。ただ抱いていたわけではない。ちゃんと魂精を注いでいた。リューセーはフェイワンを、ちゃんと愛していたんじゃないかと思うんだ。だから自殺なんてしない……リューセーが死んだのはすべて私のせいなんだ」

「ランワン！　何を言いだすんだ。今、リューセー様は自殺なんてしていないと言ったばかりじゃないか！　それなのに君のせいで死んだなんて、そんなことがあるものか」

ダーハイは驚いて、咎《とが》めるように少し大きな声をあげて言っていた。ランワンは自嘲《じちょう》気味に笑って首を振る。

「私がもっとリューセーの気持ちを尊重してやれば……もっと互いに分かり合う時間を持てばよかったと後悔しているんだ。あの頃の私は、両親が穏やかに天寿を全《まっと》うしなかったことが、とてもショックで……シーフォン達や国民は不安で動揺しているだろう、早く自分がなんとかしなければと……焦《あせ》って……リューセーの気持ちも考えずに抱いてしまった。今なら分かる。リューセーにとってこの世界で味方は私と側近のジョンシーしかいなかったんだ。ジョンシーは必死でリューセーを守ろうとしていた。私の所に来て土下座をしてまで婚礼を日延べしてくれと頼んでいた。それを私はあまり重要には考えず、十日も延ばせば十分な程度と思っていた。だけどあのジョンシーの必死な様子を思えば、本当はひと月以上は延ばしたかったはずなんだ。彼だけはリューセーを分かろうとしていた。私はダメだ」

ランワンはそこまで言って、苦し気に顔を歪めながら額に手を当てた。目を閉じて俯く。

「ランワン……」

ランワンはひとつ深い呼吸をした。

「大和《やまと》の国が急激に変わってしまったのだと思う。リューセーは自分の置かれた状況を、まったく把握していないようだった。大和の国で何かが起こり、伝承がきちんと行われていなかった。それについてもっと親身に聞いてやるべきだった。私はリューセーについて何も知らない。彼がどんな風に生き、この世界に来たのか……。私は婚姻の儀で、自分が失敗してしまったのだと気づいていた。リューセーがどれほど私と交わることを恐れていたか……リューセーは衆道《しゅどう》の知識がなく、男に抱かれることを怖がっていたんだよ。分かっていながら私は……どんなに悔いても悔やみきれない」

ランワンは吐き捨てるように言って、拳を握り締めていた。

「リューセー様は君のことを愛していたと思うよ」

ダーハイが静かに語った。ランワンは俯いたまま何も言わない。だがダーハイは言葉を続けた。

「君が言ったんじゃないか、魂精は愛情のようなものだと……心が壊れた後も君に魂精をたくさんくれていたのだろう？　リューセー様は卵を慈《いつく》しみ育てた。それと同じように君にも魂精を注いでくれていた。義務なんかじゃない。だってリューセー様はすべてを拒絶して心を閉ざしていたんだ。だが君とフェイワンだけは拒んでいなかったんだ。そうだろう？」

「ああ……そうだ……」

ランワンは俯いたままで答えた。少し声が震えている。

「君も……そう思ってくれるか？」

「ん？　……ああ、もちろんだ。オレは一度、卵を抱くリューセー様に、寄り添う君の姿を見たことがある。オレはその二人の姿の美しさに、しばらくの間見とれてしまったんだ。なんて二人とも優しい顔をしているのだろうと思った。リューセー様が正気に戻られたのではないかと思ったくらいだ。オレは君がそれほどまでに悩み苦しんでいるなど知らなかった。少なくともあの時の二人の様子を見ていたオレは、君達は愛し合っていると思っていた。リューセー様の心が壊れたのは、慣れない異世界での心労や、出産のせいだと思っていたんだ。だから今君の言葉を聞くまで、君がリューセー様との関係をそんな風に思っていたなど知らなかった……」

ひどくショックを受けたように、ダーハイが顔を歪めながら目を伏せた。色々と複雑な思いが胸に去来しているようだ。だがダーハイの言葉に、ランワンは少しばかり気が晴れたように表情を緩めた。

「私の勝手な思い込みかもしれないと思っていたんだ……リューセーも私のことを愛してくれていたかもしれないと……でも君もそんな風に思ってくれるのならば……僅かばかりは可能性があるのかもしれないな」

「可能性などと……ランワン、そんなに弱気になるな。傍《はた》から見て仲睦まじい夫婦だった。少なくともオレはずっとそう思っていた。君がそう信じなければリューセー様も浮かばれない。自殺したリューセーなどと後世に悪名を残すつもりか？　フェイワンのためにも君が信じるリューセー様の生き様を、きちんと伝えるべきだ」

ダーハイは、ランワンの肩を強く摑んで、励ますようにしっかりとした口調でそう言った。ランワンは顔を上げてダーハイをみつめた。その目にはうっすらと涙が浮かんでいる。二人はしばらくの間無言でみつめ合った。

やがてランワンの目に、強い光が戻ってきたように見えて、ダーハイは口元に笑みを浮かべた。

「すまない。少し弱音を吐いてしまった。だが大丈夫だ。ダーハイ、ありがとう」

ダーハイは頷き返すと手を離した。

「少し話が逸れてしまったが……今の私が最優先にしていることは、一日も長く生きてフェイワンを成長させることだ。出来れば成人させたいが……あと四十年……そこまで生きられるか正直分からない。だがたとえ私がどのような姿になろうとも、注げる魂精はすべてフェイワンに注ぎたい。フェイワンがいれば私が衰弱しようと、シーフォンに影響はない。だがフェイワンまで衰弱してしまったら、シーフォンがどうなるか分からない。フェイワンが成人すれば、大和の国からフェイワンのリューセーが来るだろう。そうすればもう何も心配はいらない。だがもしも私が早くに死んでしまったら……

フェイワンが成人するよりも早く死んでしまったら……フェイワンは成人する前に衰弱してしまうだろう。そうなったら我ら竜族は……。だからダーハイ、約束してほしい。私が倒れ、寝たきりになっても、フェイワンに魂精を与えることを止めないと……私をここへ連れてきたりしないと……最後まで私の味方でいてくれ」

ダーハイはそれを聞き眉根を寄せた。ランワンの言いたいことは理解出来るが、それとダーハイ個人の心情は別だ。大切な主君であり、従弟であり、友であるランワンが、このまま衰弱し、若くして死にゆくのを黙って見逃すなど出来るはずもない。それも自らの魂精をフェイワンに与えることで、命を削っているのだ。それをどうしてやることも出来ないのが悔しくてならない。

「だがランワン……」

しばらくの沈黙の後、苦悩に満ちた表情で口を開いたダーハイに、その揺れ動く心情をすべて読み取っているかのように、ランワンが右手を差し出して、ダーハイの口の側に翳《かざ》した。言葉を遮るような仕草《しぐさ》に驚いて、ダーハイが言葉を飲み込む。

「君にとっては難しいことだろう。その気持ちは嬉しい。だが私は竜王だ。そして君も王の血族であるロンワンだ。個人の感情より、我ら竜族の行く末を考えてくれ……。私はどうしたところで死ぬ運命だ。これは神が与えた罰なのだ。私は八代目……二千年近く我らは生き延びてきた。とはいえ人数は減り、今にも絶滅しかねない存在だ。決して順風満帆《じゅんぷうまんぱん》ではない。我らはまだ神から許されているわけではない。竜王は魂精がなければ死んでしまうし、魂精は今のところ大和の国から来てくれるリューセーしか、分け与えるほど持ち合わせていない。そして竜王がいなくなれば、シーフォンは絶滅する。だからシーフォンが生き延びるために……いや、いや違うな」

ふいにランワンが首を振って目を閉じた。薄く笑みを浮かべると、ふうと溜息をつく。その様子を、ダーハイが不思議そうな表情で見守った。

「すまない。今のは詭弁《きべん》だ。正直に言う。シーフォンのためではない。私はフェイワンを生かしたいだけだ。かわいそうなあの子に、幸せになってもらいたいだけだ。私があの子にしてやれることは、魂精を与えることだけだ。あの子には成人して、彼のためのリューセーと出会ってほしい。私のような間違いを犯さず、リューセーと愛し合い幸せになってほしい。ただそれだけなんだ。ダーハイ、君だってそうだろう？　タンレン達を幸せにしてやりたいだろう。竜族のためだなんて大義名分を掲げなくてもいい。個人的感情で良いんだ。竜王としてではない。私は一人の親として、自分の愛する子供のために未来を残してやりたい。だから頼む。私の好きなようにさせてくれ」

頭を下げるランワンに、ダーハイはもう何も言えなくなっていた。しばらくの沈黙の後、「分かった」と振り絞るような答えが返ってきたので、ランワンは顔を上げて安堵した表情で頷いた。

それから五年経《た》った頃には、ランワンは一人で歩くことが困難になっていた。接見は中止され、政務も極力減らされた。それまで週五日のうち二日滞在していた北の城にも、一日長く、三日間滞在するようになっていた。

部屋の中を歩く僅かな距離でも杖を必要とする父の姿に、さすがのフェイワンも只事ではないと不安を感じはじめていた。

ランワンは、そろそろ話すべき時が来たと覚悟を決めて、フェイワンを部屋へ呼んだ。

フェイワンが王の私室に来ると、いつものソファに、いつもの笑顔で父が座って待っていた。傍《かたわ》らには杖が置かれている。フェイワンは部屋の入口で足を止めた。

「父上」

「フェイワン、どうしたんだい？　さあおいで」

ランワンが両手を広げたが、フェイワンはいつものように元気にその胸に飛び込むことは出来なかった。ゆっくりと側まで歩いてくると、心配そうな顔でランワンをみつめた。

「お加減がよろしくないのですか？　横になられた方がよろしいのではないですか？」

ランワンは微笑みを浮かべたまま、広げた両手をフェイワンの方へ伸ばして、フェイワンの両手を握ると強く引き寄せた。

「わっ……」

フェイワンは思わず前のめりになり、そのままランワンの胸の中に倒れ込んだ。その体をランワンが愛しげに抱きしめる。

「父上……？」

何も言わずにただ強く抱きしめられて、いつもと違う父の様子に、フェイワンは不安な気持ちになった。だが父の腕の中はとても心地いい。抱かれていると、不安な気持ちまでなくなっていくように感じた。

フェイワンは、もう甘えるような歳ではないと、心の中では思っていたが、やはり父にこうして抱かれるのは嬉しくて、拒む気持ちにはなれなかった。特に最近は以前よりも留守がちで、ひと月のうち十日ほどしか会えないのだ。

　こんなに弱った体で、さすがに外交に行っているわけではないだろうと、フェイワンも薄々気づいていた。だが誰に聞いても行き先を教えてはくれない。父の竜バオシーは塔の上にいるというのに、父だけどこか遠くに行っているはずがないのに。

　いつも父に尋ねようと思うのだが、いざとなるとなんだか聞きにくかった。聞いてはいけないような気がしていた。だから不安だけが募っていた。

「フェイワン」

　ランワンがフェイワンの体を解放すると、顔を上げたフェイワンをみつめながら優しく話しかけた。

「フェイワン、今日は大事な話があるんだ」

　ランワンの言葉に、フェイワンはドキッとした。言い方はとても優しいけれど、その眼差しが真剣に見えたので、『大事な話』の重要度が、たぶん今までフェイワンが聞いたこともないくらいに、高い気がした。こんな風に父の膝の上に座って聞く話ではないだろうと、フェイワンは顔色を変えて、慌ててランワンの膝の上から降りた。

　緊張した面持ちで立っているフェイワンをみつめながら、ランワンは頷くと「座りなさい」と言った。フェイワンは、ランワンの隣に腰を下ろした。

「本来ならば、この話はもっと早くするべきだったんだ。お前は養育係のウェンシュに色々な勉強を教わっているだろう？　本当はその時に一緒に我らの歴史を学ばなければならない。特にお前はいずれ私の跡を継いで竜王となるのだから、他のシーフォンの子供よりも早く、よりくわしく学ばねばならない。だがお前には、まだ学ばせていなかった。なぜなら我々の歴史を学ぶということは、お前に隠し通している事実を知らせなければならないということだからだ。私は色々と悩んだ末、お前がそれなりの年齢になるまでは、真実を伏せておくことにした。だが今その時が来た……。本音を言えばもう少し……お前の成長を待ちたかった。しかし私の体がこうなってしまっては、これ以上隠し通すことは無理だろう。フェイワン、お前は強く賢い子だ。きっとお前なら大丈夫だ。父がこれから話すことを、最後まで心して聞きなさい」

　ランワンはフェイワンの目を真っ直ぐにみつめながら、ゆっくりとした口調で語りはじめた。フェイワンは、眉根を少しばかり寄せて、きゅっと唇を引き締めた。

「遙か昔、我らが竜であったことは知っているね？　神の罰により人の姿にされてしまった。その辺りは分かるね？」

「はい……神の罰により、我々は決して人間を殺《あや》めてはならなくなった。もしも人間を殺めてしまったら、その何倍もの苦しみをその身に受けて死んでしまう……と。だから我々は人間と決して争ってはならないと教わりました」

「そうだ。そして我らは、人間としてこの世界で生きていくことになった。国を造り、アルピンと共存し、絶滅の危機を乗り越えて、なんとか今まで生き続けてきたのだ。だが我ら竜族が生き続けるために最も必要なのは、竜王の存在なんだ。竜王が死ぬ時、竜族も絶滅する。だから我ら竜王は、どんなことをしても生き延び、世継ぎを残さなければならないんだ。父の言うことは分かるか？」

　問われてフェイワンは頷いた。

「父上の世継ぎとは私のことですね」

「そうだ。私にはお前がいる。お前が立派に成長してくれれば、私はお前に竜王の座を譲《ゆず》り、安心して死ぬことが出来る。だからお前も大人になったら、自分の世継ぎを作らなければならない。フェイワン、ここまでの話はなんとなく知っていたと思う。だがここから、今までお前に隠していたことを話す」

『大事な話』と聞いていたが、フェイワンもなんとなく知っている話だったので、少しばかり安心しかけていたところに、ランワンがいきなりそう言ったので、フェイワンは再び緊張した面持ちで身を固くした。

「遙か昔、竜族が神より天罰を受けた時、本当は絶滅させられるところだったのだ。それを初代竜王ホンロンワン様が命乞いをして、皆の命を助けた。そのためホンロンワン様は神より罰を受けたんだ。シーフォンに科せられた罰とは別に……竜王だけが負わされた罰がある。それはホンロンワン様だけではない。代々竜王になる者が受け継ぎ続けている罰だ。私も……そしてお前も」

「え……」

フェイワンは大きく目を見開いて息を呑んだ。父や自分がそんな特別な罰を受けているとは思っていなかった。

「生き物は生きていくために、食べ物を食べなければならない。食べ物を食べなければ、子供は大きく成長出来ないし、大人も動くことが出来なくなる。食べ物を食べなければ空腹で餓死してしまうんだ。どんな生き物もすべてそうだ。人間も……シーフォンも、もちろんそうだ。シーフォンは天罰により肉食が出来なくなったが、それ以外の食べ物を食し、そしてジンシェという特別な木の実で半身の竜の体を維持する。だが竜王だけは違う。フェイワン……お前は日に三度食事を摂っているだろう？　それはシーフォン達と同じような食事だ。でも本当は食べなくても良いんだよ。我々竜王は、人間と同じ食べ物を食べても、命の糧にはならないんだ。我々の体はそのような体ではないから、食べても栄養にはならない」

「え？　どういうことですか？　じゃあ……じゃあどうして私はいつも食事をしているのですか？ちゃんと食べて美味しいと感じることが出来るのに……」

フェイワンは、父の言葉が理解出来ないというように、動揺しながら尋ねた。

「味覚はあるよ。水分は必要だから、水やお茶は飲むからね。フェイワン、生き物は食べ物を体の中で消化して、そこから栄養を体に吸収して、命の糧にしているんだ。血となり肉となっている。だが我々竜王は、食べ物から水分は摂るが、消化はしないし栄養も摂らない。お前に食事をさせていたのは、ひとつは真実を隠すため、もうひとつは将来外交先で必要になるから、食事のマナーを教えるためだよ」

「父上、真実を隠すためとはどういうことですか？　じゃあ私や父上は、何から栄養を摂っているのですか？」

「リューセーだよ」

ランワンは、一呼吸おいてから静かに答えた。

「リューセー……え？　それは母上の名前ではないのですか？」

「そうだ。お前の母の名前でもあり、代々竜王の伴侶となる者の名前だ。竜王の伴侶は、異世界にある大和の国から降臨《こうりん》する。それは初代竜王ホンロンワン様が、大和の国の守屋《もりや》家と契約を交わしたからだ。リューセーは、竜王のためにこちらの世界に降臨する。なぜだと思う？　竜王は生きていくために、人間の持つ『魂精《こんせい》』という命の力のようなものを必要とするからだ。それは血肉のような目に見えるものではない。魔力に近いものかもしれない。人間だけが持っているものだ。だが普通の人間は、ほんの僅かしか持っていない。我々竜王に分け与えるほどは持ち合わせていないのだ。この世界中を探してもそういう者は誰一人いなかった。だが異世界の大和の国にたった一人だけ、とても強い『魂精』を持つ者がいた。それがリューセーなんだ。竜王はリューセーを伴侶として迎え、リューセーから魂精を貰って命の糧にする。リューセーがいなければ、竜王は死んでしまうんだ。だからとても大切な存在なんだよ」

話を聞き終わったフェイワンが、はっと何かに気がついて口を開こうとしたが、ランワンはそれを制するように話を続けた。

「もちろんリューセーを食べ物だなんて思っているわけではない。リューセーは大切な伴侶、愛する連れ合いだ。愛し合い信頼し合うからこそ、リューセーも竜王に魂精を注ぐ……そしてリューセーだけが竜王の子を産むことが出来るんだ。私はお前の母であるリューセーと愛し合い……だからお前が産まれた。リューセーは、事故で亡くなってしまったが、お前を残してくれたんだ」

ランワンはそう言って、愛しそうにフェイワンの頭を撫でた。だがフェイワンは、驚愕の表情でランワンをみつめていた。

「父上……子供である私も……魂精がなければ死ぬのですか？」

「そうだ。本来ならば、母であるリューセーから魂精を貰って育つ」

「じゃあ私は……私は誰から……」

「私だよ。ずっと私がお前に魂精を与えて育ててきたのだ。いつもお前をこうして抱きしめながら……」

ランワンはそう言って、フェイワンを両手で抱きしめた。フェイワンは茫然《ぼうぜん》として、されるがままにランワンの腕に抱かれた。

「お前はいつも私にこうして抱きしめられると、体の中がポカポカして気持ちいいと笑っていたね……あれが魂精なんだよ」

フェイワンは「ああ」と心の中で納得したように呟いた。何か温かいものが、体の中に流れ込んでくるような心地がしていたのは、それだったのかと思ったからだ。だがそれと同時に、疑問が頭の中をぐるぐると駆け巡り、とても不安な気持ちになった。

「父上は……父上は誰から魂精を貰っているのですか？」

「……私のリューセーはもういないから……誰からも貰っていないんだよ」

フェイワンが驚いて顔を上げようとしたが、強く抱きしめられていて顔を上げることが出来なかった。

「ち……父上」

「でも大丈夫だ。リューセーから魂精を貰えなくても、竜王は百年くらいは生きられるんだ。現に父はこうして生きているだろう？」

ランワンがとても優しい声でそう言ったが、フェイワンはサーッと血の気が引く思いがしていた。力を振り絞って、ランワンの腕の中から逃れると、転がり落ちるように床の上に尻もちをついた。蒼白になった顔で、ランワンを見上げる。ランワンはとても穏やかな表情をしている。少しやつれた顔も、杖が必要になった足も、仕事の疲れだと思っていた。だが今、目の前にいる父が衰弱してしまった原因が、自分なのだと悟って、フェイワンは声も出せずに震えていた。

「フェイワン……さあ、こちらにおいで」

ランワンが手を差し出したが、フェイワンは青い顔でただ激しく首を振った。その両目からみるみる涙が溢れだした。

「フェイワン、まだ話の途中だよ」

ランワンは、冷静な口調で言った。フェイワンが真実を知って、どれほどの衝撃を受けることになるか分かっている。それはとても残酷なことだと思う。でも避けては通れないのだ。この先、自分は寝たきりになり、体が縮み、骨と皮だけの哀れな姿にまでなるだろう。それでも最後の最後まで、フェイワンには魂精を与えたいと思っていた。フェイワンが成人するまで、自分の命の続く限り、渡せる魂精はすべて渡さなければならない。そのためには真実を伝える必要があった。

それが自分達親子に課せられた試練なのだろう。

リューセーがいるのが当たり前だと、いつの間にか思っていた我々への神からの試練なのだ。自分達の都合ばかり考え、リューセー側の事情も鑑《かんが》みず、すべてのリューセーが「龍神様にお仕えしたい」と喜んで来てくれるのだと……。そう勝手に思い込んでしまっていた我々への罰だ。

だがフェイワンがこの試練を乗り越えることが出来れば、時代の流れで変わってしまった大和の国から来る新しいリューセーを、きっとフェイワンは命を懸けて守り愛し、新しい王家を作っていってくれるだろう。それはエルマーンの未来に繋がるのだ。

ランワンはそんな風に思えるようになってから、心を鬼にする覚悟を決めた。たとえまだ子供であっても、フェイワンは次期竜王なのだ。代わりはいない。そして自分の命はそう長くない。どんなに泣いて嫌がっても、魂精を受け取らせなければならない。すべてを納得させて……。

「フェイワン、さあ立って私の隣に座り話を聞きなさい」

ランワンは、床の上に尻もちをついたような形で転がったまま、青い顔で震えているフェイワンに向かって、静かな口調で声をかけた。フェイワンはゆっくりと首を振る。

「フェイワン、最初に言ったはずだ。大事な話だと……心して聞くようにと……お前は承知したね？その恰好は何だい？　王の話をそんな風に聞く者などいないよ？　お前は竜王の世継ぎだろう……恥ずかしいと思わないか？　さあ、立って私の隣に座りなさい」

ランワンは少し厳しめに言った。真っ直ぐにみつめると、フェイワンは涙に潤んだ瞳を一瞬逸らしたが、ぎゅっと強く目を閉じて、大きく深呼吸をすると、ゆっくりと立ち上がりランワンの隣に座り直した。その顔はまだ青白かったが、唇を噛みしめて泣き言を言うまいと堪えている。

ランワンは頷くと再び話を始めた。

「ホンロンワン様が最初のリューセー様を見つけて、この世界に連れてきて、愛を育《はぐく》み子孫を残した。以来、代々の竜王の下へ大和の国からリューセーが来てくれている。私で八代目、お前で九代目だ。竜王とリューセーが助け合い、共に築いてきたこの国は、とても豊かな国になった。二千年以上続いている国は、この世界では我が国だけだ。我らが人間よりも長命だからというわけではない。我らが神から受けた罰を受け入れ、ホンロンワン様の教えを守り、助け合って懸命に生きてきたからだ。そして何より、大和の国からリューセーが、我ら竜王の下に来続けてくれているからだ。フェイワン、これだけは決して忘れてはならない。我らはリューセーによって生かされている。リューセーのおかげで生きている。それは竜王だけの話ではない。我らシーフォンやエルマーンの民が、幸せに繁栄を続けているのは、すべてリューセーのおかげなんだ」

ランワンはそう言って、フェイワンの手を握ろうとしたが、フェイワンはびくりと体を震わせて手を引っ込めた。ランワンは一瞬考えるように動きを止めたが、再び手を伸ばして、背中に隠したフェイワンの手を無理やり摑んだ。その手を引き寄せて、両手でフェイワンの右手をしっかりと握った。

フェイワンは目を丸くしてランワンをみつめた。

「フェイワン、お前には魂精が必要だ。私がお前に与えている魂精は、お前の母から預かっていた魂精だ。フェイワン、これはお前の母であるリューセーの魂精なんだよ」

「でも……それでは父上が……父上から魂精を奪ったら、父上が死んでしまいます！　私はいりません！」

「フェイワン！　さっき話しただろう？　リューセーを失った竜王は死ぬしかないのだ。私のリューセーはもういない。どちらにしても私は死ぬ運命なんだよ。だがお前は違う。お前が成人すれば、大和の国からお前のリューセーが降臨するだろう。お前はお前のリューセーと共に幸せになるんだ」

フェイワンは激しく首を振った。

「私は元気です。元気ですから魂精はいりません！」

「お前はまだ子供だ。成人するまでまだ三十年以上かかる。それまで魂精を貰わずにどうやって大人になるつもりだ？」

「でもっ……父上が……」

フェイワンはポロポロと涙を零《こぼ》した。青ざめた顔で唇を震わせている。

「フェイワン！　お前は私の跡を継いで竜王になるんだ。いや、竜王にならなければならない。それがお前の宿命だ。たとえ父の命を奪うことになったとしても、それでもお前は生きなければならない。

お前はシーフォン達すべての命を背負っている。竜王とはそういうものなんだ。お前ならもう分かるはずだ」

「分かりません」

フェイワンはただ激しく首を振り続けた。ランワンは一瞬大きな声をあげそうになったが、深く息を吸い込んだ。言葉も一緒に飲み込むと、口を閉ざして目の前で泣きじゃくる我が子をみつめた。胸が痛む。張り裂けそうだ。自分はなんてひどい親なのだろうと思う。

こんな子供に……愛する我が子に親を殺せと言っている。でもこの先、もっと辛い現実が待っている。ここで心を鬼にしなければ、この子は死んでしまうだろう。

「ならば共に死ぬか？」

ランワンが静かに言った。フェイワンが驚いて動きを止める。

「父と共に死ぬか？」

フェイワンが涙に濡れた顔で、その言葉に思わず頷きそうになったので、ランワンは大きな声をあげた。

「エルマーンの民を全員殺して父と共に死ぬか？」

その言葉にフェイワンは目を大きく見開いた。唇が震えている。

「タンレンも殺すのか？」

特定の人物を名指しされて、フェイワンの表情が変わった。

「タンレンやダーハイやルイラン、ミンファ、ユイリィ、ウェンシュ、ラティーフ……お前が好きな者はたくさんいるだろう？　皆も殺すのか？」

フェイワンは慌てて首を振った。唇を噛みしめ、涙を流しながら懸命に首を振る。

「フェイワン！　竜王が死ねばシーフォンも皆全滅するんだ。お前の知っている、お前の周りにいる叔父上や叔母上や従弟や先生が死ぬんだ。シーフォンが全滅するというのはそういうことだ。これは神から受けた天罰なのだ。だから竜王は絶対生き延びなければならない。絶対に天罰に負けてはならない。竜族を滅ぼしてはならない。私は死ぬが、私の魂はお前に受け継がれる。フェイワン！　父を無駄死にさせるな！」

「父上……」

フェイワンはしゃくり上げながら口を開いた。

「父上……私は……」

「フェイワン……分かってくれ……お前が私から魂精を受け取らないと拒否したとしても、私は死ぬんだ。お前も魂精を貰わなければ死ぬ……私とお前が死ねば、シーフォンは絶滅する。これは絶対に変わらない事実だ。だがお前が生き続けてくれれば……大人になって竜王を継いでくれれば皆が助かるんだ。私の死が無駄ではなくなる……私の望みはそれだけだ。私の魂精を受け取ってくれ。これは母の魂精でもあり、私の命でもある。お前は父と母の愛を受け取って大きくなったんだ。これからも、お前が大人になるまで、父と母の愛をお前に注ごう」

フェイワンは唇を噛んで体を震わせながら、ランワンをじっとみつめた。その瞳からは幾筋も涙が零れ続けていたが、先ほどまでの不安げな色は浮かんでいなかった。眉根を寄せて、自身の中で葛藤《かっとう》しているようだ。そんなフェイワンを、ランワンは静かにみつめ続けた。

やがてフェイワンが口を開いた。

「分かりました……父上……私は父上の跡を継いで……立派な竜王になります。そのために……父上から魂精を……いただきます」

その声は震えて上《うわ》ずっていたが、口調はしっかりとしていた。

「よく言ったフェイワン……それでこそ私の跡継ぎだ」

ランワンは優しく微笑んで、フェイワンを再び抱きしめた。

「父上……」

フェイワンは、堪え切れずに泣きだした。ランワンは何度もフェイワンの頭を撫でながら、その目には涙が浮かんでいた。


タンレンは、中庭でラティーフの指導を受けながら剣を振っていた。大人の使う剣よりも、一回り小振りに造られた剣を振りながら、時折手を止めて城の上層階を見上げる。

ずっと何かを気にしているように、心ここにあらずのタンレンを見て、ラティーフが眉間にしわを寄せた。

「タンレン！　剣を手にしている時は集中しなければ怪我をするぞ！」

「は、はい！」

活を入れられ慌てて前に向き直り、剣を振ったがすぐにその腕をラティーフに摑まれてしまった。

「あ……」

驚いてタンレンが見上げると、ラティーフがとても険しい表情でタンレンを睨《にら》みつけていた。タンレンは赤くなり、すぐに青くなってぎゅっと強く目を瞑《つむ》った。

「も、申し訳ありません。真面目にやります！」

タンレンが大きな声で目を瞑ったまま言うと、ラティーフは表情を和《やわ》らげて小さな溜息をついた。

タンレンは目を開けると、恐る恐るラティーフの顔を見上げる。

「そんなに気になるか？　フェイワン様のことが」

「あ……は、はい……もう三日も剣術の授業を休まれておいでなので……父も先生も、誰に聞いても別に心配はないと言うけれど……理由を教えてくれないので、やっぱり気になります。病気ではないのですよね？」

「ああ、フェイワン様はお元気だよ。ただ、今は誰にも会いたくないのだそうだ」

「そんな……」

タンレンは眉根を寄せて唇をきゅっと結び、深刻な面持ちで俯いてしまった。その様子をラティーフはじっとみつめた。

「なんだ？　お前にも会いたくないと思われているのがショックか？」

「いいえ！　決してそういうわけではありません！　ただ……あのフェイワン様が誰にも会いたくないなんていうのが信じられなくて……それはよほどのことだと……何かひどく心を傷つけられるようなことがあったのではないかと、心配になってしまったのです」

タンレンの答えに、ラティーフは感心したように「ほお」と呟いて、右手で顎《あご》を擦った。

「では会いに行ってくるか？」

「え？　良いのですか？」

タンレンは嬉しそうに顔を上げた。

「お許しが出ているわけではないが、別に禁止されているわけでもない。ただフェイワン様が『誰にも会いたくない』と言っているだけだ。お前はフェイワン様のお部屋へ何度も遊びに行っているのだろう？　元々出入りを許されているのだから、訪ねて行っても構わないのではないか？」

ラティーフの言葉に、タンレンは喜んで頷いたが、ふと何か思い浮かんだのか、考え込むように目を伏せた。

「いえ……やはり……行くのはやめます」

タンレンがそう呟いたので、ラティーフは不思議そうに首を傾げる。

「なぜだ？」

するとタンレンは顔を上げて、真っ直ぐな眼差しを向けた。その表情はとても真剣だ。

「フェイワンはきっとそういうことを求めていないと思います。誰かに慰めてほしくて、敢えてそんな風に言うような人ではありません。会いたくないというのだから、本当に会いたくないのだと思います。フェイワンのことが心配だけど……きっとフェイワンなら自分で解決するって信じます。それでフェイワンがオレに助けを求めてきたら、その時にどんなことをしてでも助けたいです。だからオレは今オレに出来ることをやります。申し訳ありませんでした。オレは強くなりたいです。先生、真面目にやりますのでご指導をお願いします」

タンレンはそう言って、深々と頭を下げた。

「分かった。ではもっと厳しくするぞ」

「はい！　よろしくお願いします！」

タンレンは力強く返事をすると、剣をしっかりと構え直した。


王城の最上階の廊下で、タンレンが柱の陰に身を潜《ひそ》めるように立っていた。最上階は王と王の家族のための居住階で、限られた者しかこの階に入ることは許されていなかった。

タンレンは王族ロンワンである上、すでにフェイワンから行き来を許されていたので、難なく来ることが出来たのだが、どこの部屋を訪ねることもなく、ずいぶん長い時間こうして立っていた。

剣術の授業の際、師であるラティーフには、あのように断言してしまったが、後になってやはりフェイワンのことが気になってしまった。一度は自分の家に戻ったが、じっとしていられなくてここまで来た。だがフェイワンの部屋を訪ねることが出来ず、ずっとこうして部屋の入口が見えるところから様子を窺《うかが》っていたのだ。

もちろんタンレンも、ただ眺めに来たわけではない。きちんとした目的をもって来ていた。だがなかなかそれを果たせずにいる。

そろそろ見張りの兵士の交代の時間だ。交代の兵士が目の前を通れば、当然ながら見つかってしまう。こんなところに立っていたら、変に思われてしまうだろう。もちろんタンレンを怪しむことはないだろうが、見逃してはくれないはずだ。何をしているのかと尋ねられたら、どう言い逃れをしようかと、少しばかり焦りはじめていた。

その時、フェイワンの部屋の扉が開いて、養育係のウェンシュが出てきた。

タンレンは嬉しさに顔を輝かせて、廊下に飛び出した。

「ウェンシュ様！」

突然駆けてきたタンレンの姿に、ウェンシュは驚いた。

「タンレン、いつの間に来ていたのですか？　フェイワン様に会いに来たのですか？」

「はい、いえ、あの……」

ウェンシュに問われて、タンレンは少し頬を染めながら、照れ隠しに苦笑した。

「タンレン、すまないが今フェイワン様は……」

「あの！　違うのです！」

ウェンシュが、申し訳ないというように表情を曇らせて言いかけた言葉を、タンレンは慌てて遮った。

「フェイワンに会いに来たのではないのです。ただ、これを……」

タンレンはそう言いながら持っていた書簡を差し出した。

「これは？」

タンレンから書簡を受け取りながら、ウェンシュは不思議そうにみつめて尋ねた。

「その……手紙を書きました。フェイワンに渡してください」

タンレンは少し赤い顔で、ウェンシュを見上げながら、はきはきと告げた。最初は驚いていたウェンシュだったが、真剣な様子のタンレンと書簡を何度も見比べて、口元に笑みを浮かべると「分かりました」と言って真面目な表情を作った。

「必ずお渡しします」

ウェンシュの言葉を聞いて、タンレンは安堵したように表情を崩した。

「よろしくお願いします」

タンレンは一度深く頭を下げると、踵《きびす》を返して駆け足で去っていった。

ウェンシュはそれを見送った後、フェイワンの部屋へ戻った。部屋の中には誰もいない。ウェンシュは、部屋を横切り奥にある寝室の扉の前に立った。

「フェイワン様」

扉に向かって声をかけた。返事はない。ウェンシュは一呼吸置いて、もう一度声をかけた。

「フェイワン様、今、タンレンが訪ねてまいりました。フェイワン様に渡してほしいと書簡を預かりました。こちらのテーブルの上に置いておきますので、よろしければご覧ください」

ウェンシュはゆっくりとした口調で、淡々と扉に向かって話した。だがやはり返事はない。ウェンシュは中の様子を窺うようにしばらく聞き耳を立てていたが、まったく動く気配がないので溜息をつくと、部屋の中央にあるテーブルへ移動した。

この三日間、ろくにフェイワンの姿を見ていない。何があったのかはすでにランワンから聞いている。フェイワンは、ランワンから、真実を聞かされて以降、自室にこもってしまい、誰にも会いたくないと寝室の扉を固く閉ざしていた。

ウェンシュは、養育係として、毎日この部屋を訪れて、午前と午後それぞれ一時間ほど、中の様子を窺いながら待機していた。

ウェンシュは、書簡をテーブルの上に置くと、再び寝室の扉の前へと移動した。

「フェイワン様、それでは今度こそ、本日は失礼させていただきます。先ほども申しましたが、お体に障《さわ》りますので水分はお摂りください。こちらのテーブルの上に、水やお茶を用意しております。それと陛下も、本日はお部屋でお待ちです」

本来ならば、今日はランワンの下へ魂精を貰いに行く日だ。四日に一度……それがここ一年以上の習いになっていた。もっとも今までは、「魂精を貰いに行く」のではなく、「父に会いに行く」という名目だったのだが、真実を知ってしまった今、フェイワンが行くとは思えなかった。そうでなければ、こんな風に、周囲を拒絶して寝室にこもったりはしないだろう。

ランワンからは「しばらくはそっとしておくように」と言われている。これが一週間も十日も続くようならば、強硬手段に出るしかない。だがフェイワンが、そこまで愚かではないことを、ランワンもウェンシュも願っていた。

「それでは失礼いたします」

ウェンシュはもう一度声をかけて、部屋を後にした。

それから半刻ほど経って、寝室の扉がゆっくりと僅かばかり開いた。中から部屋の様子を窺っているようで、またしばらく経って扉が開かれた。

フェイワンが顔を出し、部屋の中を見回して誰もいないことを確認すると、ゆっくりと寝室から出てきた。

テーブルの上に視線を送った。そこには水差しとお茶の入ったポットがふたつ並び、コップや茶器が置かれている。その横に一通の書簡が置かれていた。

フェイワンはテーブルの側まで歩み寄り書簡をじっとみつめた。少し考えてから、それには手を付けず、カップにお茶を注いで椅子に腰かけた。

湯気の上がるお茶をみつめながら溜息をつく。

父ランワンから、真実を聞かされた。その日は自室で一晩中泣き、翌日ウェンシュを問いただし、ウェンシュや周囲の者達もすべて知っていたという事実に、怒りと共にまた泣き伏した。涙が涸《か》れるほど泣いた。フェイワンは、生まれてこの方こんなにも泣いたことはないだろう。悲しくて泣き、悔しくて泣き、辛くて泣いた。

自分は父の命と引き換えに育てられていたのだ。自分が元気にすくすくと成長するということは、父がどんどん衰弱し、死に近づいているということだ。父を食べて生きていると言っても過言ではない。

魂精を得なければ竜王は死ぬ。神の天罰は、なんと厳しいものなのだろう。

竜族が受けた天罰については、すでに大まかなところは教わっていた。

人間の姿に変えられたこと、男女に分けられたこと、獣を食せなくなったこと、竜はものを食べられなくなったこと、人間を殺せなくなったこと、アルピンと共存すること……どの罰も、今となっては罰とは思えないほど、シーフォンにとっては当たり前になってしまった。普通に生活するうえで、どれも罰として身に降りかかる脅威ではなくなってしまった。

初代や二代ぐらいまでは、それは想像を絶するほどの苦難であったかもしれない。代々の竜王達やシーフォン達の努力の結果、今のエルマーンがあり、そこに住む民は、シーフォンもアルピンも、皆、何不自由なく暮らしている。

だから最初にその話を聞いた時は、正直なところ「天罰とは言っても、戒《いまし》めを忘れなければ、決して厳しいものではないのだな」と思ったほどだ。神は慈悲深いとまで思った。

まさかフェイワンにだけ隠された真実があったとは知らず、竜王の務めとは、シーフォンが過去の過《あや》ちを忘れず、正しく生きるように導くことだと思っていた。

そんなに難しいことではない。天罰を恐れて生きなくてもいいのだと……。

だが竜王に科せられた罰だけは、今もこうして竜王自身を苦しめ続けていたのだ。ホンロンワンが、竜族絶滅を回避するため、皆の命乞いをした結果、科せられた罰だという。それはつまり竜族すべての罪への贖罪《しょくざい》であり、一番重い罰であることは仕方がないのだ。

フェイワンは、ずっとそのことばかりを考え、悩み、苦しんでいた。竜王として生まれた我が身を、これほどまで恨んだことはない。

父にはすべて承知したと答えたが、そう簡単に承知出来るものではない。今までと変わらず、父の下へ行き、魂精を貰うことなんて出来ない。頭ではやらねばならないことだと分かっていても、やはりそれだけは出来ない。

『フェイワン！　父を無駄死にさせるな！』

父の言葉が脳裏に浮かび、フェイワンはびくりと震えた。昂《たかぶ》る気持ちを静めるように、カップを手に取りゆっくりとお茶を飲んだ。目頭が熱くなる。

涙は涸れたはずなのに、それでもまだこうして溢れ出してくる。

三日経った。皆が腫《は》れものに触れるようにフェイワンに接している。いつもは厳しいウェンシュやラティーフも、叱らないし無理強いもしない。いつまでこうして引きこもっているつもりかと、誰も叱らない。

まだ気持ちの整理はまったくついていないが、三日もこうして泣き暮らし、思い悩んでいると、いつまでもこのままというわけにはいかないのだと、頭の隅で思うようになってくる。

『分かっている！　だけど！』と自分でそれを否定する。その繰り返しだ。

フェイワンがこんな状態でいることは、きっと父の耳に届いているだろう。父はどう思っているだろうか？　あれほど説得し、フェイワンも納得したと言ったはずなのにと、失望しているだろうか？

フェイワンは深い溜息をついた。

カップをテーブルに置き、ふと書簡へ視線を向ける。タンレンからの書簡だと、ウェンシュが言っていたが、タンレンがどんなことをわざわざ書いてきたのだろうと、少しばかり不安になった。

タンレンも知っていたのだろうか？　と思ったからだ。もしもタンレンが真実を知っていて、フェイワンを哀れんで、慰めの書簡をしたためたというのであれば、それはフェイワンにとって辛いことだ。そう思っただけでも、すでに胸がもやもやとした。

フェイワンは、眉を曇らせて書簡をみつめた。どれほどの時間そうしていただろう？　フェイワンは一度大きく深呼吸をすると、決心して書簡に手を伸ばした。

封を切り、巻かれた書簡を広げた。そこにはタンレンの性格を表したような力強く丁寧な文字が並んでいた。

フェイワン様

気鬱《きうつ》になられていると伺いましたが、いかがお過ごしですか？

剣術の授業を三日も休まれておいでなので、私はフェイワンより三日分強くなりました。

以前もお話ししたように、私はフェイワンが王位に就かれた時に、その側でフェイワンをお守りするために、誰よりも強くなりたいと懸命に稽古に励んでいます。

誰よりもとは、師であるラティーフ様よりもということであり、もちろんフェイワンよりもということです。でもフェイワンは、そんな私に負けないと、いつも競って稽古に励まれていました。

ラティーフ様も、フェイワン様はとても太刀筋が良い、さすがは竜王になる方だと、いつも誉めていて、それを聞いた私は、もっともっと稽古して強くならなければと励みにしていました。

あんなに稽古熱心だったフェイワンが休むというのは、よほど具合が悪いということなのですか？ それとも多少休んでも、タンレンに負けることはないと思っているからですか？

もしも後者だとしたら、それは大きな間違いです。私はすでに三日分フェイワンより強くなっているのですから。なんなら試合をしても構いません。

だからどうかフェイワン、早く稽古に戻ってきてください。

一人で稽古をしてもつまらないし、励みになりません。第一、私一人でラティーフ様の長い説教を聞くのは勘弁してほしいです。

戻ってきてくれる日を心待ちにしています。

あなたの友タンレン

フェイワンは驚いて、何度も書簡を読み返した。やがてククククッと肩を震わせながら笑いだしたかと思うと、高らかに笑い声をあげた。

ひとしきり笑った後、書簡を畳みながら大きな溜息をついた。

タンレンの書簡は明るくて率直で、いつも彼と交わす会話とまるで同じだった。真面目なようで、彼特有のユーモラスな言い回しで、相手の気持ちを和ませる。

その内容は、フェイワンが危惧していたものとは真逆のもので、むしろ思ってもみなかったものだった。普通に考えれば、わざわざ書簡にしたためるような話ではない。いつもの雑談のような内容だ。心配ならば会いに来ればいい。だが敢えて書簡にしたタンレンの気遣いを感じた。

心配していると伝えたいが、それがかえってフェイワンの重荷になるのは避けたいと、タンレンなりに考えてのことだろう。何度も読み返して、それに気づいたから、フェイワンは思わず笑ってしまったのだ。ただ単純に嬉しかった。

周囲が腫れものに触るように扱う中、こんな風に接してくれるタンレンの人柄に感謝した。

フェイワンは、再び大きな溜息をつくと、両手で涙に濡れた目を擦った。

笑ったおかげで、頭の中が少しすっきりとした。

「オレが王となる日を待っている者がいるのか……」

ポツリと呟く。

フェイワンは、テーブルの脇に置かれた呼び鈴を鳴らした。少し間をおいて、扉が叩かれる。

「入れ」

フェイワンが返事をすると、扉が開き侍女が入ってきた。

「お呼びでしょうか、殿下」

「父上の下にまいるから、身支度を整えたい……顔も洗わないといけないな……」

「かしこまりました。すぐにご用意いたします」

侍女は一礼していそいそと一度部屋を出ていった。

それを見送って立ち上がった。鏡の前へ向かう。鏡に映る自分の姿を見て、少し顔を歪めた。ひどい姿だと思ったからだ。

髪はボサボサで、両目は赤く腫れている。そこに映っているのは、竜王の世継ぎではない。泣き虫の子供だ。

「フェイワン……それでいいのか？」

鏡に向かって話しかけた。

三日間引きこもって泣き続けても、眠れなくなるほど思い悩んでも、タンレンの書簡を読んでも、結局何ひとつ解決はしていない。でもそれはフェイワンの気持ちの問題だけだ。結局、結論はすでに出ている。フェイワンは、竜王を継がねばならない。この国を滅ぼすつもりがない以上は、選択肢はひとつしかないのだ。泣いても喚《わめ》いても、一択しかない。

フェイワンは、ぐっと目に力を込めて睨みつけた。

「覚悟しろ」

低い声で呟いた。

「覚悟しろ、フェイワン。竜王はオレしかいないんだ。オレは……生きなければならない。どんなことをしても……王にならねばならない」

鏡の中の自分に向かって強い口調で語りかけた。

「父上のためにも……」

王の私室をフェイワンが訪ねると、いつものソファにランワンがいつものように座っていた。フェイワンを見て、一瞬驚いたような表情をしたが、すぐに優しい笑顔に変わった。

「フェイワン、さあおいで」

両手を広げるランワンをみつめながら、フェイワンは躊躇《ちゅうちょ》するように、扉の前に佇んでいた。

「フェイワン、恥ずかしいのかい？」

ランワンがクスリと笑って言った。フェイワンは、眉根を寄せて、両手の拳《こぶし》を強く握りしめた。深く息を吸い込み、一歩を踏み出す。

ランワンはその様子を、何も言わずに見守った。

フェイワンはゆっくりと歩いて、ランワンの前まで歩いてきた。二人は無言でみつめ合い、ランワンは広げていた両手で、フェイワンを引き寄せるように抱きしめた。

フェイワンは、ランワンの胸に顔を埋めながら、ぎゅっと苦し気に顔を歪ませていた。体の中がどんどん温かくなるのを感じていた。魂精が注がれているのだ。それをフェイワンが意図的に拒否することは出来ない。どんなに歯を食いしばっても、体を強張らせても、注がれる魂精を拒否することは出来ない。

「ありがとう、フェイワン」

ランワンが耳元で囁いた。フェイワンは、ぐっと泣きそうになるのを堪えた。

ランワンはそれ以上何も言わず、ただしっかりとフェイワンを抱きしめる。

フェイワンは、きちんと身支度を整え、顔を洗い、目を冷やしたが、それでも腫れはあまり引かなかった。誰が見ても明らかに、おかしな顔をしている。フェイワンが三日間閉じこもっていたことは、父の耳に入っているはずだ。それでも何も尋ねられなかった。

フェイワンは、父の胸の匂いを嗅いだ。父からはいつも微《かす》かに花の香りのようなものがしていた。これは時折父が、寝室で焚《た》く香《こう》の香りだ。この香りを嗅ぐとよく眠れるのだと、父が何か懐かしむような顔で教えてくれたことがある。

「香りが……」

フェイワンがぽつりと呟いたので、ランワンはフェイワンを抱きしめたまま微笑んで頷いた。

「ああ、この香《こう》は、ルーファという花の種から作ったものだよ。リューセーが……お前の母が、大和の国の『白檀《びゃくだん》』という香の香りに似ていると言って、とても好んでいた香りだ」

父がそう語ったので、フェイワンは驚いて顔を上げた。目が合うと、ランワンがニッコリと微笑んだので、フェイワンは少し赤くなって顔を伏せた。

「母上が好きな香りだから、時々香を焚くのですか？」

「そうだね……記憶というのは、時間の流れと共に、どんどん薄れていってしまうものだ。どんなに忘れまいと思っても、悲しいことに失ってしまうんだ。もちろんリューセーを忘れることは決してないのだけど、どんな顔だったか、どんな声だったか……そういうものは、たとえ繰り返し思い出していても、時間の流れと共に薄れていって、ぼんやりとした不確かなものになってしまうんだ。何も残っていないからね。肖像画を描いていないし……ましてや声なんて残せない。だけど香りは違う。香りは確かに、その時を思い出させてくれる。この香りを嗅いだ時、リューセーが嬉しそうに微笑んだ顔とか……『白檀に似ていて好きです』と言った声とか……香りと共に鮮明に思い出せるんだ。眠れない時、この香を焚くと、リューセーが側にいてくれるような気持ちになって、とても心が休まる」

ランワンが語る声は、とても優しさに満ちていた。見なくてもどんな顔で話しているのかが分かる。

フェイワンは、黙って聞きながら内心とても驚いていた。父がこんなに饒舌《じょうぜつ》に、母の話をするなんて初めてだったからだ。

フェイワンに、真実を隠していたことで、母の話も共に伏せられていたのだろう。

フェイワンにとって「母」という存在は謎に満ちたものだった。父に聞けば、少しは話してくれていたが、いつも何かふんわりと隠されているような……母の実像が想像しにくいような、そんな風にして語られていた。父以外の者は、まったく口を閉ざし、こちらから聞いてもすべて上手くかわされてしまう。

それは母が事故で亡くなったせいなのだと、フェイワン自身は思い込んでいた。もっとも物心ついた頃から、母という存在を知らず、叔母達のような女性に会うことがあっても、彼女達が我が子と共に『母』として、フェイワンの前にいることはなかったので、母親という存在自体がよく分からずに育ったという方が正しいだろう。

だから母がいなくても、寂しいと思ったことはないし、他の子を羨《うらや》ましいと思ったこともない。

「父上は母上が大好きなのですね」

フェイワンが独り言のように呟くと、「もちろんだよ」と優しい声が返ってきた。

「母上がいなくて寂しいですか?」

続けてそう尋ねると、すぐには返事が返ってこないので、フェイワンは思わず顔を上げて、父を見た。するとそれに気づいたランワンが、フェイワンをみつめて微笑んだ。

「私にはお前がいるから寂しくないよ」

ランワンは微笑みながら答えたが、フェイワンには、その表情がとても寂しそうに見えてしまって、少しだけ眉を曇らせた。

「フェイワンは、母がいなくて寂しいかい？」

「いいえ」

フェイワンは即答した。するとランワンが、少しだけ驚いたように見えたので、フェイワンは困ったような顔をした。

「あの……分かりません」

「分からない？」

「会ったことのない人がいなくて寂しいかと問われても、私にはよく分かりません。私には父上がいるし……ウェンシュもいるし……タンレンという友もいます。もしも母上がいたら、今とどんな風に違うのかが分からないから……寂しいとは思わないけど……でも会ってみたいなとは思います」

フェイワンが、言葉を選ぶように、考え考え話す様子を、ランワンはせつない思いでみつめていた。フェイワンの表情に陰りはなく、無垢な様子で話しているのが、余計に哀れに思えたのだ。

「お前は覚えていないだろうが、母は毎日こんな風に、卵のお前を抱いていたんだよ。それはそれは優しい顔で……お前のことを心から慈しむように、大切な宝物を抱えているように……フェイワンという名も、母がつけたんだよ」

フェイワンは大きく目を見開いた。

「私の名前を？」

「そうだよ」

フェイワンの頬がほんのりと上気した。母についての話で、初めて喜んでいるのが分かる反応に、ランワンは目を細めた。

「お前がこうして元気に育っている姿を見て、母も喜んでいるだろう」

「母上が喜ぶ？　見ているのですか？　どこで？」

「どこからでも」

「どこからでも？」

フェイワンは驚いて辺りを見回した。その様子に、ランワンがクスリと笑う。

「母のいた大和の国では、人は死んだら仏様という魂《たましい》になって、『あの世』という所にいくのだそうだ。それは空の上だったり、風や土の中だったり……この世界とは別の場所にあって、そこから我々のことを見ているそうだ。残してきた家族のことを見守っている。だから母も、どこかでいつもお前のことを見守っているんだよ」

フェイワンは、不思議そうに辺りを見回して、父の顔をみつめた。その表情は、先ほどよりもずっと明るくなったように見えて、ランワンは心から安堵した。

ランワン自身、ずっと長く思い悩み、苦しみ続けていたことから解放されたような思いだった。真実を隠すことで、フェイワンを守ってきたが、それは同時にリューセーの話をすることが出来ないということだ。母を知らない子にしてしまう。それはとても辛い選択だった。だから今さらフェイワンに、母の話をするのは、どう受け取られるだろうかと不安に思っていた。

余計に悲しませてしまうのではないか？　心に傷を負わせてしまうのではないか？

フェイワンが閉じこもってしまったと聞いてから、不安は増すばかりだった。真実を告げたことは後悔していない。必ずいつかは話さなければならなかったし、今がその時だと決意して話した。傷つけてしまうことも覚悟の上で、それでもフェイワンならば、きっと自分で立ち直り乗り越えてくれると信じていた。

だがそのようやく乗り越えたフェイワンに、リューセーの話をしても良いものか……それが一番の心配だったので、今、フェイワンの明るい表情に安堵したのだ。

ランワンは改めてフェイワンの体を強く抱きしめた。


タンレンは、いつものように城の中庭へ向かっていた。長い廊下を進み、中庭へ出る扉を開くと、ぶわっと強い風が吹き込んでくる。

険しい岩山をくりぬいたように、岩肌に沿って建つ城の中庭は、岩山の中腹辺りに存在した。そのためいつも風が吹いている。

短い下生えの草を敷き詰めるように植えられているため、中庭は緑の絨毯《じゅうたん》が敷かれているようで美しい。その緑の中に一際目立つ赤い色が、タンレンの目に飛び込んできた。

「フェイワン！」

タンレンは思わず叫んでいた。フェイワンが振り返り、ニッと笑うと「遅いぞ」と言った。いつもと変わらないフェイワンの様子に、タンレンは嬉しくなって駆けだしていた。

「フェイワン！」

名を呼びながら、満面の笑顔で駆けてくるタンレンを見て、フェイワンは少し照れた様子で頬をかいている。

「もう大丈夫なのか？」

フェイワンの側まで駆け寄ると、息を弾ませ、頬を上気させ、きらきらと瞳を輝かせて尋ねた。フェイワンは苦笑する。

「別に病気だったわけじゃないから……でも心配をかけてすまなかった」

フェイワンは照れ笑いをしながらそう言って、タンレンに右手を差し出した。タンレンは、それを思いっきり摑んで、力強く握手をする。

「良かった！　本当に良かった！」

何度も何度も「良かった」と言いながら、握手をした手を上下に振るので、フェイワンは呆気にとられて、なすがままになっていた。

「タンレン、いい加減にしなさい。はしゃぎすぎだ。フェイワン様が困っているだろう」

ラティーフが呆れたように注意したので、タンレンは赤くなってフェイワンから手を離した。

「も、申し訳ありません」

慌てて頭を下げると、フェイワンが高らかに笑いだしたので、タンレンは驚いて顔を上げた。フェイワンが大声で笑っている。ラティーフを見ると、フェイワンの様子に少し驚いたようだが、タンレンに視線を向けて苦笑してみせた。

「さあ、稽古を始めますがよろしいですか？」

「あ……はい、すみません。よろしくお願いします」

「よろしくお願いします」

フェイワンは、慌てて笑うのを止めると、ラティーフに頭を下げた。タンレンも頭を下げる。

「まずはいつもの通り、基礎鍛錬《たんれん》からです。フェイワン様は少しばかり体が鈍《なま》っているかもしれませんから、念入りに行ってください」

「はい」

二人は少し離れて立つと、木の棒を持って準備運動のような素振りを開始した。前方、左右、後方へ両手足を使って、色々な型の動きを伴う素振りだ。

「もっと大きな声を出して！」

ラティーフの活が入ると、二人は気合いを込めて声を発した。

「やあ！　たあ！」

十ほどの型をそれぞれ二十回ずつ行う。時間としてはそれほど長くはないが、終わる頃にはクタクタになるほど息が上がる。

少しの休憩の後、今度は棒を剣に持ち替えて、同じように素振りを開始した。

「フェイワン様、肘が下がっていますぞ！　肘をもっと上げて！　脇は締める！　タンレン、腰を少し落として！」

棒を使っての基礎鍛錬の時には、特に何も言わなかったラティーフだが、剣を持てばとても厳しくなる。ちょっとした動作の乱れも、怒鳴りつけられた。

「声が出てないぞ！」

「はい！」

剣を使っての素振りが終わり、少し長めの休憩を貰える。フェイワンは、その場にひっくり返るように座り込み、顔をしかめてゼエゼエと荒い息をした。

「大丈夫か？」

タンレンが声をかけると、フェイワンは返事もなく顔だけ上げた。目が合いしかめっ面のままで口元に笑みを浮かべる。

「少し……体が鈍ってしまったみたいだ……たった三日休んだだけなのに……」

「言っただろう？　オレはフェイワンより三日分強くなったって」

タンレンが笑いながらそう言って手拭いを差し出すと、フェイワンはそれを受け取り、額の汗をぬぐいながら苦笑した。タンレンは隣に腰を下ろし、水筒をフェイワンに渡した。フェイワンはそれを受け取り、ゴクゴクと音を立てて水を飲んだ。

「……ありがとう」

フェイワンが真面目な顔をして礼を言うので、タンレンは少し赤くなった。

「別に水くらい……」

「水のことじゃなく……書簡のことだ。読んだよ。ありがとう」

フェイワンに改めて礼を言われて、タンレンはますます赤くなった。

「その……あれは……」

「おかげで元気が出たよ……あんな滑稽《こっけい》な書簡を貰ったのは初めてだ」

フェイワンはそう言って声をあげて笑った。

「そ、そんなにおかしいか？」

「ああ、おかしかった。嬉しいくらいにおかしかった」

フェイワンは、タンレンをみつめてニッと口の端を上げたので、タンレンは照れくさそうに頭をかいた。

「そのうち……オレの話を聞いてくれるか？」

フェイワンが空を見上げながらポツリと呟いた。タンレンは不思議そうにそんなフェイワンをみつめていたが、「ああ」とだけ返事をしたら、フェイワンが満足そうに頷いたので、タンレンもそれ以上は何も言わなかった。

空を見上げると、たくさんの竜が舞っていた。


「もっと勉強の量を増やしてください」

午後になって、ウェンシュがフェイワンの部屋を訪れると、フェイワンは引きこもりをやめていた。以前と変わらぬ様子で、テーブルの上に、勉強に必要な書物を並べて、椅子に座りウェンシュが来るのを待っていたようだ。そして開口一番にそう言った。

「え？　それは……どういうことですか？」

突然の申し出に、ウェンシュは当惑したようだ。それは当然で、昨日までフェイワンは、三日間ずっと誰にも会いたくないと寝室に引きこもっていた。原因は父である竜王ランワンから、今までフェイワンに隠してきた『竜王の真実』を聞かされたからだ。

それはまだ子供であるフェイワンに聞かせるには、とても残酷な内容で、ウェンシュをはじめ近臣達は、皆がまだ早いと反対したほどだ。だがランワンは、自分の体の状態を鑑みて、今が話すべき時だと決意したのだ。当然ながら、フェイワンの受けたショックは計り知れず、引きこもった寝室で、哀れなほどに泣き続けていたのを、ウェンシュはずっと見守っていた。

だから今日、すっかり元通りに立ち直っているフェイワンを見ただけでも驚いているのに、いきなり「勉強の量を増やしたい」などと言われたら、一体フェイワンに何があったのかと、当惑するのも無理はなかった。

「私が学ぶべきことはもっとたくさんあるのだと思います。つまり普通のシーフォンの子供が学ぶべき学問とは別に、王として必要な知識や専門的な学問など、私だけが学ぶべきことは、本当にたくさんあると思うのです。でも今のやり方では、全てを学ぶまでに時間がかかりすぎます」

「確かに……殿下の言うように、王として必要な学問も今後学ばなければなりませんが、それは成人までに習得すれば良いものです。その辺りは、きちんと計画を立てていますので、殿下は心配する必要はありません。相応の時期に合わせて、これからひとつずつお教えいたします」

ウェンシュが丁寧に説明したが、フェイワンは納得していないという顔で首を振った。

「違うんだウェンシュ、貴方はもちろんご存知だと思うが、父上は日に日に体力を失っている。今はまだ大丈夫だからと、出来る限りの政務をこなしていらっしゃるが、いつまで続けられるかは分からない。だから私が少しでも早く、政務をお手伝いしたいんだ。出来ることならば、今すぐにでも手伝いたいのだが、今の私があまりにも無知で無能な子供であることは、十分承知している。だから少しでも早く、手助けが出来るように、勉強をどんどん進めたいんだ」

フェイワンが真剣に淡々と語るので、ウェンシュはさらに戸惑った。

「フェイワン様、そのような心配をする必要はないと申し上げたではありませんか」

「ウェンシュ……これは心配ではない。私は竜王として覚悟をしなければならないんだ。私は私の運命から目を逸らさないと決めたんだ。父上の命を削ってまで魂精を貰う以上は、安穏《あんのん》とした生活は出来ない。今までは皆に守ってもらったが、父上が私に真実を語られたということは、私ももう何も知らない子供でいてはならないということなんだ。魂精だけではない。これからは竜王としての使命も引き継ぐ。だから一刻も早く、成人と同等の知識を得る必要があるんだ。改めてお願いする。勉強の量を増やしてくれ」

ウェンシュは息を呑んだ。目の前に座るのは、紛れもない竜王だったからだ。その漂う王者の覇気《はき》に、思わずひざまずきそうになるほどだ。ほんの昨日まで……いや数日前までは、明朗で才知に長《た》けた王子ではあるがまだ子供だったのに、今は別人のようだ。風貌まで変わって見える。

何が変わったのか……もちろんフェイワン自身が語ったように、覚悟をしたという意味で、精神的に成長し雰囲気が変わったのかもしれない。だがそれだけではない。顔つきが……いや目だ。眼光が鋭くなっている。今までは彼の人柄を表すような、明るい光を帯びた真っ直ぐな眼差しをしていた。だが今のフェイワンの目は、強い意志を映している……まるで金色の瞳の中に、紅蓮《ぐれん》の炎が燃えているようだ。竜王の証《あかし》でもある深紅の髪のように。

ウェンシュは、そう思った途端《とたん》に、ぞくりと背筋が痺れた。

それまで普通の子供が、自分の未来に夢を描くような、そんな眼差しだったのが、残酷な未来が見えるようになったから、そんな風に変わったのだと気づいたからだ。

『運命から目を逸らさない』とフェイワンは言った。覚悟を決めたフェイワンは、地獄のように苦しい未来をみつめている。まだ六十五歳（※中学生くらい）の子供ではないか……。

「分かりました……ですが時間に限りがございます。量を増やすと言っても、そのために質を落としては元も子もありません」

「宿題を出してくれ、ウェンシュが帰った後、私には寝るまでの間にさしたる用事はない。以前は父上の所に行ったりしていたが、ここ数年はそれもない。だから自習をする時間は存分にある」

「そんなに勉強尽くしでは、お体を壊してしまいますよ」

「睡眠は今までと変わらずきちんととるし、毎日朝から剣術の授業で体を動かしている。休息もとっているし、至極《しごく》健康的だと思うけれど……むしろ小さな子供ではないのだから、そろそろ大人と変わりない時間の過ごし方をしてもいいのではないか？　ウェンシュは、お昼寝したり、夕食の後すぐに寝たりはしないだろう？」

どう言っても、フェイワンの意志を変えることは出来ないのだと観念し、ウェンシュは苦笑しながらひとつ溜息をついた。

「では一日時間をください。勉強の計画を練り直します」

「お願いします」

フェイワンは、頭を下げた。

その日はいつも通りの勉強を行い、夕方にはウェンシュが帰っていった。

ウェンシュは、帰る前に気になっていたことを思い出した。

「フェイワン様……もしも聞いてもよろしければ……昨日のタンレンの書簡にはなんと書かれてあったのですか？」

ウェンシュに問われて、フェイワンは一瞬キョトンとした顔でウェンシュを見た後「ああ」と言って苦笑した。

「たわいもない話だよ。タンレンらしい……思わず笑ってしまうような面白い書簡だった……だけどおかげで気づかされたんだ。竜王となる未来の私を信じている者がいるということに……だから勝手に私が終わらせてはいけないんだって……」

フェイワンはそう言ってニッコリと笑った。

ウェンシュは、神妙な顔で深々と頭を下げた。王への最敬礼と同じ角度の礼だった。


フェイワンは、ウェンシュが新しく立てた計画に基づいて、今まで以上に勉学に励んだ。基礎的な学問と共に、王にとって必要な帝王学を学んだ。その中には、他のシーフォンには秘められている真の竜族の歴史を学ぶこともある。

シーフォン達には禁書とされ、歴代の竜王と一部の許された研究者（主にロンワンが引き継ぐ）しか読むことが許されていない初代竜王ホンロンワンと、初代リューセーが書き残した建国の書。そして二代目竜王ルイワンが書き残したエルマーン史。この二冊をもって、竜王は竜族の正しい歴史を学び、シーフォンが誤った道を進まぬように導き、次世代に引き継がなければならない。

この二冊の禁書は神殿に厳重に保管されている。持ち出すことは出来ないため、神殿の中の部屋を借りて、フェイワンは一人でそれを読んだ。

建国の書には、竜として生きていた頃からのすべてが書かれていた。

「どうして禁書にしたのですか？　正しい歴史は、シーフォン達も知るべきだ」

フェイワンが不思議に思ってウェンシュに尋ねた。

「もちろんシーフォン達が勉強に使っている歴史書にも、似たようなことが書いてあります。決して歴史を改ざんしたりはしていません。ただ敢えて知らせなくても良いと判断された事柄は、伏せてあります」

「それはなぜだ？」

フェイワンは、不服そうな顔をした。

「今の時代にそぐわないからです」

「時代にそぐわない？」

「今のエルマーンは、すでに『人間の国』として安定し、この世界で他国とも上手くやっています。特に人間達との間に大きな諍《いさか》いもない。平和です。その平和が当たり前になっている今の時代に生まれて来た者達に、敢えて伝えなくても良いこともあります。例えば……竜だった頃に幾度となく繰り返されてきた人間達との戦い……狩猟目的で人間達から狙われていたこと……建国の書には、それらが克明に記されていますが、フェイワン様はそれを読んでどう思われましたか？」

ウェンシュに問われて、フェイワンは一瞬躊躇した。しばらく悩んで言葉を選ぶ。

「確かに人間の所業は酷いものではあったが……人間ばかりではなく、竜以外のすべての生き物を絶滅させてしまうほどの殺戮《さつりく》を、竜族がしてしまったという罪は重いと思います。もちろん竜族は、人間に対して怒り、人間を滅ぼすつもりで、他の生き物もすべて殺すつもりではなかったかもしれませんが、怒りに任せて理性を失いやりすぎた。いや……やはり人間を滅ぼそうとすること自体もダメだ。いくら人間の所業が酷くても、竜族が滅ぼしても良いという理由にはならない。神が怒り天罰を与えるのも無理はない」

「模範解答ですね」

ウェンシュがクスリと笑って言ったので、フェイワンは、少し赤くなって眉根を寄せた。

「からかっているわけではありません。フェイワン様のお答えは完璧ですと言いたかったのです。つまりフェイワン様は色々な方向に思考を巡らせてお答えになった。竜族の立場からの意見と、人間や他の生き物の立場、そして神の立場……ここは第三者というべきでしょうか？　全体を冷静に判断されている。でもそれはフェイワン様が、竜王だから出来ることなのです。竜王として生まれもった理性もあると思いますし、たくさん学ばれているので高い知識もある。だからそんな風に思えるのです。ですが普通はそうではありません。人間の酷い所業にだけ意識が囚《とら》われ、人間を憎んでしまう者もいるでしょう。今の平和なエルマーンに、そのような思想は必要ありません」

ウェンシュの話を聞いても、まだフェイワンは納得がいかないというような顔をしている。

「だけど人間を憎むなんてそんな……今だってシーフォンの中には人間を下に見るというか、あまり好きじゃないって人もいるけど、憎むほどでは……あっ……」

フェイワンはそこまで言ったところで顔色を変えた。ウェンシュは、フェイワンが気づいたのだと理解して大きく頷いた。

「そうです。そういう人間を快く思っていない者達が、これを読んだらどう思いますか？」

「だ……だけど、初代や二世代目のシーフォン達も、決して人間を心から許していたわけではないでしょう？　今と同じように、快く思っていない人もたくさんいた。だけど人間と協力し合う道を選べた。この本を読む限りは、ホンロンワン様もルイワン様もそのことでとても苦労はされているけど、ちゃんとみんな理解してくれて、人間と和解出来たから今の平和があるのでしょう？」

フェイワンは、なおも食い下がるように言ったが、ウェンシュは静かに首を振った。

「それは彼らが身をもって痛みを知っているからです」

「痛みを？」

「自らが犯してしまった罪の痛み、そして天罰を受けた痛み、それを知っているからこそ許せるのです。今のシーフォンは、こうして本で読んで知っているだけの話です。罪の意識はありません。過去に自分達が犯してしまった罪は、綺麗《きれい》さっぱり忘れることが出来ても、過去に他人から受けた被害は、永遠に忘れることはないのです。今、人間を快く思っていない者達は、なぜそんな感情を持ってしまっていると思われますか？　彼らが人間から嫌な目に遭《あ》わされたことがあると？　いいえ、何もされたことがない者がほとんどです。ただ親が人間を好きではなく、物心ついた頃から、人間はシーフォンよりも劣る生き物だと聞かされて育っているのです。その親もまた親から……こればかりは、個人の感情の問題なので、どうすることも出来ません。ですからそういう者達を刺激しないように、人間が我らに行った所業は、くわしくは記さず、言葉を選んで書いています。例えばルイワン様が初めてダーロン国を訪れた際に、矢を射られて胸に当たったという事件は、シーフォンの歴史書には書かれていません。またその際にシンヤンという青年が、人間を殺してしまい天罰により亡くなったことも書いていません。ただ相互に誤解が生じて決裂してしまったと……それだけしか書かれていません」

フェイワンは、深刻な表情で考え込んでしまった。ウェンシュの話を聞くと、確かにそれが正しいように思う。だが真実を隠すことが良いこととも思えない。今のフェイワンには、どちらが正しいとも言えなかった。

「フェイワン様、フェイワン様なりにそうやって考えてください。竜王が学ぶべきはそういうことなのです。禁書二冊を読んで、我々竜族の真の歴史を学び、これからのエルマーンのために、どうするべきかを考えてください。貴方が治める国です。貴方が王なのです」

「私の国」

フェイワンは地図に描かれたエルマーン王国をじっとみつめた。


城の中の図書室では、シーフォンの子供達が何組かのグループに分かれて勉強をしていた。それぞれに先生が付き学問を教わっている。グループは、年齢や血筋を考慮して振り分けられていた。

「それでは今日はここまでにいたしましょう」

先生がそう言って本を閉じたので、タンレンは大きく伸びをした。

「タンレン、行儀が悪いよ」

先生が去り際に、タンレンの頭を軽く小突いていったので、タンレンは笑いながら頭をかいた。

「さあ、帰って何しようかな……ユイリィはまだここで勉強をするのかい？」

タンレンは筆記用具を片付けながら、隣に座る従弟のユイリィに声をかけた。ユイリィがまだ筆記具も本もそのままにしていたからだ。

ロンワンの子供は少ない。今はタンレンとタンレンの弟妹、そして従弟のユイリィの四人だけだ。だからこのグループで一緒に勉強をするのは、いつもタンレンとユイリィの二人だけだった。

ユイリィは、タンレンの問いかけに答えず、じっと本をみつめている。最近、ユイリィが元気をなくしていることは、タンレンも気づいていた。だが元々大人しい性格のため、自分からタンレンに悩みを相談することもないし、タンレンも無理に聞き出すことはなかった。

「オレはもう帰るけど……」

タンレンはなおも話しかけた。

「あ～……でも帰っても特にすることないから、もうちょっと本でも読んでいこうかなぁ」

タンレンはユイリィの様子を窺いながら、わざとそんな風に独り言を呟いた。

「ユイリィ、何か面白い本を知らない？」

再び話しかけてみた。

「僕……家に帰りたくないんだ」

ユイリィがポツリと呟いた。

「え？　ど、どうして？　伯母様に叱られたのかい？」

タンレンが驚いて思わずそう聞き返した。するとユイリィは首を振った。

「母上は……僕に優しいけど……でも最近……なんだか母上が変わってしまったんだ」

「伯母様が変わった？　え？　どんな風に？」

「……全然笑わなくなったんだ。それに……たぶん……毎日泣いてて……」

「ええ！」

タンレンはとても驚いて、思わず大きな声を出しそうになり、慌てて両手で口を塞いだ。辺りに視線を送ると、近くで授業中のグループの先生から睨まれてしまった。タンレンはペコリと頭を下げた。

驚くのも無理はなかった。ユイリィの母親であるミンファは、とても明るくて華やかで社交的な女性だ。タンレンの母親の姉なので、よくタンレンの家に遊びに来て、姉妹でお茶をしていたが、それは賑《にぎ》やかで、タンレンが外から帰ってくると、家の近くに来ただけで、ミンファが来ていることが分かるくらいだった。

朗《ほが》らかでよく笑うけれど、ずけずけと歯に衣着《きぬき》せぬ物言いで、怒るととても怖いから、タンレンは少しばかり苦手だった。

そんなミンファが毎日泣いているなんて、タンレンにはまったく想像もつかない話だ。でもそういえば、最近我が家に来なくなったなと思った。

「何があったの？」

タンレンは、声を潜めて尋ねた。するとユイリィは首を振った。

「分からない。だけど父上と毎日喧嘩しているみたいで……僕の前では二人とも絶対喧嘩しないんだけど、その代わり全然話もしなくなって……母上が泣いているのはたぶん父上と喧嘩をした後なんだ。そういうのも、僕の前では見せないから、なんとなく……僕が気づいただけなんだけど……家の中がすごく暗くて嫌なんだ。帰りたくない」

ユイリィはそう言って、泣きそうな顔で俯いてしまった。タンレンは、さらに驚く。伯母達夫婦が毎日喧嘩なんて信じられなかった。二人はとても仲が良いと思っていたからだ。

伯父のチンユンは、外務大臣を務めていて、そのせいもありとても社交的で話し上手だ。会うとよく外国の話を聞かせてくれた。冗談好きで優しくてカッコいい。伯母とお似合いだと思っていた。

伯母とは少し年が離れていて、伯母は子供の頃から伯父に片思いをしていて、押しかけ女房のように強引に結婚したのだと、よく笑いながら話していた。だから二人はとても仲良しで……タンレンには、まだ大人の世界のことはよく分からないけれど、毎日夫婦喧嘩をするなんて、何かよほどのことではないかと思った。

「ユイリィ、良かったらうちに来るかい？　おやつを一緒に食べよう。伯母様には母上から、ちゃんと伝えておいてもらうから……ね？」

タンレンは優しくユイリィを宥《なだ》めて、自分の家へと連れていった。

「そう……やっぱりそうなのね……」

連れてきたユイリィに、お茶とお菓子を出して、タンレンは少し席を外すと誤魔化《ごまか》してから、別室で母に事情を話した。すると母のルイランは深い溜息をつきながらそう答えたのだ。

「母上は何かご存知なのですか？」

タンレンが尋ねると、ルイランは困ったような顔でしばらく考えた。

「貴方にはまだ少し早い話かもしれないけど……その……チンユン様が……よその女の人と仲良くなってしまったのね……それを姉上が知ってしまったらしいの……」

「それって……浮気ってことですか？」

タンレンが目を丸くして言ったので、ルイランは「あら」と右手で口を押さえた。

「貴方、どこでそんな言葉を覚えたの？」

「オレだって、小さな子供じゃないんですから、それくらいは知っていますよ」

タンレンが苦笑して答えたので、ルイランは「まあ」と呟いた。

「とにかくそういうことなの……ああ、兄上がお元気だったら仲裁していただくのだけど……どうしたらいいのかしら」

「え？　陛下はお加減が良くないのですか？」

タンレンはさらに驚いて聞き返したので、ルイランはしまったというように、顔をしかめた。

「母上？」

「ああ、いいえ、そんなに悪いというわけではないのよ……今、ちょっとだけ体調が優れないだけだから……」

「もしかして……以前、フェイワンが気鬱になったことがあったのって、そのせいなんですか？」

ルイランは、我が子の勘の鋭さに目を丸くした。

「それより今はユイリィのことが心配ね……私、今から姉上の所へ行ってきます。貴方はユイリィのことをお願いしますね」

ルイランは慌ててそう誤魔化して、部屋を出ていってしまった。タンレンは、不服そうにそれを見送ると、溜息をついてユイリィの下へ戻った。

「母上が伯母さまの所で話をしてくるって言ってた」

タンレンはユイリィにそう声をかけて、隣に座った。ユイリィはお茶にもお菓子にも手を付けていなかった。

「ユイリィは、いつから剣術の稽古を始めるんだい？　早くフェイワンに会わせたいんだ。フェイワンはとても素敵だよ。頭が良くて、強くて、とても優しいんだ。きっとユイリィともすぐに仲良くなるよ」

「フェイワン様には会いたいけど……前に母上が、ラティーフ先生は厳しすぎるから、僕は別の先生に剣術を習わせるって言ってた」

「ああ……」

タンレンは、確かに……と思って、それを否定出来なかった。タンレンやフェイワンでも、いつもしごかれてクタクタになるのだ。あれをユイリィが出来るとは思えない。何より、ラティーフ先生は怒鳴るととても怖い。ユイリィはきっとそれだけで泣いてしまうだろう。

「じゃあ今度三人で遊ぼう……フェイワンも君にとても会いたがっていたよ」

「うん……母上が許してくれたら……」

ユイリィは自信なさげに呟いた。タンレンは、ユイリィを元気づけようと、一生懸命色々な話をした。だが頭の隅ではずっと、陛下の体調が優れないという話が、気になって仕方がなかった。

「そうかぁ……ユイリィは、ラティーフ先生に習わないのか」

フェイワンはタンレンからその話を聞くなり、楽しそうに笑いだした。

ユイリィのことがあった数日後、タンレンはフェイワンに誘われて、フェイワンの部屋を訪ねていた。

「確かに厳しいからな……君から聞く限り、ユイリィはラティーフ先生に習わない方が良さそうだ」

フェイワンはそう言ってまた楽しそうに笑っている。

タンレンは、さすがにユイリィの家の事情については話しだせずにいた。その後母からは、伯母とは話して宥めたが、夫婦喧嘩については解決出来ていないと言われた。

事情が事情なだけに、子供のタンレンにはどうすることも出来ない。フェイワンに話せば、陛下に仲裁してもらえるだろうかと思ったが、母の言っていた言葉も気になる。

陛下の体調はいいのかなんて、いきなりフェイワンに尋ねることも出来ず、色々と悩んでしまっていた。

フェイワンはタンレンとおやつを食べながら、他国から外交の土産にと貰ったカードゲームで遊んでいた。

「タンレン……以前、オレの話を聞いてくれと言ったこと……覚えているか？」

不意にフェイワンがそんなことを言ったので、タンレンは不思議そうな顔でフェイワンをみつめた。

「あ、ああ……覚えているよ。フェイワンが元気になって戻ってきた時だ。その話をしてくれるのかい？」

「うん、君に聞いてほしい」

フェイワンが真面目な顔で言ったので、タンレンは神妙な顔つきになり、手に持っていたカードをテーブルの上に置いた。姿勢を正すと、フェイワンもカードをテーブルの上に置いた。

「君は将来、オレの片腕になってくれるんだろう？」

「え!?　あ、いや……もちろん君の側で……竜王のために尽くすつもりだけど……片腕なんて……そこまで大それたことは考えていないよ」

タンレンは困ったように頭をかいた。

「でもロンワンで、私の近臣として仕えられるのは、君とユイリィと君の弟の三人だ。だから君にはオレの片腕になってもらわなくては困る」

「わ、分かった。謙遜《けんそん》はやめるよ。君の片腕として恥ずかしくないように、精進する」

とても真剣にフェイワンから言われてしまったので、タンレンは慌てて訂正した。フェイワンは、納得したように頷いた。

「それで話は戻るけど……君はオレの従弟で、唯一の友で、将来の片腕だ。だから今、君に知っておいてほしいことがある。たぶん……大人になってからなんて未来ではなく……わりと近いうちに、オレは君の助けを必要とするだろう。だから君に話を聞いてほしいんだ」

「え……？」

思いもよらないことを言われて、タンレンは少し動揺した。近いうちに助けが必要になるとはどういうことだろうと思ったのだ。

「君は、竜王が魂精を必要とするということは知っているか？」

「魂精……あ、ああ、知っている。先生から習ったよ。大和の国から来るリューセー様は、人間だけどとても強い魂精をお持ちで、だから竜王の伴侶として選ばれたって……代々、竜王のためにリューセーが降臨する。でもそのリューセーの魂精は、我々シーフォンには毒で……だからまだ竜王のものになっていない降臨したばかりのリューセー様には決して近づいてはならないと……そう習ったよ」

タンレンの説明を聞いて、フェイワンは頷いた。

「じゃあ、オレの母……父上の伴侶であるリューセーが、事故で死んでしまったことも知っているね？」

「それは……もちろん」

「じゃあ、伴侶であるリューセーを失った竜王がどうなるかは？　知っているかい？」

フェイワンの問いに、タンレンは首を傾げた。そういえば、そんな話は習っていない。

「どうなるの？」

思わず素直に聞き返していた。フェイワンは少しばかり考えるような素振りをした。言葉を選んでいるようだ。

「死んでしまうんだ」

フェイワンは、はっきりとそう言った。

タンレンは驚いて声も出なかった。今、フェイワンが何と言ったのだろうと、頭の中で考えてしまったほどだ。

「し、死ぬって言ったのかい？」

「そうだよ。リューセーを失った竜王は死ぬ。天寿を全うしてのことなら良いが……まだ若いうちに……本来の寿命よりも早くにリューセーを亡くしてしまった場合、竜王は魂精を得ることが出来なくなるので、餓死してしまうんだ」

「が……餓死……」

それはあまりにも衝撃的な言葉だった。タンレンは絶句した。フェイワンはタンレンの様子を無視して話を続けた。

「魂精が必要なのは父上だけではない。オレも竜王の世継ぎだ。オレの命の糧も魂精だ」

「え!? でもフェイワンは、食事をしていたよね？ オレと一緒に昼食を食べたこともあるよね」

「食事はするよ……いや、正確には食べることは出来るよ。ただみんなのように、それがオレの糧にはならないんだ。竜王の子は、母であるリューセーから魂精を貰って育つ」

フェイワンは淡々とした調子で話を続けている。タンレンは、それに違和感を抱きながらも、次々と聞かされる話の内容が衝撃的すぎて、なかなか頭が回らなかった。

「じゃあ……君を育てたのは誰なんだい？ 誰かから魂精を貰っているんだろ？」

タンレンは恐る恐る尋ねた。よく分からないが、それを聞くのが一番怖い気がした。そしてそれがフェイワンがタンレンに話したいと言ったことの核心なのかもしれないと思った。

フェイワンはすぐには答えなかった。目を閉じて、黙っている。タンレンはドキドキしながら待った。待ちながら、今まで聞いた話を懸命に頭の中で整理していた。そして何かが閃《ひらめ》いて「まさか」と自分で打ち消した。

「オレを育ててくれたのは父上だ。父上がオレに魂精をくれていたんだ」

フェイワンが静かな口調でそう告白した。タンレンは「やっぱり」と思ったが、「でも」という言葉も浮かぶ。

「でも……陛下はリューセー様を失って、魂精を貰えない状態なんじゃないのか？」

「そうだ。父上は、このまま餓死する運命なんだ」

はっきりと言い放ったフェイワンの言葉は、タンレンの胸に突き刺さった。思わず息を飲み込んだら、ヒュッと喉が鳴る。

「陛下は……お亡くなりになるのか？」

震える声でタンレンが尋ねた。

「ああ、父上は亡くなる。リューセーを失った竜王は、魂精がなくても百年くらいは生きられるそうだ。だが父上は、オレを育てるために、自らの命を削ってオレに魂精を与え続けている。だから百年も生きられないかもしれない」

「待って！　待てフェイワン！」

タンレンが、ひどく動揺しながら声をあげた。フェイワンは少し驚いて口をつぐんだ。

「もうそれ以上は話さなくていい。分かったから……オレは分かった。どんなことがあっても君を支える。だから……」

「タンレン、違う！　最後まで聞いてくれ」

フェイワンは大きな声で、タンレンの言葉を遮った。

「だ、だけどフェイワン……そんな辛い話を、君にさせるのは……」

「タンレン、心配してくれてありがとう。だけどオレが君に聞いてもらいたいのは、この辛い話じゃないんだ。オレは君に頼みたいことがある。その頼みごとをするために、すべての真実を君に知ってほしくて話しているんだ。だから最後まで聞いてほしい」

フェイワンはとても冷静だった。じっとタンレンの目をみつめてそう告げた。その瞳の力に圧倒されて、タンレンは黙って頷くしかなかった。

「すまない。タンレン……君もひどく衝撃を受けていると思う。こんな話をするなんて……だけど最後まで聞いてほしい」

フェイワンはもう一度念を押すように言った。タンレンは覚悟を決めて頷いた。膝の上に載せた両手の拳を、ぎゅっと力強く握りしめる。

「父上はすっかり衰弱されている。今は杖をつかなければ歩けなくなった。それでもまだ自分で動けるうちは、出来る限りの政務を続けると言っている。きっと君の父上も、側で支えてくださっているのだろう。そのうち父は寝たきりになってしまう。そうなったら政務は出来なくなる。王が不在になってしまうんだ。それは外交的に、あまり良いことではない。半年や一年ならばそれでもなんとかなるだろう。だが五年、十年となったら良くない話だ。そんなに長い期間の王の不在を、他国に隠し続けることは難しい。しかし床に臥していると正直に教えるのも不安だ。だからオレが、父上の代理を務めようと考えている。今はそのために、色々と学んでいるところなんだ」

フェイワンは一気に話して、一度大きく息を吸った。タンレンは、息を殺し、歯を食いしばって話を聞いていた。辛い話だ。辛すぎて叫びたくなる衝動を、必死で堪えていた。話を聞かされた自分よりも、そんな残酷な運命を背負っているフェイワンの方がずっと辛いのだ。

「オレが政務に携わることになったら、君にはオレの側近として、常に側にいてほしいんだ。もちろん……もちろん政務に携わる近臣は、皆、今の重臣達が務める。未熟なオレを手助けしてくれるだろう。だがオレに必要なのは、そういう手助けではなく、オレの側で叱咤激励してくれる者なんだ。慣れない政務に、自分の無力さを感じてくじけそうになるだろう。それと同時に、床に臥した父から、なおも魂精を貰い続けることに、心が折れそうになるだろう。そんな時に、オレを支えてくれるのは、年長者の叔父上達ではなく、君であってほしい。将来……オレが王位に就く時に、君はオレの片腕として側に仕えるのだから……」

「フェイワン……」

「オレと一緒に、すべてを見て、すべてを知ってほしい」

「分かった」

タンレンの声が震えていた。だが表情は、しっかりとしていた。迷いはなく、真っ直ぐにフェイワンをみつめている。

フェイワンは、すっと右手を差し出した。タンレンは、じっとその手をしばらくみつめて、握手に応じた。だが突然立ち上がり、り、力強く握っていた手を、ぐいっと引き寄せた。フェイワンは引っ張
られて立ち上がり、テーブルを挟んで立つタンレンの方に、前のめりに倒れそうになった。フェイワンは引っ張られて立ち上がも前のめりになって、フェイワンの体を抱きしめた。

「オレが命を懸けて支える。フェイワン、なんでもオレに言ってくれ……オレを頼ってくれ」

「タンレン」

フェイワンは、眉間にしわを寄せて奥歯を噛みしめた。泣いてしまいそうになったからだ。ひっしで堪えると、タンレンの肩を抱きしめ返した。

「ばかだな……こんな体勢……きついだろう」

フェイワンがそう言って、クッと喉を鳴らして笑ったので、釣られるようにタンレンも笑った。

タンレンは、険しい表情で廊下を歩いていた。少し速足で、風を切るように歩いていた。すれ違う兵士やシーフォン達が、何事かと不思議そうに振り返っていた。

ひとつの扉の前に辿り着くと、タンレンは一度深呼吸をして扉を叩いた。中からの返事を待って扉を開ける。そこはタンレンの父ダーハイの執務室だった。

扉を開けると、一番奥にダーハイがいた。他に部下が二人いて、現れたタンレンを驚いたようにみつめている。

「なんだタンレン、こんなところに来て……何か用か？」

「父上、頼みがあるのですがよろしいですか？」

タンレンは、一歩中に入ったところでそう告げた。

「それは家に戻ってからではダメな頼みごとか？」

「はい、今ここで聞いていただきたいのです」

ダーハイは、不思議そうに少し首を傾げた。タンレンが酷く真剣なので、一体何を頼むつもりなのだと思ったのだ。それも家ではなく、父の仕事場にまで来るなんて……。

「分かった。聞こう……そんな所に立っていないで、側まで来なさい」

「父上、申し訳ありませんが、お人払いをお願い出来ますか？」

「タンレン！　悪ふざけが過ぎるぞ！　今は仕事中だ」

「父上！　悪ふざけではありません。どうかお人払いを」

思わず大きな声で叱責したダーハイに、さらに大きな声でタンレンが言い返したので、ダーハイも、二人の部下も、目を見開いてタンレンをみつめた。

「どうかお願いします」

今度は静かな口調で、念を押すように言った。

「長官、終わりましたらお呼びください」

部下達は、ダーハイにそう言って、一礼をすると部屋を出ていった。タンレンは深く礼をして、部下達を見送った。

扉が閉められると、ようやくタンレンは、ゆっくり歩いてダーハイの座る大きな机の前まで来た。

「それで……頼みとはなんだ」

ダーハイは、溜息をつきながら尋ねた。

「父上、私に父上の仕事を教えてください」

「なに？」

「父上の仕事だけではありません。政務とはどのようなものなのか、そのすべてを教えてください」

「タンレン、待て、何を言い出すんだ」

ダーハイは訝《いぶか》し気に眉根を寄せた。

「もちろん、私が父上と同じ仕事が出来るとは思っていません。ただ知識が欲しいのです。王の仕事を支える知識が欲しいのです」

タンレンはそう告げると、フェイワンから頼まれたことを話して聞かせた。すべてを話し終えた時、ダーハイは、机の上に両腕の肘をついて、頭を抱え込んでいた。そして深い溜息をつくと顔を上げた。

「フェイワン様はそんなことをお考えになっていたのか……」

唸《うな》るようにそう呟いて、再び溜息をついた。

「それでお前は引き受けたんだな」

「もちろんです。だからこうして父上に教えを請いに来たのです。私はフェイワンの横で、飾り物のようにぼんやりと立っているつもりはありません。フェイワンを支えたいと思う以上は、せめて政務とはいかなることをするのかという、知識は得ておかなければなりません。父上達はフェイワンの手助けをするのでせいいっぱいでしょう。私などに構っている暇はない……足手まといになりたくないのです。それにどの役職に就くかはともかく、いずれフェイワンが王位に就いた時に、私も近臣として側に仕えるのですから、早くから学んでおいて、損はないと思います」

タンレンは熱心にそう語った。

「お前に覚悟はあるのだな？」

「はい、もちろんです」

力強く即答したタンレンを、ダーハイは睨みつけた。だがタンレンは視線を逸らさないので、観念したというようにダーハイは首をすくめた。

「分かった……これから午後の半日、ここで見習いとして働きなさい。もちろん働くと言っても雑用しかさせられることはないが……時間が出来れば、その時に私が政務について教えよう。私も忙しい、毎度毎度教える時間は持てないぞ？　それでもよければ……」

「それでもいいです！」

最後まで聞かずにタンレンが勢いよく返事をしたので、ダーハイは苦笑した。

「その代わり、毎日やっている勉強もきちんとやるんだ。剣術と学問と仕事……続けられるか？」

「はい、続けます」

「分かった……では仕事は明日からだ。今日はもう戻りなさい」

「はい、ありがとうございました」

タンレンは深々と頭を下げると、執務室を後にした。扉が閉まりダーハイは椅子の背凭れに勢いよく寄りかかって、大きな溜息をついた。

ランワンがフェイワンにすべてを話したことも、その後フェイワンが部屋に引きこもってしまっていたことも、その後は立ち直って、今まで通りに過ごしていることも、すべてダーハイは聞いて知っていた。だがそれ以上のことが、フェイワンによって着々と進められていたとは知らなかった。ランワンもきっと知らないだろう。

「子供達の方が行動力があるな……怖いもの知らずほど怖いものはない」

ダーハイは独り言を呟いて苦笑した。


それぞれの思いをよそに、日々は確実に過ぎていった。

フェイワンが七十歳になった頃、ランワンは一人では歩くことが出来なくなっていた。そして体に変化が起こり始めた。

若体化だ。

背が少しずつ縮みはじめ、姿も若返っていった。だが本当に若くなっているわけではない。魂精が枯渇《こかつ》した体が、それを補うために、成長した部分を元に戻しリセットしているのだ。成長に使われたはずの魔力で命を維持しようとしていた。

そして若体化の体の変化は痛みを伴った。

ランワンは、痛みに苦しむ時、フェイワンを遠ざけた。

「北の城へ行こう。オレが抱えて連れていく。あそこならば痛みも和らぐだろう」

見兼ねたダーハイが、苦しむランワンにそう言った。抱えようとランワンの肩にかけたダーハイの手を、ランワンがぎゅっと握った。

「行かないよ。前に言っただろう。寝たきりになったらもう北の城へは行かないと」

苦しげな息遣いで、額に脂汗《あぶらあせ》を浮かべながら、ランワンがダーハイにそう言った。

「まだ寝たきりではないだろう！　介添えは必要だが、まだお前は自分で座れるし、立つことだって出来ると自分で言ったじゃないか」

ダーハイがむきになって言い返したので、ランワンは目を細めた。

「ダーハイ……それは屁理屈というものだよ。私はもう北の城へは行かないと決めたんだ。それに痛みは体が変化する時だけだ。その間だけちょっと我慢すれば、後は別に痛みなどないのだから……大丈夫だよ」

ランワンは、ダーハイを宥めるように言った。それを聞いて、ダーハイが苦笑した。

「オレが宥められている。どっちが病人か分からないな」

その言葉を聞いて、ランワンも笑みを浮かべた。

寝たきりになってからも、ランワンは政務を続けた。ベッドに座り、一刻ほどであれば書簡を書くことも出来た。重臣達はランワンの寝室を訪れて、口頭での指示を仰いだ。

「父上、私が仕事を手伝います。そのための準備はしてまいりました。難しいことはまだ無理かもしれませんが、父上の手足にはなれると思います」

フェイワンがランワンのベッドの側に座り、そう話したのでランワンは微笑んで頷いた。

「ウェンシュから聞いていた。フェイワン、とても頼もしく思うよ」

ランワンはそう言いながら、両手をフェイワンに差し出した。フェイワンは大人しく従うように、その手を両手で握る。ランワンから魂精を貰うためだ。

覚悟はしていても、こんなに衰弱して寝たきりになった父から、魂精を貰わなければならないのは、辛いなんてものではない。だからフェイワンはあまり考えないようにしていた。これはただ父の手を握っているだけだと……そう思うようにしていた。

手の先からじんわりと温かくなる。体の中に魂精が注がれてくるのが分かる。それを感じると、泣きそうになるのを必死で我慢した。

フェイワンは、ランワンの代理を務めた。他国でも皇太子が、王の代理を務めることは珍しいことではない。もっともその場合のほとんどは、皇太子自身も立派な大人であることが多い。

まだ成人前の少年の面影の残るような若き王子が、代理を務めることは珍しい。

長く取りやめてきた王への謁見を、再開することになった。

フェイワンが王の代理として玉座に座り、その側にはタンレンが控えた。外務大臣のチンユンと、補佐官のラウシャンが、進行を援護した。

フェイワンを見て、子供だと舐めてかかるような相手には「まだ七十歳の若輩者ですがよろしくお願いします」と言えば、大抵の者が冷や汗をかいて態度を改める。

フェイワンの表立った仕事は、主に謁見対応で、それ以外はランワンの口述を書き留めて、書簡を代筆したりした。

それは目が回るほどの忙しさであったが、忙しくすれば余計なことを考えずに済む。フェイワンは王の代理という仕事に打ち込んだ。

フェイワンが八十歳(※高校生くらい)を迎えた頃、若体化が進んだランワンの容姿は、フェイワンと同じくらいにまでなっていた。

その頃には、フェイワンもすっかり王の代理として、堂々と立ち振る舞うようになっていた。周囲はフェイワンの仕事ぶりに頼もしさを感じ、もうフェイワンを子供だと舐めてかかる者などいなかった。

そんな時、エルマーン王国内で、前代未聞の事件が起きた。

ランワンの下に血相を変えた外務大臣のチンユンが、助けを求めてきた。

「陛下、助けてください。女と子供を匿《かくま》っていたことが妻にばれてしまいました」

「どういうことだ……チンユン。女と子供とは誰のことだ」
ベッドに横たわったランワンが、静かな口調で聞き返した。すぐ側にはフェイワンが付き添ってい
た。
「以前……私が手を付けたアルピンの侍女です。その時に妻に知られたので、侍女を辞めさせたので
すが……実は私の子供を身籠《みごも》っていたので、こっそりと町外れに家を用意して、養っていたのです」
チンユンは、額に汗を浮かべながら、とても言いにくそうに顔を歪めて打ち明けた。
「なんということだ……」
ランワンが眉根を寄せて呟いたので、チンユンは床に土下座をして謝罪した。
「申し訳ありません……浮気をしたのは、確かに私の大きな過ちでした。決してミンファに不満があ
るわけではないのです。ちょっとした出来心だったのです。あれ以降、一切浮気はしておりません。
そのアルピンの侍女とも、それ以降まったく男女の関わりは持っておりません。ただ子は別です。私
の過ちで出来てしまったとはいえ、我が子は可愛い……ですから匿って養っていたのです。どうかお
許しください」
チンユンは、何度も額が床につくほど頭を下げた。
「……それで、助けろとは具体的にどういうことなのだ。ミンファが知って何か言ってきたのか?」
「それが……ミンファに知られたことが分かったのは偶然で……最近何か様子がおかしいので調べた
ところ、ミンファが他国から来た旅の流れ者に、何か仕事を依頼したようなのです……それでばれた
のだと悟りました。他国の流れ者を雇うなど、只事ではありません。恐ろしくなったのです。ですが
私が動けば、ミンファを余計に刺激してしまうのではないかと思い……それで陛下に助けを乞いにま

いりました」

「フェイワン、ダーハイと共に、その家に向かい女と子供を連れてきてほしい」

ランワンは側に控えるフェイワンに指示を出した。

「分かりました」

フェイワンはすぐに動いた。

「申し訳ありません」

チンユンが平伏して謝罪した。

「チンユン、謝罪は後だ。フェイワンと共にダーハイの所へ行き、家の場所などを知らせてやってくれ」

「は、はい、直《ただ》ちに！」

チンユンは慌てて立ち上がると、フェイワンの後を追って駆けだした。


フェイワンがダーハイと兵士を連れて、チンユンに教えられた家に辿り着いた時には、すでに遅かった。家は荒らされ、女の哀れな遺体が見つかった。

その痛ましい現場を見て、フェイワンは眉根を寄せた。

「遅かったか……」

ダーハイが舌打ちをした。

「こんな惨《むご》いことを……本当に叔母上が指示したのでしょうか……」

「くわしい調査は後だな。まずは子供と賊《ぞく》を探さなければならない。すぐに関所を閉鎖して、賊の探索をする」

「北の関所には、すでにタンレンを向かわせています。ダーハイ様は南の関所と、城下町の捜索をお願いします」

「フェイワン様は？」

「オレはこの周辺をもう少し探してみます」

「兵達を残していきます。どうかご用心なさってください」

ダーハイはそう言って、駆け去っていった。

「ご遺体をシーツにくるんで城へ運ぼう。何人かそれにあたってくれ。他の者は周囲を調べてくれ」

フェイワンは兵士達に指示を出すと、自身も辺りを捜索した。

家の中を抜けて、裏口から外に出ると、子供の靴が片方落ちているのを見つけた。フェイワンはそれを拾って辺りを見回した。

「シュレイ！　シュレイ！」

フェイワンは、チンユンから聞いた子供の名前を呼んだ。しばらく周囲の森に向かって呼んでいたが、特に反応はなかった。

「殿下！」

家の中から兵士がフェイワンを呼んだので、急いで戻った。

「どうした!?」

「ベッドの下から物音がしました。おかしいと思って様子を見たのですが、床板が少し外れていて……」

兵士に言われて、フェイワンがベッドの下を覗《のぞ》き込んだ。確かに床板が外れていて、不自然な感じに見える。

「ベッドを動かしてくれ」

フェイワンの指示を受けて、兵士達がベッドを移動させた。フェイワンは外れかけている床板を持ち上げた。するとその下は空洞になっていて、子供が一人うずくまって震えていた。銀髪の綺麗な少年だった。

「シュレイだね、助けに来たよ。さあ、オレと一緒にここを出よう」

フェイワンは優しく微笑んで手を差し伸べた。


「兄上！　私は別に殺せなんて恐ろしいことを頼んではいません！」

ミンファが、ランワンに呼ばれて来ていた。チンユンから聞いたことの経緯を、問いただしていた。

「では何を頼んだんだい？　私には正直に話してくれるね、ミンファ」

ランワンが優しくそう尋ねると、ミンファは唇を噛んでしばらく考え込んだ。

「この国から連れ出してほしいと頼んだのです……その後は、どこかに売るなり好きにしていいからと……まさかエルマーン国内で、そんなことをするなんて……やはり他国の人間は野蛮で信用なりません」

「ミンファ、殺された侍女は、アルピンだよ？　我が国の大事な民だ。たとえ殺せと命じていなかったとしても、国外に連れ出して売り飛ばすなんて、決してやってはいけないことだ。我らは神から天罰を受けて、アルピンを大切にしろと命じられたんだ。いや……たとえ天罰がなくとも、我が国の民を守るのは王の務め……。君はロンワンだ。父や母の教えを忘れたわけではないだろう？　民を労《いたわ》れとよく言われていたじゃないか……ミンファ……優しい君がなんでこんなことをしたんだい？」

ランワンは、とても穏やかに尋ねた。するとミンファがポロポロと涙を零して泣きはじめた。

「ならば兄上は、私にすべて我慢して許せと言うのですか？　あの子は……侍女のサランは、あの子がまだ十五の時に侍女見習いで私の所に来て、真面目でよく気がつくし、とても働き者だったので、私はとても可愛がっていたのです。娘のように、それは本当に……刺繍《ししゅう》を教えてあげたり……いつか結婚する時のためにドレスを縫ってあげたり……本当に可愛がっていたのに……チンユンとサラン……私は二人に裏切られたのです。それを許せと言うのですか？　私だって最初はチンユンを責めました……大事な侍女に……嫁入り前の若い娘に手を出すなんて、なんて酷い人だと……毎日のように喧嘩をしました……なのにサランは、私に何も言わずに勝手に辞めてしまって……実家に使いを出しても返事がなく……サランに詫びをしたかっただけなのに……ずっと気にかけていたのに……そうしたら、サランはチンユンの子を産んで幸せに暮らしていたのです。裏切られたのだと初めて知って……兄上、それでも私が我慢すればよかったのですか？」

ミンファはそう言って、ワッと泣き崩れてしまった。

「ミンファ……分かった。もう泣かないでおくれ……後のことは私がなんとかするから」

ランワンは、困ったように溜息をついた。

侍女を殺した流れ者は、城下町で捕らえられた。

他国の者が、エルマーン国内で罪を犯した場合、窃盗などの罪ならば、それに応じた期間牢の中に入れるが、殺人などの重い罪の場合は、流刑《るけい》に処される。それはシーフォンが、人間を殺せないため、極刑の代わりに行うもので、竜でどこか遠くの無人島に運び、そこに置き去りにしてくるというものだった。木々もない岩盤だけのような無人島に置き去りにするので、それはほとんど死刑に近いものだった。

侍女を殺した流れ者達も、同じような流刑に処した。

チンユンには罰として、半年の謹慎を命じた。外務大臣の職を解任し、新たに右大臣に任命した。だが右大臣という肩書きは形だけのもので、特に決まった仕事はなかった。実際には政務の表舞台から退くことになる。

ミンファには、自室で二ヶ月間の謹慎が命じられた。

ミンファとチンユンの処罰が、一見軽く見えるのは、この事件自体がシーフォンの中でも限られた者だけにしか知らされず、闇に葬《ほうむ》るような形にされたからだった。

エルマーン国内では、殺人事件など滅多《めった》に起こらない大事件だ。それが王妹によって仕組まれたことだと知られれば、それは大事件どころの騒ぎではなくなってしまう。

衰弱して力のないランワンには、シーフォンの中で大きな騒ぎになってしまった時に、それを静めることが出来ない。

ランワンと近臣のロンワン達の間で話し合った結果だった。

侍女サランの遺族には、賊に襲われて殺されたとだけ伝えられ、王から弔慰金《ちょういきん》が支払われた。

残された子供シュレイの処遇が、一番悩ましい問題だった。

「サランの家族は、シュレイの存在を知らなかった。シーフォンとの混血児を、アルピンの下で育てさせるのは難しいだろう。あの子は見た目は幼いが、実際には倍以上の年齢のようだし、やはり混血でも長命を受け継いでしまったのだろう……だからといって、シーフォンの誰かに養子として出すのも……ミンファが納得しないだろう……どうしたものか……」

ランワンは思い悩んだ。自分の体が口惜しい。元気な時であれば、事件を未然に防ぐことも出来たはずだ。ミンファとチンユンが上手くいっていないことは耳に入っていた。ミンファがこれほど思いつめる前に、チンユンを諫《いさ》めることも出来たはずだ。

ミンファは情が深い。チンユンのことも、侍女のことも、どちらも大切に思っていたからこそ、裏切られたという思いが強いのだろう。

「父上」

それまで側でじっと聞いていたフェイワンが口を開いた。

「先日からずっと考えていたのですが、シュレイは私に預からせてもらえませんか？」

「シュレイをお前に？　どうするのだ？」

「私のリューセーの側近として育てようかと思います」

「リューセーの側近？」

「はい、私も八十になります。成人まであと二十年、そろそろリューセーの側近を育てはじめなければならない頃だと、ウェンシュから聞きました。アルピンの子供の中から素質のある子を探し出し、延命の処置をして側近にすると。延命の処置が上手くいかない子もいると聞きました。シュレイならば延命の処置をする必要はありませんし、すでに読み書きも出来る賢い子のようですから、教育しやすいかと思います」

ランワンは、フェイワンの話を聞いて、しばらく考えた。

「側近ならば、シーフォンとしてではなく、従者としての扱いになりますし、宦官《かんがん》の処置もされますから、ミンファ様にも許していただけるのではないでしょうか？　それにリューセーの側近ならば、特有の特権を与えることが出来ますし、シュレイのためにも良いのではないかと」

ランワンはなおも考えていた。表情が曇る。

「チンユンの子として、普通に暮らせれば良いのだが……そればかりは無理な話だな。かわいそうな子だ」

ランワンは溜息をついた。

「そうだな。フェイワンの言うように、側近として生きる方が、シュレイにとっては良いかもしれない。少なくともリューセーと信頼関係が築ければ、幸せに暮らせるはずだ。代々のリューセーと側近の関係は、兄弟のように近しいものだった。フェイワン、お前に任せるよ」

「はい、ありがとうございます」

フェイワンは、安堵したように笑みを浮かべると、一礼して部屋を出ていった。

タンレンは図書室で調べ物をしていた。あらゆる国の軍隊に関する書物を集めて、国内の防衛について調べていた。

いずれは父の跡を継いで、国内警備長官になりたいと考えていた。国内の治安を守り、フェイワンを守りたい。ミンファの事件があってから、物騒な流れ者を国内に入れないための策も考える必要があると思うようになった。

アルピン達も昔に比べれば、ずっと兵隊らしく働いてくれている。真面目に剣術の訓練もしているようだ。アルピンの兵士の長所は、真面目で従順、規律を守り規則正しいことだ。それを生かした軍隊の編成、国内の警備体制、そういうものを考えたかった。

積み上げた本の山に囲まれながら、難しい顔で思案していると「タンレン」と名前を呼ばれたので、本の山の間から顔を出して辺りを見回した。

「こんな所にいたんだ」

ユイリィがそう言って近づいてきた。

「ユイリィ、オレに用か？」

「うん……用と言うか……中庭でフェイワンを見かけたんだけど……なんだか声をかけづらい雰囲気で、ちょっと心配になったから……」

「声をかけづらい雰囲気？　誰かと一緒なのか？」

「いや、一人だよ。一人だから心配なんじゃないか」

「君が声をかければよかったのに」

「声をかけづらいって言っただろう？」

ユイリィは、押し問答のようになってしまったのが、少し煩《わずら》わしいというように眉根を寄せた。

「ユイリィ、君はフェイワンの従弟なんだし、フェイワンとだって仲良くしているじゃないか。別に遠慮することはないだろう。そんな風にしているフェイワンに気づいて気にかけたのだって、君だからこそだ」

タンレンは、やれやれというように首をすくめながら言った。

「私はそういう時に、フェイワンに対して、どう声をかければ良いのか分からないし、そういう図々しさもないんだ。君なら、フェイワンがどんな状態だって平気で声をかけられるだろう？」

ユイリィが、むくれたような顔でそう言ったので、タンレンは目を丸くした。

「ひどいなぁ……君はオレのことをそんな風に思っていたのか……」

タンレンはそう言いながら立ち上がった。

「タンレン！　本当はフェイワンが心配で一刻も早く駆けつけたいんだろう？　私のことは良いから早く行ってきて」

「じゃあ遠慮なく！」

タンレンはそう言うと駆けだしていった。


全速力で廊下を走り、中庭に転がるように飛び出して、辺りをぐるりと見回した。一見誰もいないようだが、タンレンはずっと先の方を見渡した。すると中庭の外れに、木々の間から赤い髪がチラチラと揺れて見えたので、少しだけ安堵して、そちらに向かって歩きだした。

この城は岩山の側面に嵌《は》め込むように建っている。中庭は、城が建つ岩山の中腹辺りに位置していた。そのため中庭の一番端まで行くと、断崖絶壁のようになっている。一応安全のため、端の目印として木々が植えられていた。その木の向こう側……つまり断崖絶壁の所に、フェイワンが座っていた。足を崖から宙に放り出すように、ぶらぶらと揺らして、ぼんやりと遠くの景色を眺めているようだ。

「ここの眺めは最高だな」

タンレンが側に行って声をかけた。するとフェイワンが、びくりと体を震わせて、タンレンから顔を背けながら、服の袖で顔をぬぐっている。

タンレンは、構わず隣に腰を下ろした。

「隠れていたつもりか？　君はどこに隠れたって、絶対見つかってしまうんだから、諦めた方が良い」

「はは……そうだな。赤い髪は遠くからでもよく見える」

フェイワンが笑いながら答えた。タンレンの方を向いたが、目元が少し赤く腫れている。

「泣いていたのか？」

タンレンがニッと笑ってからかうように言ったので、フェイワンは少し赤くなった。

「ばかな！　もう子供じゃないんだから、そう簡単には泣かないよ」

むっとして反論したが、すぐにその顔から笑みが消えた。前に向き直ると、遠くの空をみつめた。

「ああ、そうだよ……泣いていた。笑っていいぞ」

「笑わないよ。フェイワンを一人で泣かせていたのならば、側近であるオレの責任だ」

「なんだよそれ……」

フェイワンは苦笑して、続けて大きな溜息をついた。

「お前は最近の父の姿を見たことがあるかい？」

「……いや、最近はほとんど直接伺うことがないし……最後に伺ったのはひと月前だけど、その時は天蓋《てんがい》の布が下ろされていたから、お姿は拝見していない。もう何年も布越しかなぁ」

「そうか」

フェイワンは小さな声で返事をして、そのまま黙り込んでしまった。強い風が吹きつけて、フェイワンの長い深紅の髪がなびいている。タンレンも何も言わずに、同じ方向を眺めていた。

「体は四、五十歳くらいの小さな子供と同じ大きさにまで縮み、若体化は止まったが、そのまま痩せ細りほとんど骨と皮だけのようになってしまった。それでもオレに魂精をと言って……」

フェイワンはそこまで話して声を詰まらせた。唇を噛み必死に感情と戦っているようだ。

「医師の話では、もういつ死んでもおかしくないと……むしろ生きているのが不思議だと言われた」

フェイワンは、手の甲でぐいっと乱暴に涙をぬぐった。

「いつも苦しそうにしているんだけど……オレに……魂精をくれるために手を握ると、とても安らかな表情になるんだ……医師が……おそらく陛下は、フェイワン様に魂精を与えることを生き甲斐にしているのだと……その生き甲斐が命を繋いでいるのだと……そう言っていた」

フェイワンはグッと歯を食いしばり、また涙をぬぐって一度大きく息を吸った。

「オレは父に、一日でも長く生きてほしいと願いながら……生き続けてもらうために手を握り魂精を貰う。父の苦しみを取るために魂精を貰う……だけど……魂精は父の命だ……オレはその矛盾に……心が折れそうだ」

フェイワンは両手で顔を覆った。肩を震わせて泣いている。タンレンは何も言わずに、フェイワンの肩を抱き寄せた。


「陛下、お呼びですか」

ランワンのベッドの側にひざまずき、ラウシャンは枕元に顔を寄せてそっと静かに声をかけた。ランワンは閉じていた目をゆっくりと開けて視線を動かした。落ちくぼんだ金色の目には、以前のような力強い光は宿っていない。だが微かに優しい色が浮かぶ。それは紛れもなく見慣れたランワンの目だと、ラウシャンは心の中で静かに思った。

「ラウシャン……よく来てくれた」

掠れた声でランワンが答えた。

「ラウシャン……フェイワンはどうだい？　立派に私の代わりを務めているだろう？」

「はい、もう誰も若輩者などと揶揄《やゆ》する者はおりません。立派に竜王としての務めを代行されております」

「体も大きくなっただろう？　……成人と言ってもいいくらいだ」

「はい、若い頃の貴方にそっくりです。日々の鍛錬も欠かされていませんし、逞《たくま》しくおなりです」

ラウシャンの言葉を聞いて、ランワンはフフッと微かに笑った。

「貴方がそう言ってくれるのならば……安心しました。貴方は……決して嘘を吐かない方……」

「陛下に嘘は吐けません」

ランワンはまた微かに笑うと、ふうと息を吐いた。大きく息をすると喉がヒューヒュー鳴る。息をするのさえも辛そうで痛々しい。

「ラウシャン……今日は貴方にお願いがあってお呼びしました」

「私に出来ることならばなんでも言いつけてください」

ランワンは頷いた。

「実は……最近よく考えるのです……本当に竜王が死んだら……シーフォンは絶滅するのだろうかと……そしてこうも思うのです……もしも竜王が生まれなかったら……シーフォンは絶滅するのかと……」

思いもよらない話に、ラウシャンは少しばかり眉を曇らせた。

「たまたま……今まで……ずっと世継ぎが生まれていたのは……奇跡ではないか……と。私には妹しかいない……私が生まれていなければ……女しかいなかった……私のリューセーは、フェイワンを産んでくれたが……もしも生まれたのが女の子だったら……リューセーが早くに死んでしまって……私も死んだらシーフォンは絶滅するところだったって……」

ランワンは休み休み、ゆっくりとした口調で話を続けた。ラウシャンはずっと真剣な表情で聞いている。

「もしも……フェイワンのリューセーが来なかったら……もしくは……私のリューセーのように……伴侶になることを嫌がったら……どうなるのだろう」

「陛下、気弱になられているのです。決してそのようなことはありません。先のリューセー様は事故で亡くなられたのです。決して陛下と伴侶になることを嫌がられていたわけではありません。フェイワン殿下のリューセー様も、必ずまいられますよ」

ラウシャンもランワンの耳元で、ゆっくりと静かに話した。

「人間の国の王のように……他の者に王位を譲ることは出来ないのだろうか……ミンファが言っていたんだよ。もしもの時にユイリィが竜王を継げたら安心なのにと……私もそうだと思った」

「陛下……」

ランワンは一度目を閉じて、静かに大きな呼吸を何度かした。苦しいのだろうと、ラウシャンは眉根を寄せた。

「だが……もしも……そのようなことが出来たとしても……血の力を考えれば……譲るのは直系の男子だけだ……残念ながらユイリィとタンレンとシェンレンは難しいだろう……だが……貴方がいる」

「陛下、恐れながら私は……」

「ラウシャン、貴方の存在について……私はよく考えるのです。……なぜ貴方はそんな特別な体なのだろうと……長命な私達よりも、もっと長く生きられる……きっと……フェイワンの子供の代まで生き続けるでしょう……直系のロンワンである貴方が……そうして長く生きる意味は……なんだろうと……」

「陛下、考えすぎです。私は出来損ないの変わり者というだけです。年を取るのが遅いという以外、なんの取り柄もない。王の器でもありません」

ラウシャンが、真面目に答えると、ランワンはゆっくりと目を閉じた。しばらく考えているようにじっとしている。ラウシャンは、黙って待っていた。

「ラウシャン」

ランワンは再び目を開けて、真っ直ぐにラウシャンの瞳をみつめた。

「お願いがあります。……調べてほしいのです。……竜王以外のシーフォンが、竜王を引き継ぐ手立てはないか……」

「陛下」

「貴方が禁書を読めるように命じておきます。ホンロンワン様が何か手掛かりを残していないか……他の書物でもいい……誰か試してみた者はいないのか……フェイワンに何かあった時……血を繋げられそうな最後の砦《とりで》はラウシャン、貴方かもしれない」

ランワンはそう言いながら、右手を少し挙げた。ラウシャンはその手を握ると、困ったような顔でランワンをみつめた。

「陛下、私は貴方を心から尊敬します。誰も貴方のような献身的な偉業を達成することは出来ないでしょう。私にも出来ない。だから貴方が命を賭《と》して育てたフェイワンを、私が側でお守りします。必ず約束します。だからどうか、余計な心配はなさらずに、心安らかにお過ごしください」

ラウシャンは、ランワンを宥めるように、しっかりと手を握り締めた。

「私はまもなく死ぬ……フェイワンが成人するまで生きることが出来なかった。……でもあとほんの僅かだ。成人すれば、フェイワンのリューセーが来てくれる。ラウシャン、それまでの間、フェイワンを頼みます。……私が信頼する友は、貴方とダーハイの二人だけだ。どうか頼みます」

「分かっています。お任せください」

ラウシャンの言葉に、ランワンは安堵したように何度も頷いた。

ラウシャンは、難しい顔で廊下を歩いていた。

「まったく……ミンファはろくなことを言わぬ……ミンファがくだらん戯言《たわごと》を言わなければ、ランワンはあんなことを言い出すことはなかったのだ。他のシーフォンが竜王を継ぐ方法など……それも私が竜王？　とんでもない……フェイワンが立派に王の務めを果たす。何も心配はいらん」

ラウシャンはブツブツと呟きながら、ふと廊下の途中で足を止めた。中庭に続く扉の前だった。扉を開けると、空は茜色《あかねいろ》に染まっていた。何頭もの竜が舞っている。

「そういえば……もうずいぶん長く、竜達の歌を聞いていないな……」

空を見上げながら、ラウシャンはぽつりと呟いた。


寝室の中央に置かれたベッドは、天蓋の布がすべて下ろされて、そこに眠る王の姿を隠している。すでに夜も深い時間ではあったが、部屋の隅に置かれた燭台《しょくだい》には火が灯《とも》っていて、柔らかな光が部屋の中を照らしている。その明かりの側には、医師と侍女が椅子を並べて座っていた。

一日中、医師と侍女はこうして控えていた。王の身に何かあった時のために、片時も目を離すことはない。数人が交代で毎日見守っていた。

ダーハイは静かに扉を閉めて、足音を立てないようにベッドの側まで歩み寄った。医師と視線を交わすと、医師は何も言わずに侍女と共に立ち上がり、ダーハイに一礼をして寝室を出ていった。

ダーハイはそれを見送り、ベッドの側に置かれた椅子に腰を下ろした。

そこからランワンの顔が見える。天蓋の布が少しだけ開けられていた。少年のような姿であるにもかかわらず、頬はこけて目は落ちくぼみ、くすんだ肌は血色をなくしている。痛々しい変わり果てた姿だ。

目を閉じて眠っている。その息遣いが穏やかであることを確認して、ダーハイは安堵の色を浮かべた。少しでも苦しみがないことを日々願っている。

毎日見舞って、無事を確認するのが日課になってしまっていた。ランワンが生きている……それだけで安堵した。

今日は外遊に出ていて、夜の宴《うたげ》までつきあわねばならなかったので、本来ならば泊まってくるのだが、外遊先の王に丁重に謝罪して、無理して戻ってきた。だからこんなに遅い時間になってしまった。

「ダーハイ」

掠れる声でランワンが名前を呼んだ。ダーハイはピクリと眉を動かして、ひとつ溜息をついて苦笑した。

「起きていたのか」

「君の顔を見ないと……一日が……終わらなくてね」

ランワンは目を開けてダーハイを見た。声を出すたびにヒューヒューと喉が鳴り、苦しげだが表情には出さずに、目を細めて口の端を僅かばかり上げた。笑っている。だからダーハイも、笑い返した。

「こんな顔は見飽きたんじゃないのか？」

「見飽きたのは……医師達の……心配そうな顔だよ」

ランワンの冗談に、ダーハイは声を殺して笑った。ダーハイが笑う顔を、ランワンがじっとみつめている。

ランワンが今のような状態になった頃に、『君には笑っていてほしい』と言われた。痛々しいその姿に、誰もが眉根を寄せて哀れみ、心配そうに表情を曇らせる。それが嫌なんだと言った。

だからダーハイは、それ以来常に笑顔を心がけた。少なくとも心配そうに眉根を寄せないと誓った。元気だった頃のランワンと接するように、以前と変わりなく話をする。

ランワンの苦しみが少しでも和らぐように……。

ダーハイは、今日行ってきた外遊先の報告をした。ランワンは時折微かに頷いて、ダーハイの話を興味深く聞いている。

「ダーハイ……ありがとう……私がこんなでも……皆のおかげで……エルマーンは安泰だ……」

ランワンはそう言って、細く息を吐き出した。

「安心したら……眠くなってきたよ」

「ああ、こんな夜中なのに、オレの話につきあわせて悪かったな」

ダーハイがニッと笑うと、ランワンが嬉しそうに目を細めた。

「ダーハイ……眠るまで……手を握っていてくれないか？」

「なんだ？　オレに甘えるのか？」

ダーハイがわざとからかうように言ったが、ランワンは笑わずにじっとダーハイをみつめた。

「時々……自分が本当に……生きているのか……不安になるんだ……」

「馬鹿を言うな。冗談が過ぎるぞ。ほら、手を握っていてやるから、もう寝ろ」

ダーハイは無理に笑顔を作って、上掛けを少しめくりランワンの左手を探して、そっと包み込むように握った。骨と皮だけになった小さな手。強く握れば折れてしまいそうだ。

「ありがとう……」

ランワンは吐息と共に呟いて目を閉じた。

ダーハイは奥歯を噛みしめて、必死に涙を堪えた。早く楽にしてやりたいという気持ちと、明日も目を覚ましてほしいという気持ちが、胸の中でとぐろを巻いて暴れている。

ランワンの安らかな寝息が聞こえてきて、ダーハイは安堵の息と共に、一粒だけ涙を零した。


その日はいつもと変わりのない日に思えた。

夜明けと共に町が動き出す。人々は自分に与えられた仕事に勤《いそ》しむ。畑へ向かう者、城の工房に向かう者。店を開く者……。

アルピン達は空を見上げ、竜達に感謝する。この国で暮らせる幸せに感謝する。

自分達が奴隷だった記憶は、もう誰も持っていない。それでもアルピン達は、決してそのことを忘れてはならないと、親から子へ、子から孫へ、語り継ぎ続ける。

外の世界に出たら、また奴隷としての生活が待っている。外の人間達も、アルピンが奴隷だったことを忘れ去っているとは限らない。

未だに、町を訪れる者の中には、アルピンを見て『奴隷』と侮蔑《ぶべつ》の言葉を投げる者がいる。そのたびに、彼らは現実を知り正気に返る。

この世に、エルマーン王国以上の楽園は存在しない。シーフォンの中にも、時折侮蔑の態度を向ける者がいるが、彼らはアルピンに対してではなく、人間に対して良い感情を持ち合わせていないだけで、決してアルピンに乱暴を働く者はいないし、奴隷のように扱う者もいない。

若者達も、誰一人外の世界に行きたいなんて言う者はいない。兵士になった若者が、時折任務で他国に遠征し、戻ってくるなり「やっぱりエルマーンがいい」と言って笑う。

そんな平和な国エルマーン王国。

だがその城の一室で、今ひとつの時代が終わろうとしていた。

フェイワンが沈痛な面持ちで、昨夜からずっとランワンの傍らに寄り添っていた。昨日の午後から意識を失い、ずっと目を開けない。呼吸がとても浅くなっていて、医師がもう難しいですと言った。

「フェイワン」

小さな声が名を呼んだ。

「はい、私はここにいます」

フェイワンが慌てて身を乗り出し、ランワンの枕元に顔を近づけてそっと答えた。するとランワンが、ほうっと息を吐いた。

ゆっくりと薄く目を開ける。それを見て、フェイワンも、ほっと安堵する。

「夢を見ていた」

ランワンが囁くように呟いた。

「何の夢ですか?」

「幸せな夢だよ。……私とリューセーと……フェイワンの三人で……散歩をする夢だ」

ランワンはそう答えて、微かに笑みを作った。

「フェイワン……お前にどうしても言っておきたいことがある」

「なんですか？」

フェイワンは聞き逃すまいと、さらに顔を近づけた。

「お前は間違うな」

「え？」

「お前は間違うな」

もう一度、念を押すようにランワンが呟く。その言葉の意味を測りかねて、フェイワンはすぐに返事が出来なかった。

「リューセーのために……生きろ」

「……は、はい」

「間違うな……国のためじゃない……シーフォンのためじゃない……リューセーのために生きろ……命を懸けろ」

「はい」

「私は間違えた……だからリューセーは……私の下を去った……」

「父上」

「でもお前を残してくれた……だから……私はお前に命を懸けた……何も悔いはない」

「父上」

「間違えなければ……必ず……悔いのない結果が残る……それが……国のため……シーフォンのため

になる……リューセーのために生きろ」

「はい、父上、必ず……必ず守ると誓います」

フェイワンは小さな声だが、はっきりとした口調で答えた。するとランワンは、とても安らかな顔で微笑んだ。じっと薄く開いた目でフェイワンをみつめると、両手を少し挙げた。最後の力を振り絞るように、震える手を挙げた。小枝のような手だ。

フェイワンは、その手をみつめて、固まったように動けなかった。その手を握れば、今度こそ終わりだと頭の中で警告の鐘が鳴る。

「フェイワン」

優しい声が名前を呼んだ。さっきよりもはっきりとした声だった。

「これが最後だ」

ランワンは、はっきりとそう言って笑みを浮かべた。フェイワンは、はっとしたように目を見開き、ランワンをみつめながらボロボロと涙を零した。それをみつめるランワンは、微笑んで頷いた。

フェイワンは、震える手でランワンの手を握った。するとふわりととても温かなものが掌《てのひら》を伝って、体の中に流れ込んできた。優しくて温かい……そう思った時、ぷつりと何も感じなくなった。魂精を感じない。

「父上」

フェイワンが呼んでも、ランワンは目を開けなかった。

「父上！　父上！」

フェイワンは、悲痛な叫び声をあげながら、ランワンの体に縋《すが》りついた。

フェイワンは塔の中の階段をゆっくり上がっていた。最上階を目指していた。久しぶりに気持ちが高揚《こうよう》している。

父ランワン王が崩御《ほうぎょ》してから一年が経った。エルマーン王国は喪に服している。南北の関所を閉めて他国の者を一切入れていないため、城下町はとても静かだ。

思えば母であるリューセーを亡くしてから、この国はずっと悲しみの中にあった。今いるアルピン達のほとんどが、暗く沈み切ったエルマーン王国しか知らないだろう。

エルマーンの空を、竜達が喜びの歌を歌い舞う——その光景はアルピンの子供達が寝物語に聞くような、伝説のようになってしまっている。

そんな中、フェイワンだけが一人とても嬉しそうに階段を上っていた。鼻歌を歌いたいくらいにご機嫌だ。

最上階に辿り着き勢いよくぴょんっと飛んで部屋の中に入った。

そこは竜王の半身である巨大な黄金竜の棲み家《すか》だ。長い首や大きな羽を伸ばしてもまだ十分に余りあるほど、とても広い部屋だった。天井は見上げるほどに高い。

そんな大きな部屋の真ん中に、ちょこんと小さな竜が、体を丸めて寝ていた。それを見てフェイワンの瞳が輝く。

「よお！」

フェイワンが嬉しそうに声をかけた。すると小さな竜が目を覚まして、お腹の下に丸めていた長い首を持ち上げて、フェイワンをじっとみつめた。フェイワンは竜の側まで歩み寄る。

『小さな竜』と言ったが、実際には馬ほどの大きさがある。だが成長した時の大きさに比べれば十分の一ほどしかないので、小さいと思ってしまうのは仕方ない。

「待ってたぜ」

フェイワンは竜の正面に立って、じっと顔をみつめながらニッと笑って言った。すると竜はもぞもぞと体を動かして起き上がり、ちょんっと座って尻尾をゆらゆらと揺らした。

「オレの身内はもうお前しかいないからな……お前が生まれるのを待ちわびていたんだぞ」

フェイワンの言葉に応えるように、クルルルルッと少し高い音で喉を鳴らした。

「え？　子供だって？　お前だって子供じゃないか！　仕方ないだろう。オレはまだ成人していないんだ。あと六年はかかる。だからオレの伴侶もそれまで来ない。二人で仲よくしようぜ」

すると竜がキュウキュウと鳴いた。それを聞いてフェイワンはニヤニヤと笑う。

「任せろ！　ちゃんと名前は考えてあるから……お前の名前はジンヨンだ」

すると竜は立ち上がり、羽をバタバタと羽ばたかせながら、クルルクルルクルルッと騒がしく鳴きだした。

「文句言うなよ！　カッコいいだろう!?　輝く翼という意味があるんだぞ！　はあ？　カッコ悪い!?　我儘言うな！　お前はジンヨンだ！　分かったな！」

フェイワンがびしっと言い放つと、ジンヨンはクルクルルッと文句を言いながらも納得したようだ。

ふとジンヨンの足元に転がる宝玉に気がついた。淡く光を放つ白い玉だ。

「おい、それはバオシーの宝玉か？」

フェイワンに尋ねられると、鼻先でコロコロとお腹の下に手繰《たぐ》り寄せて、宝玉を抱えて丸まって寝転ぶ素振りをしてみせた。それを見てフェイワンは目を細めながら頷く。

「そうだな……分かるよ。お前は宝玉の魔力を糧《かて》に成長するんだもんな……仔馬が母親の乳を吸って成長するようなもんだな……いいなぁ……なぁ、それ必要なくなったら譲ってくれよ」

ジンヨンは体を起こして座り直すと、宝玉とフェイワンを何度も交互に見て、クルクルルッと鳴いた。

「は？　交換条件？　なんだよ……何か欲しいものがあるのか？」

フェイワンが眉根を寄せて怪訝《けげん》そうに言うと、ジンヨンがフェイワンの胸元を鼻先でつついた。そこには青い大きな石の付いた大ぶりの首飾りがあり、鼻先でつつかれてシャラシャラと音が鳴った。

「首飾りが欲しいのか？　良いよ」

フェイワンはその首飾りを首から外してジンヨンの首にかけてやった。ジンヨンは満足そうにキュウキュウと喉を鳴らす。

「ははっ似合う、似合う……元々お前にはちゃんと脚飾りを贈るつもりだったんだ。でもお前はこれからデカくなるだろう？　今のお前のサイズで作ったら、すぐに付けられなくなるからさ。まあそれまではそれを首にかけてろよ」

ジンヨンはよほど気に入ったのか、体を揺らして首飾りをシャラシャラと鳴らし、クックックッと鳴いている。フェイワンは楽しそうに笑いながらそれを眺めていた。

「ジンヨン、早くデカくなって空を飛ぼうな。二人で色んな所に行こう。リューセーが来たら三人で空を飛ぼう。リューセーがお前を怖がらないと良いな」

ジンヨンがまだ小さな翼を広げて見せて、クルルックルルッと鳴いた。

「カッコいいから怖がるはずがないって？　だけどお前すげえデカくなるんだぞ？　リューセーは異世界にある大和の国から来るんだ。大和の国には竜なんていないから、お前を初めて見たら驚いてキャアア！　って悲鳴をあげるぞ」

腰に手を当てながら呆れたようにフェイワンが言ったので、ジンヨンは目を丸くしてククックククッと喉を鳴らした。

「悲鳴をあげられたら傷つくか？　まあ……だけどそこは許してやれよ。リューセーは大事にしてやらなきゃいけないんだ。それにリューセーはとても綺麗で素敵な人だ。お前も一目見たら気に入るよ。ん？　まだ会ったことないくせにって？　会わなくたってわかるさ。オレのリューセーなんだから、素敵な人に決まってる。絶対お前も好きになる」

フェイワンはジンヨンの首をポンポンと軽く叩いて撫でた。

「オレには夢があるんだ。オレとリューセーと……それから子供と三人でオレの竜に乗って空を散歩するんだ。楽しそうに子供が笑って……リューセーが笑って……オレとオレの竜はそれを満足そうに眺めながら、風に乗って空を舞う……ちっちゃい夢だろ？　だけど……意外と叶いそうで、叶えるのは難しい夢なんだぞ」

フェイワンはふと、死に際の父を思い出していた。親子三人で散歩する夢を見たと幸せそうに笑った父の顔を思い出す。叶えられなかった夢。

ジンヨンがフェイワンの顔に、鼻先を擦りつけた。

「……ばか、別に泣いてねえよ！」

赤くなりながら両手でジンヨンの鼻先をグイッと押し返した。

「リューセーに早く会いたいな」

ニッと笑って言ったフェイワンに呼応するように、ジンヨンが翼を広げてクルルルッと鳴いた。


「フェイワン……フェイワン」

名前を呼ばれて目を開けた。いつの間にか眠ってしまったらしい。懐かしい夢を見ていた。

「おはよう、また泣いているのか？」

からかうようなその声はタンレンだ。

視線を向けると、案の定ニヤリと笑うタンレンが、こちらを覗き込んでいる。

「別に泣いてはいない……あんまりにも退屈で欠伸《あくび》が出たんだ」

フェイワンは口を尖らせながら反論した。するとタンレンが、ぷっと噴き出したので、じろりと睨みつける。

「なんだ？　何がおかしい」

「いや……そういう可愛い姿で、拗《す》ねた顔をすると、ますます子供のようで可愛いなと思ってさ」

「子供じゃない！　百五十歳を超えた大の男だぞ……というかお前よりも年上だ」

「はいはい」

タンレンの返事の仕方にまたむっとする。だが改めて見ると、タンレンは甲冑《かっちゅう》を身に着けていたので、そうかという顔をした。

「外交に行くのだな？」

「ああ、陛下の代理で行ってまいります」

「ちょっと座るから起こしてくれ」

「大丈夫か？」

「ああ、寝てばかりいると背中が痛くなるんだ」

タンレンに起きるのを手助けしてもらい、フェイワンはベッドの上に座ってひとつ息をついた。体を起こすのも一苦労だ。不自由な我が身が恨めしい。

側に立つタンレンを見上げて明るい表情を向けた。

「タンレン、頼んだぞ」

「ああ、外交は任せろ！　それよりオレのいない間にリューセー様が来たら、ちゃんと連絡しろよ！　飛んで戻るから」

「分かった分かった……ほら、部下を待たせているんだろう？　行ってこい」

フェイワンが、タンレンの腕をペチンと叩いたので、タンレンは笑いながら「じゃあ行ってくる」と言って去っていった。

フェイワンはそれを見送り、一人になると大きく溜息をついた。

久しぶりに父の夢を見た。もうずいぶん見ていなくて、父のことを忘れてしまうところだった。あの哀れな最期の姿を……。

フェイワンはそう思いながら、じっと自分の手をみつめた。小さな手だ。子供のような手。

いや、実際のところ、五十歳（※外見年齢十歳）くらいの体になってしまっている。

父が亡くなった時、フェイワンはまだ成人前だったが、国の情勢を考えてすぐに戴冠《たいかん》した。成人まであと七年だった。七年などあっという間だ。成人すれば、リューセーが大和の国より降臨する。

まだ見ぬリューセーを思いながら、忙しい日々を過ごした。

しかしリューセーは来なかった。待っても、待っても……来なかった。

待って、待って、待ち続けて、五十年が過ぎてしまった。

魂精が枯渇《こかつ》した体は、当然ながら衰弱していく。二十年まではなんとか平気だったが、それを超えると少しずつ若体化が始まった。父の時よりも、縮み始めるのが早かったのは、成人になるまでしっかりと成長していなかったせいだろう。そもそも魂精失調気味な体だったのだ。

だが縮んでも、父の時よりも元気な気がする。父がこれくらいの大きさに縮んでしまった時は、寝たきりでまったく動くことも出来ないほど衰弱していた。

だがフェイワンは、まだ動くことが出来る。起き上がるには介助が必要だが、こうして自分で座ることが出来るし、少しくらいなら立って歩くことも出来る。疲れるからやらないけれど……。

『リューセーのために生きろ』

父の言葉が脳裏に浮かんだ。忘れたわけではない。覚えている。だが当のリューセーが来ないのだからどうしようもない。

せっかく父が命を懸けて育ててくれた体なのに、リューセーのおかげですべてがパアになってしまった。

一時期は、リューセーを恨んだ。どうして来ないのかと……このまま父のようになって死ぬのかと、自分の運命を呪った。

だが今はもう恨む気持ちもない。正確には、そんな気力もない。現実を受け止めなければならないからだ。

恐れていたことが、現実のものとなっていた。

最近、シーフォン達の様子がおかしいと、タンレンから報告された。

血の力の強い者達は、攻撃的な性格になっているという。逆に血の力の弱い者達は、無気力になり、部屋から一歩も出てこられなくなっているそうだ。すべては、竜王の力が弱まっているせいだろう。

頼りにしていたラウシャンが、人が変わってしまったかのように、苛々《いらいら》として怒鳴りまくっていると聞いた。だから今は外交には行かせていない。

ミンファ様も毎日ヒステリックになっているらしいが、それは前からのような気もする。だが物静かなルイラン様まで、時々苛々していると聞いたので、やはり皆がおかしくなっているのだと思った。

タンレンに、「お前は大丈夫なのか?」と聞いたら「よくイライラするぞ」と笑って答えた。タンレンの場合は、精神力が強いのだろう。苛々しても自分でそれを抑えているようだ。

だからラウシャンの代わりに、外交に行ってもらっている。

こうして寝室で寝ていても、城の中の空気がおかしいことは、フェイワンも感じていた。

フェイワンは、体を動かしてベッドから降りようと試みた。ベッドから降りるだけだというのに、どうしてこうも体がいうことを聞かないのか……顔を歪ませながら、なんとかベッドの端まで移動出来た。足を下ろし、床の上につけると、ゆっくりと重心を移動させて、ベッドを支えにしながらなんとか立ち上がった。

ふらふらするが、やはり真っ直ぐ立つと体が楽だと思った。

ベッドの横に立てかけられた杖を持ち、ゆっくりとした動作で歩いて窓の近くまで移動した。外を見ると、竜が飛んでいる。時々、竜同士がぶつかり合って、喧嘩を始めている。今まではなかったことだ。

フェイワンは目を閉じて意識を集中させた。

『ジンヨン！　ジンヨン！　眠いだろうが起きてくれ！　竜達が荒れている。時々活を入れてくれ』

フェイワンは、自分の半身である竜のジンヨンに話しかけていた。だが反応がない。

『ジンヨン！　おい！　聞こえているんだろう？　ジンヨン！』

何度も呼びかけたが、まったく反応がなかった。

「なんだよ……無視かよ……それとも気絶したように寝てるのかよ……」

フェイワンはチッと舌打ちをした。

窓の外ではまだ竜達が喧嘩を続けていた。こんな風では、アルピン達が不安になっているだろう。このまま本当に滅びてしまうのだろうか？

リューセーが来ない大和の国は、どうなっているのだろうか？　まさか大和の国が滅びてしまったわけではないだろう。フェイワンは杖をぎゅっと握りしめて溜息をついた。

その時、扉を荒々しく叩かれた。フェイワンは何事かと眉をひそめる。

「なんだ」

返事すると、待ちきれないという勢いですぐに扉が開き、医師が慌てた様子で息せき切って入ってきた。

「どうした？　そんなに慌てて……お前も影響を受けてイライラしているのか？」

フェイワンが皮肉交じりに尋ねたが、医師は興奮した様子で肩で息をしている。

「へ、陛下……大変です……リューセー様が降臨なさいました！」

「……なに!?」

フェイワンは一瞬理解が追いつかず、一呼吸置いてからとても驚いて大きな声を出していた。

「ど、どこに！」

「塔の上の……竜王ジンヨンの部屋です」

「はあ!?　なんだって!?　一体いつ降臨したんだ！」

「それがどうやら昨夜のうちに降臨されていたようで……今朝、見張りの兵士が見回りのため、塔の上まで上がったところ、ジンヨン様の側で倒れているリューセー様を発見した次第です」

「あの野郎……」

フェイワンは開いた口が塞がらずに、しばらく茫然としていたが、やがて我に返り舌打ちをした。

「それで……リューセーは無事か？」

「はい、気を失っていらっしゃるだけのようです。今は、王妃の部屋へお連れして、シュレイが看病しております」

「そうか……分かった……すまないが少し疲れた。ベッドまで連れていってくれ」

「は、はい」

医師は慌てて駆け寄り、フェイワンに肩を貸してゆっくりとベッドまで連れていった。

フェイワンはベッドに腰を下ろして、脱力したように大きく息を吐いた。

「とりあえず、リューセーの意識が戻ったらまた報告しろ」

「かしこまりました」

医師は一礼して寝室を後にした。

フェイワンはベッドに座ったまましばらくぼんやりとしていた。

リューセーが降臨したと聞いても、未だに実感がなかった。だからどうしたと思ってしまう。リューセーが降臨したら、もう後は大丈夫だ。魂精を貰えれば体も元に戻るし力も戻る。そうすればシーフォン達も元に戻るし、竜達も荒れることはない。

良いことばかりだ。それなのに、なぜこんなにも他人事のようで、その上少し不安な気持ちになるのだろう。

リューセーには、聞きたいことがたくさんある。

大和の国は今どうなっているのか？　なぜ降臨するのが遅れたのか？　自分の立場は分かっているのか？　前のリューセーが、どんな人だったか知っているか……？

「いやいや、それは関係ないだろう」

フェイワンは首を振って、考えていたことを打ち消した。

そもそもリューセーは、どんな人物なのだろう。人間だが、とても美しく、馨《かぐわ》しい香りがして、竜王は一目でリューセーを好きになる。そう教わった。父からも、ウェンシュからも。

だが男だ。本当に好きになるのだろうか？

「くそう……本当にタンレンのいない間に来てしまった……」

フェイワンは倒れ込むように、ベッドに仰向けにひっくり返って独り言を呟いた。


その日の午後、リューセーが目覚めたとの報告が来た。体に異常はなく、食事も摂り、とても元気だという。とりあえず安心した。

夕方、シュレイが訪ねてきて、リューセーに関するくわしい報告をしてくれた。

「二十八歳？　では大和の国で十年も儀式をしなかったというのか？」

「それがリューセー様の話によると、祖父母も父親も皆、早くに他界してしまい儀式のことを知る者が誰もいなくなってしまったそうなのです。リューセー様は、たまたま儀式の道具を手にして、何がなんだかわからないうちに、この世界に降臨してしまったようです」

「たまたま……」

フェイワンは、愕然《がくぜん》とした様子で呟いた。

「では……リューセーは、自分がなぜこの世界に来たのかとか……我らと守屋家の契約のことなど、何ひとつ知らないというのか？」

「はい」

「リューセーはどんな様子だ？」

「最初はひどく混乱して、元の世界に返せと騒がれましたが、話をして少しだけ落ち着かれたので、食事を摂ってもらい、薬で眠らせました」

「そうか……」

フェイワンは考え込んだ。

『リューセーのために生きろ』

今朝見た夢が脳裏に浮かんだ。あれは父からの警告だったのだろうか？

『お前は間違うな』

父はそう言った。母である前のリューセーは、龍神様の伴侶になることに抵抗を感じていたと聞いた。男に抱かれることが苦痛だったと……。それまでのリューセーは、皆、龍神様に抱かれることを覚悟していたかのように、抵抗もなく竜王と婚姻の儀式を行い、伴侶となり、子を産んでくれた。だが母である前のリューセーは違っていた。そして降臨したばかりのリューセーも、儀式自体を知らなかった。

確実に大和の国が変わっているのだ。ならば当然ながら、今度のリューセーも、男に抱かれることを拒むだろう。

どうすればいい？

『お前は間違うな』

「父上……」

ずっと考え込んだままのフェイワンを、シュレイが心配そうな顔でみつめていた。フェイワンは、はっと我に返りシュレイを見た。

「竜王の伴侶であることは伝えたか？」

「はい」

「何か言っていたか？」

フェイワンの問いに、シュレイは困ったように目を伏せた。

「いい、正直に話せ」

フェイワンはシュレイの態度を見て事情を察して促した。シュレイは視線を上げて、眉根を寄せながら言いにくそうに口を開いた。

「男同士であることに抵抗を感じられている様子です」

「やはりそうか」

分かっていたことなので、それほど驚きはしないが、どうしたものかという気持ちだけが募る。

「陛下、明日にはお引き合わせ出来ると思いますが、私が説得いたしますので、少しばかりお時間をいただけないでしょうか？　例えば……連れてくるのは午後からではいかがでしょう」

「いや、その必要はない」

「え？」

フェイワンのきっぱりとした返事に、シュレイはとても驚いて目を丸くした。

「あ、いや……もちろん説得はしてほしい。だが連れてくるのは明日でなくていい」

「ですが、一刻も早く魂精をリューセー様から貰われなければ、陛下のお体が……。完全にお体が戻るまで、婚礼の儀は先延ばしにするとしても、体を戻すために、少しずつでも魂精を貰う必要があります」

シュレイは、懸命に魂精の必要性を語った。

「だがリューセーは、男に抱かれるのに抵抗があるというのだろう？　無理やりは良くない」

「最初のうちは交わらずとも、手を握るだけとか、抱きしめるだけとか、魂精を貰う方法は性交以外にもありますから……」

「だが互いの香りを嗅いだら、理性を失ってしまうのだろう？　手を握るだけでは済まなくなる」

シュレイは、論破《ろんぱ》されて困ったようにまた目を伏せた。

「シュレイ、決めたはずだ。大和の国が以前と変わっているようだから、リューセーの扱いは慎重にするように……と。今までのようにすぐに儀式をするのではなく、半月か……リューセーの態度や状態によっては何ヶ月も時間をかけて、リューセーにきちんと契約のことやリューセーの役割を理解してもらうと……。お前はリューセーの側近だ。リューセーのことを第一に考えてくれ」

「ですがそれは……あの時は陛下も成人したばかりでお元気だったからそう決めたことです。今は状況が違います。陛下には魂精が必要です。恐れながら私は陛下よりもリューセー様を一番に考えております。リューセー様をお守りするのは当然ですが、陛下あってのエルマーン王国であり、大和の国の守屋家です。陛下に万が一のことがあっては、リューセー様をお守りすることは出来ません」

シュレイは少しばかりむきになって言った。それを聞いてフェイワンは苦笑する。

「シュレイ、そんなに心配しなくてもオレは大丈夫だ。五十年待ったんだ。あとひと月ぐらい待つのは平気だ。それくらいならば、オレの体もそこまで悪くはならないだろうし……。とにかく、何も知らないリューセーと、無理やり交わるわけにはいかない。オレもこんな体だ。それこそ香りを嗅いだら、絶対我慢なんて出来ないだろう。だからシュレイ、リューセーにすべてを説明して、説得を試みてほしい。リューセーが納得して、伴侶になっても良いと言うまでは、オレの所に連れてきてはならない。いいな？」

シュレイは、不満そうに眉を曇らせたが、一礼して「かしこまりました」と答えた。

シュレイに言ったことは、医師や近臣達にも伝えた。

皆が反対して、すぐにでも魂精を貰うように声を揃えて言ったが、フェイワンは断固としてそれを拒否した。

「同じ過ちを繰り返すつもりか？　私のリューセーまでも死なせるつもりか？」

フェイワンが、少し声を荒らげて言ったので、その場は一瞬にして静まり返ってしまった。

「とにかく……会わないと言っているんじゃない……シュレイに説得を任せている。ひと月と言ったが、リューセーが納得してくれれば、すぐにでも会う。皆には迷惑をかけるが分かってほしい」

フェイワンの言葉に、皆がようやく了承した。

「はあ……すまない、少し疲れたから休ませてくれ」

フェイワンはそう言って、ベッドに横になった。その場に集められた者達は、静かに部屋を出ていった。


翌日、フェイワンは朝からずっと横になっていた。昨日は少し張り切りすぎてしまったようだ。リューセーが来てくれたということで、自分でも思っていた以上に興奮していたらしい。

体がひどくだるくて、寝返りを打つことも出来ない。歩かなければ良かったと後悔した。

人と話すのも億劫《おっくう》になり、その日は一日、政務もすべて他の皆に任せた。

「陛下……聞こえますか？　陛下」

何度も呼ばれて目が覚めた。だが視界がぼんやりとしている。

うつろな目で辺りを見ると、医師が二人、ひどく慌てた様子で、フェイワンを覗き込んでいる。

「なん……だ……なにごと……だ」

フェイワンがようやく返事をしたが、舌が重くて声も上手く出ない。体がひどく熱い。そして痛い。

「良かった……お気づきになった……ずっとひどい高熱でうなされておいでだったのです。ご気分はいかがですか？」

「気分……良くないな……体が……熱くて痛い……」

「陛下、やはりリューセー様においでいただきましょう。少しだけ……手を握って少しだけ魂精をいただければ、きっと体が楽になりますよ」

医師が青い顔でそう言いだした。

「だめだ」

フェイワンは、顔を歪めながら返事をした。

「陛下」

『何度も同じことを言わせるな』と怒鳴りたかったが、今はそんな元気はない。

「先生！　リューセー様がここに来ることを承知してくださいました」

そこへ侍女が報告を持って飛び込んできた。

医師達が「おお」と喜びの声をあげる。

「今すぐか？」

「はい、準備が整い次第いらっしゃると言っておられました」

医師の問いに、侍女が嬉しそうに答えた。

『勝手な真似を……』

フェイワンはそう毒づきたかったが、それも気力がなくて断念した。

「オレを起こして座らせてくれ……」

フェイワンが苦し気な息をつきそう言うと、医師達は一斉に反対した。

「ご無理はいけません」

「リューセーが来るのだ。みっともない恰好で、初対面はごめんだ」

「しかし陛下の体調が思わしくないと申し上げたので、来てくださるのです。無理して元気に振る舞う必要はございません」

「別に……元気に振る舞うわけじゃない……ただみっともないから座らせてくれと言っているだけだ……オレの王としての威厳の問題だ」

フェイワンの言葉に、医師達は困惑したように顔を見合わせた。

体を拭いて、髪を梳《す》いて、寝着を着替えて、大きな枕やクッションを重ねて、そこに凭れかかるような体勢で、なんとかベッドに座ることが出来た。

こちらの準備は万端《ばんたん》で、あとはリューセーを待つだけだ。

しばらくしてリューセーが到着したと報告が来た。

フェイワンは、熱も体の痛みもすっかり忘れてしまい、リューセーが入ってくる扉を、期待を込めてみつめた。

「お前達、もう一度確認する。オレはリューセーと手を握って魂精を貰う。それもあまりたくさん貰っては、リューセーに負担がかかるから少しの時間だけだ。だがもしも、オレがリューセーの香りに惑わされて、それ以上のことをしそうになったら、無理やり引き離してくれ。約束だ。頼んだぞ」

何度も打ち合わせたことを、フェイワンは最後にもう一度確認した。

医師達は深く頭を下げて、了解したことを示した。

すると扉が開き、シュレイがリューセーを連れて入ってきた。

初めて見るが、それがリューセーだとすぐに分かった。

漆黒の髪、漆黒の瞳、優し気な顔立ち……竜王が皆、一目で好きになるという竜の聖人。竜王にとって唯一無二の伴侶。

『リューセー』

フェイワンは、一目見るなり、心の中でそう呟いた。胸が熱くなり、心臓が飛び上がるように鼓動した。

分かった。素直に降参しよう。確かに言われた通りだ。抗《あらが》うことなど出来ない。一目で好きになった。

「ようやく来てくれたのだな……もっと近くに来て、その顔をよく見せてくれ」

踊りだしたいような気持ちを抑えながら、フェイワンは力を込めて、出来る限りの大きな声でそう声をかけた。

第5章　幸福な竜王

城の中庭に花壇を作ってから、半月ほど経ったある日の午後。フェイワンは仕事の合間に、執務室を抜け出して、中央の塔へ向かっていた。

塔の階段をゆっくりと上がる。最上階には半身である巨大な黄金の竜が待っている。別に何か用があるわけではない。ただ会いたいなどというわけでもない。呼ばれたから行く。

フェイワンは少しばかり高揚した気持ちで階段を上っていた。

半身であるジンヨンとは長いつきあいで、飽きるくらい会っているし、こうして塔の階段を上がるのも日常茶飯事のことだ。でもなんとなく気持ちが高揚しているのは、少しばかり新しい変化に期待しているからだ。

公務で忙しいのに『ちょっと来い』なんて生意気にも呼びつけられて、普通ならば完全無視するのだが、ジンヨンの『ちょっと来い』の言葉の端に、なんとなく楽しそうな匂いを感じたので、誘われるままにやってきた。

聞かなくてもジンヨンがご機嫌なのは分かる。そのご機嫌の原因があるとするならば、ひとつしかないのだから仕方ない。

最上階まで上り切り、ジンヨンの待つ大きな部屋の中に入ると、目の前には巨大な金の竜とその側に立つ龍聖の姿があった。

「あ、フェイワン！」

龍聖が振り返り、笑顔で手を振る。

フェイワンはやれやれという顔で手を振り返した。

「まったく……仕事中に呼び出すなんて何事だ？　こっちは忙しいんだぞ？」

文句を言った相手はもちろん龍聖にではない。ジンヨンだ。上を見上げて不遜《ふそん》な態度のジンヨンに向かって言った。なんでそんなに偉そうな態度なのだと内心苦笑する。

「ごめんねフェイワン、オレがジンヨンに頼んだんだよ。今の時間は接見中じゃないですよね？」

「接見は午前中に終わった」

「会議中じゃないですよね？」

「今日は会議はない」

「じゃあ良かった」

龍聖は安堵したように笑う。フェイワンは苦笑して頭をかきながら、龍聖の側まで歩み寄った。

「リューセー……良かったじゃないぞ。別に接見や会議だけがオレの仕事じゃない。他国からの書簡がたくさん溜まっているんだ。これでも忙しいんだぞ」

「うん、分かってます。フェイワンは王様なのに働き者で、毎日夜遅くまで残業して大変だなぁって……だからたまにはサボりましょう」

龍聖がそう言ってニッと笑った。フェイワンは呆気にとられたように龍聖をみつめて、ふうと溜息をついて肩をすくめた。

「それで？」

フェイワンもニッと笑い返して、龍聖の企《たくら》みを聞いてやろうじゃないかと促す。龍聖はチラリとジンヨンを一度見上げて視線を交わし合った。

「散歩に行きましょう」

「散歩？」

あまりにもその答えが普通だったので、フェイワンは気が抜けたようにぽかんと口を開けた。


「どこに行くんだ？」

ジンヨンの背に乗り辺りの景色を眺めながら、フェイワンは隣でニコニコと上機嫌でいる龍聖に尋ねた。

「だから散歩ですよ。ほら、辺りの景色を楽しみましょうよ」

「北に向かっているのか？」

「散歩ですってば」

フェイワンは腕組みをして眉間にしわを寄せた。龍聖は急に黙り込んでしまったフェイワンを見て、機嫌を損ねてしまったかな？　と思った。

フェイワンはジンヨンに頭の中で呼びかけてみたのだが、意識を閉ざしてしまっているようで、どこに向かっているのかを探ることが出来なかった。

むっと余計に苛立って、眉間にしわを寄せながら『この野郎』と舌打ちをしていると、何やら隣から視線を感じて我に返る。龍聖が少しばかり焦った様子で、フェイワンの顔色を窺っているようだ。

思わずほくそ笑む。眉間のしわは綺麗に取れた。

「どこに行くつもりなのかは気になるが、まあどうせオレを驚かせようと思って隠しているだけだろう？　それは別に良いんだ。オレが気に食わないのは、お前がジンヨンと二人で組んでいるってことだ。オレを除け者にして」

「除け者って……だってフェイワンを驚かせたいのだから、貴方にだけ秘密にするのは当たり前でしょう？　ああ……ジンヨンと、っていうのが気に食わないのですね？」

フェイワンは『その通り』と口に出す代わりにとても大きく頷いた。それを見て龍聖が明るく声をあげて笑う。

「本当に焼きもち焼きなんだから……まあ良いです。別にそんなに隠しているってわけでもないし、きっとフェイワンの方が世界中の色々な所に行ったことがあると思うから……というかジンヨンが知っている場所だからフェイワンも知っているだろうし……北の方に雪を見に行くんです」

「雪を？」

「はい！　オレが見たいって言っただけなんですけどね。オレの生まれ育ったところは、雪国というほどではないけれど、わりと冬は雪が降る所なんですよ。だから懐かしくなって、ちょっと見てみたくて……それにつきあってください」

龍聖が期待に胸を弾ませているようなので、その様子を見て可愛いと思って嬉しくなった。

『雪ねぇ』とフェイワンは意外な答えに唸った。もちろん見たことはあるが、北の方には国交を結んでいる国がないので、特に知っている情報はない。白くて冷たいというくらいだ。寒いから雨が凍って降っているのだと聞いたことがある。

「というわけで、別に長く滞在するつもりはないから軽装だけど、寒いと思うからこれをどうぞ……

あ、風に飛ばされないようにしてくださいね」

龍聖が袋の中から、動物の毛皮を取り出した。

「これは？」

「毛皮で作ってもらった手袋と襟巻きです。これがあるだけで大分違うと思うから……さすがにコートまではねぇ」

「何の荷物かと思ったら……」

フェイワンは呆れながら受け取った手袋と襟巻きを嵌めてみた。辺りの空気が冷たくなってきたのでちょうどいい。龍聖は靴をブーツに履き替えている。

ジンヨンが降下を始めた。辺りには雪山が連なっている。ジンヨンは山間の盆地になっている雪原に降り立った。周囲に集落は見当たらない。

「わあ！　雪だぁ！　そしてさすがに寒い！」

龍聖が瞳をキラキラと輝かせながら辺りを見回している。見事な銀世界だ。

フェイワンは龍聖を抱き上げて下に降りた。

サクリと真新しい柔らかな雪の上に足を踏み入れて、龍聖が嬉しそうに足跡を付けている。

「フェイワン！　雪遊びをしよう」

「雪遊び？」

「オレが子供の頃に遊んでいた遊びを教えてあげるよ」

龍聖はそう言って雪を掴むと、両手で丸く固めはじめた。

「こうやって雪玉を作ってね……投げる！」

龍聖はえいっとばかりに、フェイワンに向かって雪玉を投げた。雪玉は見事に命中して、フェイワンの肩に当たり、壊れてパアンッと雪が弾ける。フェイワンは散った雪がまともに顔に掛かったので、驚いて「うわっ！」と思わず尻もちをついてしまった。それを見て龍聖が大笑いをしている。

「くそぅ……やったな」

フェイワンは立ち上がり、真似をして雪玉を作った。それを龍聖に向かって投げる。龍聖はひょいっと上手く避けて、再びフェイワンに雪玉を投げた。今度も見事に命中した。

フェイワンはむきになって雪玉を投げ返し、龍聖は笑いながら雪玉を避けて逃げまわった。二人ともすっかり童心に返って、夢中で遊んでいる。

「ジンヨン！」

龍聖がジンヨンに向かって雪玉を投げた。雪玉はジンヨンの胸に当たった。ジンヨンはグルルッと喉を鳴らす。

「なんて言ったの？」

「たいしたことないなって言ってる」

「よーし……それならこうだ！」

龍聖は足元の雪をかき集めて、雪玉をいくつも作りはじめた。それを見てフェイワンも同じようにたくさんの雪玉を作る。

「ジンヨン！　これならどうだ！」

龍聖がえいっえいっと続けざまにたくさんの雪玉を投げた。フェイワンも一緒になって投げるので、当たった雪玉で、ジンヨンの胸の辺りは雪だらけになる。

するとジンヨンがグググッと鳴いて、尻尾でひと振り雪の上を撫でて振り回す。バサッと水しぶきのように雪が龍聖達の上に大量に降りかかった。

二人は雪まみれになって悲鳴をあげる。龍聖とフェイワンは顔を見合わせて笑い合った。

「フェイワン、鼻が真っ赤だよ」

「お前もな」

笑いながら互いの雪を払い合った。乱れる息が白い。

「雪だるまを作ろう」

龍聖がそう言って、大きめの雪玉を作った。

「これをね、こうして雪の上を転がしていって……どんどん大きな雪玉にするんだ」

龍聖の指示を受けて、フェイワンも同じように大きな雪玉を作る。ふたつできた大きな雪玉を上下に重ねた。そこへ龍聖が近くにあった木から小枝や葉っぱを取ってきて、それを使って雪玉に顔を作った。

「ふふっ……これが雪だるまですよ」

「ほお」

フェイワンは腕組みをして、興味深いという顔で雪だるまを眺めている。

「これは何か……呪術的な意味があるのか？」

「ないよぉ～！」

フェイワンが真面目にそんなことを聞くので、龍聖は笑いながら首と手を振って否定した。

「ただの雪の人形です……元々の意味は知らないけれど、子供達は雪が降るとついつい作っちゃうんですよね……可愛いでしょう？」

「うん、まあ……そうか」

フェイワンは不思議そうに首を傾げながらもなんとか納得をした。

「あ～楽しかった！　すっごく久しぶりの雪でテンション上がっちゃったなぁ……フェイワン、ジンヨン、つきあってくれてありがとう！」

「もう良いのか？」

「はい、寒いから帰りましょう」

二人はジンヨンに乗り、エルマーン王国への帰路に就いた。

「フェイワンはどうでした？　楽しめました？」

「ああ、初めての経験だからな。面白かったよ。お前がとても嬉しそうだったから、それを見られたのも良かった」

フェイワンは龍聖を懐《ふところ》に抱いて、マントで包み込むようにして風から龍聖を守っている。龍聖はフェイワンの胸に背中を預けながら、満足そうに頷いた。

「嬉しかった……本当はシェンファを連れてきたかったけど、子供達は国外に連れ出せないから……でもフェイワンが楽しんでくれたのなら良かった。またいつか行きましょうね」

「そうだな」

フェイワンはぎゅっと龍聖を抱きしめた。

その夜、シェンファを寝かせて、シュレイも下がって、二人きりになったところで、フェイワンがずっと気にかかっていたことを切り出した。

「なんで今日、オレを連れて雪遊びをしに行ったんだ？」

「え？」

ソファに座り、フェイワンに抱かれて寛いでいた龍聖が、不思議そうにフェイワンの顔を見上げた。

「それは言ったでしょう？　オレが雪を見たいからつきあってもらったって」

「ジンヨンと企てたのなら二人で行けば良いだろう」

龍聖はフェイワンの言葉を聞いて、「え～」と小さく呟きながら凭れかかっていたフェイワンの腕の中から逃れて、ソファに真っ直ぐ座り直した。

「まだ焼きもちを焼いているんですか？」

困惑した顔でフェイワンをみつめながら龍聖が尋ねると、フェイワンは苦笑して首を振った。

「いや、そういうことじゃない。なんかおかしいだろう」

「え？　なぜ？　そもそも国内ならともかく、国外にジンヨンに乗ってオレが一人で行っちゃったら大問題でしょう？」

「だからオレを誘ったのか？」

「だから……というわけではないですよ。フェイワンと一緒に行きたかったんです。あれ？　なんで喧嘩みたいなことになっているんだろう？」

龍聖はさらに困惑した顔で腕組みをして首を捻る。フェイワンは微笑んで首を振った。

「怒っているわけじゃないし、責めているわけでもない。喧嘩をするつもりもないよ。龍聖、今日は本当に楽しかった。雪遊びなんて初めてだったし、子供みたいにはしゃいでしまった。誘ってくれたことは感謝している。だけど……疑り深いわけではなくて……なんだかお前らしくないと思ってしまったんだ。だから何かあるのかと……つい、すまない」

「オレらしくないってどういうことですか？」

「こういう突飛《とっぴ》な発想をして行動に移そうとするのは、お前らしいと思う。だがお前は馬鹿じゃない。自由にして良いことと悪いこと……まあこの場合一概に悪いことではないんだが……そういう区別はちゃんとつけている。人に迷惑をかけることも絶対にしない。お前が散歩に行こうと言った時、てっきりエルマーンの上空を飛ぶだけだと思ったんだ。だが国外に出た。事前にオレにそのことを言わず……誰にも秘密で勝手にそんなことをしたのだったら城内が大騒ぎになっていたはずだ。だがそうはならなかった。手袋とかの準備があったのをみると、当然ながらシュレイには言ってあったし、騒ぎが起きなかったのはタンレンやラウシャンにも事前に言っていたからだ。つまり今回のことは本当にオレにだけ内緒だったってことだ」

フェイワンは探偵さながらに推理をしてみせた。別に責めているという様子はない。口調や表情はとても穏やかだ。それでもそこまで見抜かれて、龍聖はきまりが悪そうに顔をしかめた。

「ごめんなさい！」

膝に両手をついて深く頭を下げた。

「リューセー……」

「黙っていたことは謝ります。だけどそれは本当に他意はなくて……単純にフェイワンを驚かせたかっただけなんです。オレが雪を見に行きたいっていうのも本当です。思い出を共有したかったんだ」

「思い出を共有？」

「例えばさ……自分の子供の頃の思い出の場所とか、大切にしている場所とか、そういう所に愛する人を連れていって見せてあげたいって思うことってあるでしょう？　だけどオレの子供の頃の思い出の場所にはフェイワンを連れていくことが出来ないからさ……だけど思い出を共有したくて……フェイワンに内緒で準備したことは謝ります。でも本当にびっくりさせたかっただけだから……」

フェイワンは溜息をついて頭をかいた。龍聖の肩を抱き寄せて、何も言わずに抱きしめる。

「フェイワンはずっと城の中で育って、子供の頃は一歩も城から出られなかったから、子供の頃の思い出はすべてこの城の中でしょう？　だからここにいればいつだって、フェイワンとの思い出を共有することが出来るかもしれないけど……オレの場合はそういうわけにはいかないからさ……」

フェイワンの腕の中で龍聖が独り言を呟いているので、その頭に何度か口づけた。

「オレを脅かそうと思ったのもまあ良いけど……そういうことならお前の子供の頃の思い出を聞きながら、どこか似たような場所を二人で探す計画を練るというのも面白いと思うぞ」

耳元で囁くと、龍聖の表情がみるみる明るくなった。

「フェイワン、それ最高です」

ふふっと楽しそうに龍聖が笑った。フェイワンは抱きしめていた腕の力を緩めて、龍聖の顔を自分の方に向けさせた。じっとみつめると龍聖の黒い瞳が揺れて、頬がほんのり朱色に染まった。

そっと唇を重ねる。

「リューセーが一生懸命に考えることは、いつも人のことばかりだな」

「そうですか？」

「雪を見たいのは自分のためではないだろう？　オレのためだ。思い出を共有したいのもオレのためだ。お前はオレを喜ばせたいと思ってくれているのだろう？」

「そう……です。そうかな？　でも……結果的には自分のためだと思うし……フェイワンが喜んでくれると嬉しいから……」

「お前の優しさが嬉しいよ」

フェイワンはそう言って今度は深く長い口づけをした。唇が離れて、はあ……と龍聖が艶《あで》やかな息を吐いた。息がかかるほどの距離でじっとみつめ合う。

「オレにはあまり……子供の頃の楽しい思い出がないからな……」

「嘘ばっかり」

「ん？」

自嘲《じちょう》気味に言ったフェイワンの言葉に対して、龍聖が口を尖らせて言い返したので、フェイワンは首を傾げた。

「なぜ嘘と？」

「確かに……貴方にはお母さんとの思い出がないし、辛いこともたくさんあったと思うけれど、楽しい思い出がないなんていうのは嘘ですよ。お父さんとの楽しい思い出はたくさんあるはずでしょう？　貴方を見ればわかります。貴方はたくさんお父さんに愛してもらった。貴方がシェンファやインファを可愛がり、愛する姿はきっとあなたのお父さんそっくりなはずですよ。今度鏡で見てみたら？」

優しい微笑みを浮かべて話す龍聖の顔はとても慈愛に満ちていた。フェイワンは、はっとしてその顔に見入る。

「では……お前もどこかオレの母に似ているのだろうか？」

「顔は似ているかどうか分かりませんが……守屋家の血筋ですから、どこか似ているかもしれませんね。オレが子供を抱く姿が、もしかしたら似ているかもしれません」

「オレが子供と遊ぶ姿が父に似ていて……お前が子供と遊ぶ姿が母に似ている……疑似風景ももしかして、思い出を共有する……ということになるっていうのか？」

「はい、オレはそう思います」

二人は鼻の頭をくっつけて、クスクスと笑い合った。

「オレが誰よりも恵まれているのは、この目で貴方の少年時代の姿を見れたことだと思いますよ」

「恵まれているか？　良かったと思うのか？」

「そりゃあ……貴方にしてみればひどい目に遭ったかもしれませんが……子供の頃の姿を見たいって、誰だって思うと思います。愛する人のすべてが知りたいと思うでしょう？」

「確かにお前の子供の頃の姿を見てみたいな」

「でしょう？」

龍聖の問いかけに同意する代わりに、フェイワンは唇を重ねた。

求め合うように唇を吸い合って、舌を絡ませる。どんなに長く連れ添っても、何度体を重ね合っても、愛しいという想いは不思議なくらいに涸れることがない。

こうして抱き合い唇を重ねれば、互いをもっと欲する欲望が湧き上がる。

「フェイワン……ベッドへ……」

居間で性交することを龍聖はいつも嫌がった。一度なぜかと尋ねたことがある。

龍聖は赤い顔をして『だってここはシュレイとか侍女とかと毎日一緒に過ごす場所なのに、そんなことをしたらソファを見るたびに思い出しちゃって、シュレイにどんな顔をすればいいか分からなくなるでしょう』と答えた。

フェイワンからすれば、そんなのは寝室だって同じことなのに……情事の後のベッドの掃除やシーツの洗濯はいつも侍女がするのだし、シュレイだって寝室に入ることはある……と言いたいのだが、それが真面目な龍聖の道徳観なのだろうと思って、特に指摘はしなかった。

龍聖を抱き上げて寝室に運ぶ。

ベッドの上にそっと龍聖を横たえて、衣服を脱ぎながらベッドの上に上がった。

覆いかぶさり口づけをすると、龍聖が両手をフェイワンの首に回した。

「愛してます」

龍聖が囁く。黒い瞳が潤んでいて、フェイワンはいつだって簡単に悩殺されてしまう。

「愛しているよ」

答えるように囁いて、首筋に唇を落とした。強く吸うとすぐに龍聖の体が反応して震える。敏感な場所はすべて把握している。

ボタンを外して胸元を開き、あらわになった白い肌を撫でて、そのまま衣服を下へずり下げるようにして脱がした。ズボンまで剝《は》ぎ取って、龍聖の肢体をじっくりと眺める。

薄く筋肉がついて引き締まった体、細い腰、小さな尻、長い手足、どれも愛しい。

こうしてじっとみつめると、羞恥のせいで次第にうっすらと朱に染まっていくのも愛しい。

「フェイワン……見ないでください」

赤い顔を両手で隠しながら、恨めしそうに龍聖が抗議する。フェイワンはクッと口の端を上げて、大きな両手を龍聖の胸に当てた。ゆっくりと指を動かして肌を撫でる。親指の腹で乳首をこねるように愛撫すると、びくりと体が震えた。

乳首を執拗《しつよう》に愛撫して、そのまま脇から腰にかけてのラインを両手で撫でる。龍聖の息遣いが乱れて、時折小さく声が漏れはじめると、その反応を窺いながら、胸から脇、腰へ何度も指を滑らせた。

鎖骨の窪みに舌を這わせて、唇で食《は》むように愛撫する。

「ああっ」

龍聖が甘い喘ぎを漏らして、体が微かに震えた。

もう互いを誘う香りはしないはずなのに、いつもこうして龍聖を喘がせる時、甘い香りがするような錯覚に襲われる。欲望が高まって、龍聖をもっと喘がせたいと思う。

半分立ち上がりはじめている龍聖の陰茎を右手でそっと握り込み、左手で陰嚢《いんのう》を時々ゆるゆると撫でながら、陰茎をゆっくり擦って扱《しご》いていく。

「あっああっあっああっ」

フェイワンの手の動きに合わせて、せつない声で龍聖が喘ぎはじめた。鈴口から露《つゆ》が溢れだして、フェイワンの右手を濡らす。

「あっあっ……待って……あっあぁっいっ……いっちゃう……あっあああっ」

龍聖が大きく喘いで腰を浮かせた。ぶるりと腰が震えて射精する。ふわりと厭《いや》らしい香りが、フェイワンの鼻腔をくすぐってさらに欲情した。

「リューセー……愛しているよ」

フェイワンが囁くと、龍聖の体がびくりと反応して震える。

「愛している」

もう一度囁くと、龍聖が薄く目を開けて、上気した顔でうっとりとフェイワンをみつめた。

「フェイワン……愛してます」

少し恥ずかしそうに愛を囁く龍聖の姿に、フェイワンは満足してニッと笑った。

透明な飛沫で濡れた右手を、龍聖の股の間に滑らせて後孔を指先で探った。蜜を塗り込むように後孔を指先で弄《いじ》って、湿った柔らかな肉の間に人差し指を埋めていく。

「あぁっやぁ……んんっんっ……」

指を一本、二本と増やしていき、後孔をほぐしていく。指の腹で内壁を擦るように愛撫すると、龍聖が身を捩《よじ》らせて鼻にかかった甘い声を漏らした。

そろそろいい具合かと指を引き抜き、待ち切れないとばかりに怒張した昂りの先を、後孔に宛がう。手を添えてぐっと押しつけると、柔らかくほぐれた後孔が湿った音を立てて飲み込んでいく。

フェイワンは唇を舐めて、荒ぶる息を抑えるように喉を鳴らした。男根に纏わりつく内壁の締めつけと中の熱さに、ぞくぞくと背筋が痺れるような快楽が押し寄せてくる。思わず喘ぎそうになるのを堪えるのでせいいっぱいだ。

龍聖は腰を震わせながら喘いでいる。大きな熱い肉塊に腹部を圧迫されて苦し気だ。半分ほど入れたところでゆさゆさと腰を揺さぶると、さらに甘い声が大きくなる。しばらく揺さぶり続けて、龍聖の体がフェイワンの男根の大きさに慣れはじめた頃、再び挿入を始めて根元まで深く押し入れた。

「フェイワン……ああっあぁぁっ……フェイワン……」

龍聖が何度もフェイワンの名前を呼んだ。

「リューセー……きついか？」

優しく尋ねると、龍聖は上気した顔で左右に首を振る。ならばと、ゆっくり前後に腰を動かして抽《ちゅう》挿《そう》する。

「いやぁっ……ああっあああぁぁっ……あっあっあっあっ……」

突き上げるたびに声が出る。時折恥ずかしそうに両手で顔を覆うが、漏れる喘ぎは止められない。

快楽の波にのまれて、龍聖は無意識に腰を揺らしていた。

フェイワンも腰の律動を止められない。喉を鳴らしながら最上級の快感へと昇りつめる。

「……んっ……んっ……くぅっ……」

限界まで怒張した男根が爆発して、龍聖の中に勢いよく吐精した。

「あっ……あぁぁ――――っっ……!!」

龍聖が背を反らして再び射精した。自分の白い腹の上に、透明の露がボタボタと落ちる。

フェイワンは龍聖の腰を両手で掴んで、ゆっくりと抽挿しながら余韻を楽しむように残滓《ざんし》まで絞り出す。熱が次第に落ち着いてきて、龍聖の中から男根を引き抜いた。

龍聖の上に覆いかぶさり、首筋や頬に口づけた。

「大丈夫か？　気持ち良かった？」

汗で濡れて額に張りついた前髪を、そっとかき上げながら優しく尋ねた。熱っぽい潤んだ黒い瞳が、
フェイワンをみつめながら「大丈夫」と答える。

「フェイワンは、今も変わらず同じことを聞くんですね」

「ん？」

「大丈夫か？　気持ち良かった？　って」

龍聖はそう言ってクスクスと笑った。

「そりゃあ……いつだってそれが一番心配だからさ」

「オレはそんなに気持ち良さそうにしていませんか？」

「いや、ぞくぞくとそそられるくらいに色っぽくて気持ちよさそうだぞ」

「もう！　そんな意地悪な言い方！」

龍聖が真っ赤になって、フェイワンの分厚い胸板を叩いた。フェイワンは笑いながら、龍聖を宥めるように抱きしめて、わざと音を立てて唇を何度も吸う。すると最初は怒ったふりをして、口づけを拒んでいた龍聖が、最後は笑いながらフェイワンの口づけに応えるのだ。

両手をフェイワンの背中に回して、龍聖もぎゅっとフェイワンに抱きついた。

「フェイワン……オレね。フェイワンのことがもっと知りたくて、色んな人にフェイワンの思い出話を聞いたんですよ」

「誰に聞いたんだ？　タンレンか？」

「タンレン様にも聞いたし……ルイラン様やダーハイ様、そしてラウシャン様」

「オレの悪口を言ってたんじゃないのか？」

龍聖の頭を優しく撫でながら、からかうような調子で尋ねた。龍聖は頬をフェイワンの胸にすり寄せて「いいえ」と答えた。

「あなたの可愛い姿や、頑張っている姿や、泣き虫な姿を知ることが出来ました。貴方がとても辛かった時のことも……全部聞いたんです。嫌だったらごめんなさい」

フェイワンはしばらく沈黙して「そんなことはないよ」と答えた。

「それから……貴方のお父様とお母様の話も聞いたんです。フェイワンはお母様の話を聞いたことはないのですか？」

「そうだな……父から少しばかり聞いただけで……他の者から聞いたことはないいな」

「なぜ？」

「それは……」

龍聖の頭を撫でていた手を止めた。言葉に詰まって、どう答えようかと迷っていた。

「お母様のことを知りたいとは思わなかったのですか？」

なおも聞かれて、フェイワンは困ったように眉根を寄せた。

「怖かったのかもしれない。……母は心を病んでいたと聞いたし、自殺したという噂もあった。母がそうなった原因がすべてオレのせいで……オレが母に望まれていなかったのだとしたら……怖くて……」

龍聖は驚いて顔を上げた。フェイワンと目が合って、慌てて首を振った。フェイワンは自嘲気味に笑う。

「そんなことはありません！　オレが聞いた話の中のフェイワンのお母様は、とても繊細で……真面目で真っ直ぐな人でした。優しすぎて……誰にも悩みを打ち明けられなかった人でした。心を病んでしまったのは、決してフェイワンのせいではない……。フェイワンのお母様は、誰にも悩みを打ち明けなかったから……真相は誰にも分かりません。だけどひとつだけ、オレには絶対に分かることがあります。同じリューセーだから……分かるんです」

「リューセー……」

あまりにも必死な様子で龍聖が語るので、フェイワンは圧倒されてしまっていた。

「龍神様にお仕えするなんて言われて、なんだかよく分からないままこの世界に来て、悩んで悩んで……心を病んだかもしれない。だけど……もしも卵を産むのが嫌で悩んでいたのなら、妊娠が分かった時に自殺すると思う。お母様は卵を産んで、大切に大切に……毎日卵に魂精を与えて一年間育てたんだ。愛情がなければそんなことはしません。卵はとても柔らかくて壊れそうなほどもろくて……それを毎日抱いたんです。フェイワンって名前を付けて、抱いていたんです。フェイワンを愛していたんです」

フェイワンはぐっと奥歯を噛みしめた。胸が熱くなって、今にも泣いてしまいそうだと思った。

龍聖の頭に手を当てて、胸に押しつけるようにして抱きしめた。

何も言わずにただじっと抱きしめて、やがて「ありがとう」と小さな声で呟いた。


雲ひとつない良く晴れた日の朝、フェイワンと龍聖はシェンファを連れて中庭に来ていた。

「リューセー！　見て！　お花が咲いてる！」

きゃあと歓声をあげて、シェンファが嬉しそうに駆けだした。花壇の前まで行くとその場にしゃがんで、花壇に植えた花をみつめている。

フェイワンと龍聖は顔を見合わせて笑った。ゆっくりと歩いてシェンファの側まで行き、後ろから花壇を覗き込んだ。

三人で花壇に植えた花は、毎日龍聖とシェンファが世話をしたので、順調に育っていた。そろそろ花が咲きそうだったので、フェイワンを誘って三人で見に来たのだ。

龍聖が思った通り、いくつか花が開いていた。まだ蕾《つぼみ》もたくさんある。小さな白い花を、シェンファが嬉しそうにみつめている。頬を上気させて瞳を輝かせていた。

「この花の名前を知っている？」

龍聖が尋ねると、シェンファは振り返って首を振った。

「この花はシェンファっていうんだよ？　君の名前の花だ」

「本当!?」

シェンファが飛び上がるほど驚いたので、フェイワンが笑いながら「本当だよ」と答えた。

それを聞くなり、シェンファは喜びの声をあげて、ぴょんぴょんとその場で飛び上がって喜んだ。

「そんなに嬉しい？」

龍聖はシェンファのあまりの可愛らしさに、思わず噴き出しそうになりながら尋ねた。

「嬉しい！」

シェンファは両手を広げてぴょんっと飛びながら、龍聖とフェイワンに抱きついてきた。

少し離れたところで見守っていた警護の兵士達が思わず笑いだした。シュレイもクスクス笑っている。

飽きることなく花壇の花を見ているシェンファをシュレイに預けて、龍聖はフェイワンと共に中庭の一番端まで来ていた。

「本当にこんなところによく来ていたのですか？」

龍聖はフェイワンの腕にしがみつきながら、少し首を伸ばして崖の下を覗き込む。そこは直角に近いほどの断崖絶壁で、遙か下に城下町の町並みが見えた。どれくらいの高さがあるだろうか？　五階建てのビルの屋上……いやもっとありそうだと思って足がすくんだ。

フェイワンは平気な様子で角に座り、崖に足を投げ出した。龍聖はとてもそんなことは出来なくて、怖々と少し後ろに下がって腰を下ろした。

「ここくらいしか誰にも見つからずに隠れて泣く場所がなかったんだ」

フェイワンは懐かしそうに辺りを見回しながら笑って言った。

「まあ、結局タンレンやユイリィに見つかってしまっていたんだけどね」

前に何も遮るものがないその場所から見る景色は、とても開放感があり、城のテラスからの眺めとはまた違った雰囲気があった。

「前から思っていたけど、フェイワンは高い所が全然怖くないんですね？」

「まあ……怖がっていたら竜には乗れないからな」

「それはそうだけど……」

そういえば昔、龍聖が攫《さら》われて麻袋に入れられたまま、城のテラスから落とされた時、タンレンがその後を追って躊躇なくテラスから飛び降りたのだという話を、シュレイから聞いたことがある。

初めてそれを聞いた時はぞっとした。自分は気を失っていたから、落とされた時の記憶はないのだけれど、よくまああんな高い所から飛び降りられるものだ。

「ここから……わーって大声で叫んだりしていたよ」

「そうなんだ」

龍聖は今のフェイワンの後ろ姿をみつめながら、少年の姿のフェイワンを思い浮かべていた。小さな赤い髪の少年が、ここに座って一人で泣いていた。そう思ったら、目の前のフェイワンを後ろから抱きしめたくなった。

「いいものだな」

「え？」

ふいにフェイワンがそう言ったので、龍聖はちょっとびくっとして首を傾げた。

「いや、お前が言っただろう？　思い出を共有したいって……。オレにとっては辛い思い出のひとつだったから……大人になってからは、二度とここに近づくことがなかったけれど、今こうしてお前と二人でここにいると、そんな嫌な思い出でさえ懐かしいと笑って話せる。お前に知ってもらえるのは嬉しい」

「フェイワン……」

やっぱり思わず抱きつきたくなったが、落ちると怖いので動けなかった。

「ねえ、オレはやっぱり怖いから、そろそろ向こうに戻りましょうよ。本当はさっきからフェイワンに抱きつきたくてたまらないんです」

フェイワンがそれを聞いて振り返って笑った。

「じゃあ、行こう」

フェイワンが立ち上がって、龍聖の手を取って立ち上がらせ、その体を強く抱きしめた。

その時一瞬辺りが少し暗くなったので上を見上げると、スーッと巨大な竜が真上を通過していくところだった。

「ジンヨン！」

龍聖が大きな声で呼びかけると、オオオォォォォォォッと咆哮《ほうこう》が返ってきた。

二人は顔を見合わせて笑って、中庭の方へ歩きだした。

「ジンヨンとの初体面ってどんな感じだったんですか？」

歩きながら龍聖が尋ねた。

「初体面か？　そうだなぁ……あいつはまだこんなに小さくて……」

フェイワンが身振り手振りで話しはじめた。それを龍聖が嬉しそうに聞いている。

「シュレイ！　ちょうちょさん」

花壇ではシェンファが花の上にひらひらと蝶が飛んできたので、興奮して小鼻を膨らませて声をあげた。

「それは瑠璃羽蝶《るりはちょう》ですね」

シュレイが真面目に答えている。

フェイワンの幸せな思い出は、これからもこの国でたくさん紡《つむ》がれていくだろう。そこには夢に見た通り、愛する伴侶と愛する子供達の姿が必ずあるはずだ。

エルマーン王国で代々紡がれる愛の物語――。

# はじまりの予感

竜の飛び交う晴れ渡った青空に、威勢の良い若者達の掛け声と、剣の交わる金属の高い音が響き渡っていた。

エルマーン王城の中庭で、シーフォンの若者達が剣術の鍛錬《たんれん》を行っていた。

「タァァァッ!!」

「うわっ!」

その中でも一際元気の良い掛け声と共に、鈍い音が響き渡り相手の剣が宙を飛んでいた。

「ダメじゃないか! もっと根性見せろよ!」

「勘弁してください……タンレン様! タンレン様と同等に剣を交えられるのは、殿下くらいしかいないんですから……」

剣を弾かれた水色の髪をした若者は、情けない声をあげて降参とばかりに両手を上げた。タンレンは両手を腰に添えて呆れたように溜息をついた。

「その噂のフェイワンは、今日も来ないのかな……」

つまらなそうに呟くタンレンの表情は、まだ少年の幼さを感じさせる。見た目は十五、六歳の歳若い青年だ。その明るく爽やかな気性と端整な容姿は、初夏の若木のように瑞々《みずみず》しく輝いていた。短く刈られた深緑の髪を、乱暴にかきながら辺りを見回している。

「陛下の容態が思わしくないと伺いました」

タンレンの相手をしていた青年がそう告げたので、タンレンは表情を曇らせた。

「そう……陛下が……」

今この国の誰もが、最も案じていることだ。竜王ランワンが公《おおやけ》の場に出なくなって久しい。

竜王の生命の根源である魂精を持つリューセーが、不慮の事故で早世してからずいぶん経つ。タンレンが生まれる前の出来事で、親や周囲の人から伝え聞いた話でしか知らない。

シーフォンの誰もが、リューセーを失った竜王が、そう長くは生きられないことを知っていた。特にランワンの場合は、世継ぎであるフェイワンを育てるために、自らの寿命を縮めている。

竜王の世継ぎも、生きるためには魂精が必要だった。本来であれば母であるリューセーから魂精を貰い成長する。

だがフェイワンは生まれる前に母を亡くしてしまった。世継ぎを育てるために、王は自らの魔力を魂精に変えて、命を削りながらフェイワンを育てた。

フェイワンはすくすくと育ったが、代わりに竜王ランワンは衰弱し、今では床に臥してしまっている。

「フェイワンが成人するまでは、生きていていただかないと……」

タンレンは、周りに聞こえないくらいに小さな声で呟いた。こんな言い方は、王への忠義を欠くことは分かっている。だが伴侶であるリューセーを亡くした竜王は、死ぬしか残された道はない。どう足掻《あが》いても運命には逆らえない。今この国にとって一番大切な存在は、世継ぎであるフェイワンだ。

フェイワンが無事に成人すれば、新たに大和の国からフェイワンの伴侶になるリューセーが降臨する。そうすればエルマーン王国は安泰だ。

王の身を案じないわけではない。ランワン王は、民を愛し国を思う賢王だ。タンレンも心から敬愛している。でもタンレンの立場からすれば、フェイワンを第一に考えてしまうのだ。

「陛下がもう長くはないかもしれないというのは本当ですか?」

水色の髪の青年が、不安そうな顔をして尋ねたので、タンレンは我に返った。

「嘘を言っても仕方がないし、リューセー様がいない今の状況を、君も分かっていると思うから正直に言うと……確かに良い状態ではない。しかし陛下は強いお方だ。我々のために頑張っていらっしゃるのだ。我らがそんな情けない顔をしていてはいけない」

タンレンはわざと明るい表情でそう言って、青年の肩を叩いて励ました。

「さてと……今日はここまでにしよう」

そう言って青年に背を向けたタンレンの表情から、笑みは消えていた。剣を腰の鞘《さや》に収めて城内へ向かって歩きだした。


タンレンは、フェイワンの下へと向かっていた。きっと陛下の身を案じて、側にいるのだろうと思う。フェイワンとタンレンは従兄弟同士だった。そして親友でもある。

大らかで明朗快活な性格であると共に、とても優しくて繊細な一面を持つフェイワンを、タンレンは誰よりも案じていた。

日々自分のために命を削り弱っていく父を、間近に見守るしかないフェイワンが、どれほど心を痛めているだろうか？　そう思うといたたまれなくなる。

タンレンには、フェイワンのためにしてやれることは何もないのだが、気丈に振る舞うフェイワンが、愚痴《ぐち》や弱音のひとつでも吐ける相手になれれば良いと思っていた。フェイワンには笑っていてほしいと願う。

長く続く廊下を歩いていると、前方に子供がうろうろと歩いていることに気がついた。

「おい、君……そこで何をしている」

タンレンが声をかけると、子供は驚いてビクリと体を震わせながら、怯えた顔で振り返った。

まだ幼子だ。五、六歳くらいだろうか？　こんな小さな子供が一人でいて良い場所ではない。親は側にいないのか？　そう思いながら近くまで来て、子供の顔を見て言葉を失った。今まで見たことがないほどに美しい少女だったからだ。背中に届くほどの長い銀髪と、真っ白な肌、紅い唇。タンレンは、しばらくぼんやりと見とれてしまっていた。だがやがてハッと我に返り、眉根を寄せながら改めて子供をまじまじと見た。

「君は……シーフォンではないな？　親はどうした？　なんでこんな所に一人でいるんだ」

タンレンは問いかけながらも、途中からは独り言のように変わっていた。こんな幼子相手に、質問しても要領を得た回答は得られないと思ったからだ。

それと同時に、こんな幼子に見とれてしまった自分を恥ずかしく感じての誤魔化しもあった。

「ご……ごめんなさい……あの……そこの部屋で、待っているように言われたけど……あの……小用を……したくなって……あの……ごめんなさい……お許しください」

その子は今にも泣きそうな顔で、震えながら廊下にひざまずいて頭を深く下げて弁明した。その様子にタンレンは慌てて首を振った。

「お……怒っているわけじゃないのだぞ……ただ見かけぬ顔だったから、尋ねただけだ。ほら、立ちなさい……泣かなくてもいいから」

子供の受け答えがとてもしっかりしていたので驚いた。髪や肌の色から、外国人かと思ったのだが、見かけよりも中身が年をとっているのだとすれば、シーフォンとアルピンの混血だろうか？

タンレンはそんなことを考えながら、一生懸命に宥めようとした。しかしその子は震えたままで、床に座り込み顔を上げようとしない。

「どうしよう……」

タンレンは完全に狼狽《うろた》えてしまって、変な汗が出てきた。

「タンレン！」

その時聞き覚えのある声がしたので、タンレンは安堵して声のする方を見た。

「フェイワン！」

深紅の長い髪の青年がこちらに向かって駆けてきた。タンレンと同じ位の年恰好をしている。

「どうしたんだ？　……ああ、お前、こんなところにいたのか？　教務官が捜していたぞ」

「ご……ごめんなさい、ごめんなさい」

何度も謝りながら泣きだしてしまったその子を見て、フェイワンは驚きながらチラリとタンレンを見た。

「タンレン……こんな小さな子をいじめてはいけないぞ？」

「オ……オレは別に……」

責められてタンレンは真っ赤になって首を振った。それを見て、フェイワンがククックッと笑う。

「シュレイ、もういいから立ちなさい……この廊下を真っ直ぐに行った突き当たりの部屋の前で、教務官が待っている。おい！　そこのお前、この子をこの先の教務官がいる部屋まで、連れていってやってくれ」

フェイワンが、優しく宥めながら子供を立ち上がらせて、近くにいた兵士を手招きした。兵士に子供を預けながら説明しているのを聞いて、タンレンは慌てて口を挟んだ。

「あっ！　ちょ、ちょっと待ってくれ！　その子は小用を済ませたいようだ。その前に連れていってやってくれ」

フェイワンと兵士が、少し驚いたような顔でタンレンを見たが、フェイワンは『なるほど』という顔でニッと笑って、それを兵士に命じた。

子供は兵士に連れられていきながら、タンレンに何度も頭を下げていた。

二人はしばらくそれを見送っていたが、タンレンが不思議そうに首を捻りながらフェイワンを見た。

「……あの子はなんだ？　知っているのか？」

「ああ……あの子はシュレイと言って、オレのリューセーの側近にするために、これから教育を受けさせるんだ」

「え!?　じゃあ……あれは男か!?」

驚いて思わず大きな声をあげたタンレンに、フェイワンはニヤリと笑った。

「なんだ？　女の方が良かったのか？　あんな幼いのが好みか？」

「バ……バカ言え!!　ただ……女の子だと思っていたから……ちょっと驚いただけだ……第一、アルピンがあんなに美しいなんて……いや、その……髪が銀髪だから外国人かと思ったんだ……やっぱり……シーフォンとの混血か？」

タンレンが驚くのも無理はなかった。アルピンは、皆茶色の髪をしていた。顔立ちも決して不細工なわけではないが、シーフォンのように彫りの深い美しい顔立ちをしていない。

「あれは特別なんだ」

フェイワンはそれだけ言って、それ以上は語らなかった。

「特別？　……混血ということか？　それとも親に何かあるのか？　リューセー様の側近ということは……いずれ去勢の手術をされてしまうのだろう？　……かわいそうに」

「まあな」

フェイワンは多くを語らず、苦笑しながら溜息をついた。少し顔色が悪いように思う。タンレンは疲れた顔のフェイワンをみつめて胸が痛んだ。

「フェイワン……そんなに陛下のお加減は悪いのか？」

「ん？」

「次のリューセー様を迎えるための準備を始めるなど……」

「……いや、それは別に関係ないよ。どうせオレはこのまま眠りにつくことはないのだから、そうなるとオレが成人するまでに、側近を準備しなければならない。成人するまであと二十四年……時期的には今からがちょうどいいだろう」

「そうか……そうだな」

竜王の容態については何も語らないフェイワンに、タンレンはそれ以上問いただすことはなく、ただそっと肩を叩いた。

ランワンはその苦しみに耐え続け、フェイワンがあと少しで成人するという時に息を引き取った。

国王崩御から一年後に、新王の戴冠式が行われた。通例であれば、フェイワンが成人するのを待ってからの即位となるはずだったが、今は通例と言えるような状態ではない。

竜王とリューセーを、二代続けて異例の形で失ったエルマーン王国の人々は、何か不吉なことの前触れではないかと不安の中にあり、早く新しい竜王を立てる必要があった。

フェイワンは、衰弱した父の名代《みょうだい》として、早くから公務に関わっていたので、成人前であっても新王としてフェイワンを擁立することに、誰一人異論を唱《とな》える者はなかった。

「タンレン、お前が成人したら国内警備の全権は、お前に任せる」

タンレンは、フェイワン王の新たな治世で、新たな職務を任命されて身が引き締まる思いでいた。フェイワンのためならば、どんなことでもするつもりでいる。だが、いきなり重要な要職に任命されるのは、まだ早すぎるのではないかと躊躇した。

前王の頃まで、国内警備の全権を任されていたのは、何を隠そうタンレンの父であるダーハイだ。現在も引き続きダーハイが任務に就いている。タンレンが成人するまで、あと七年ほどだ。ダーハイは退任するほど年は取っていない。これからも引き続き、父がフェイワンを支えるべきではないかと思った。

「フェイワン、まだ当分の間は父が国内警備長官の任務を続けた方が良いと思うんだ。他の方々の職務はどうなっているんだ？　いきなり全部を若い者に総替えするわけではないだろう？」

タンレンが困った顔で、フェイワンに異論を唱えると、まるでそれも想定内だったというように、フェイワンは平然とした顔で話を続けた。

「ダーハイ殿とはすでに相談済みだ。父もオレも男の兄弟がいないから、必然的に要職の数に対してロンワン（王族）の人数が足りない。父の代で要職を支えてくださっていた大叔父達が、さすがにお年でもう退任したいとおっしゃっている。ダーハイ殿にはその後任をお願いするつもりだ。内務大臣と財務大臣の兼任だ。いずれはお前にも内務大臣を兼任してもらうことになるだろう。財務大臣はユイリィに任せたいと思っているが、まだ成人までに時間がかかるし、ユイリィの場合は、お前と違ってまだ政務に携わったことがないから、まずは補佐として一から学ぶことになるだろう。チンユン殿の代わりに、ラウシャン殿に外務大臣に就いてもらうし……とにかく人事に関しては、結構色々と大変なんだ。分かってくれ……それに何より……オレの側にはお前にいてほしいのだ」

フェイワンに切々と訴えられて、タンレンは何も言えなくなった。

「分かった。誠心誠意職務に邁進《まいしん》するよ」

そう答えたもののどうしたものかな……と、いきなりの重責に悩みながら、廊下をとぼとぼと歩いていた。

「これは……成人するまでの七年間で、父上にビシバシ鍛《きた》えてもらうしかないな……いや、父上もお忙しいだろうから、補佐としてだけではなく、もっと自ら進んで父上の仕事を……ん？　あれは……」

ブツブツと考えごとをしながら廊下を歩いていると、前方を横切る人影を見て足を止めた。

「シュレイ……」

思わずその名を呼んでいた。呼ばれた方は驚いて足を止めてタンレンをみつめた。

肩で切り揃えられた銀の髪が、サラリと音を立てて輝いたように見えた。頬に影を落とす長い睫毛《まつげ》も、柔らかそうな白い肌も、艶のある赤い唇も、そのひとつひとつがタンレンの視線を釘付けにした。

その人のすべてから目を逸らせず、息をするのも忘れて立ちすくんだ。

あれから二十年近く年月が経っている。そこにいるのはあの幼い子供の姿ではなかった。しかし成長しているとは言っても、まだタンレンよりも年下の十七、八歳くらいの青年に見える。アルピンならば、もうとうにタンレンを追い越した年頃になっていてもおかしくなかった。

いや……そんなことよりも、タンレンが驚いたのは、彼が相変わらず透き通るような美しい容姿をしていることと、歳を経てもそれが『シュレイ』だと分かってしまった自分に対してだった。考えるよりも先に、その名を呼んでいた。

「あの……なぜ私の名を?」

彼は上品な仕草で、一度タンレンに礼をしてから尋ねてきた。

「いや……なぜだろうな……忘れたことがなかった」

タンレンは、ぼんやりとシュレイをみつめながら、独り言のように呟いた。

同じ相手に、同じように偶然に、二度も見惚れてしまった場合は、それを何と言い表すのだろう?

何かが始まる予感がした。

あとがき

皆様こんにちは。飯田実樹です。

「空に響くは竜の歌声　猛炎の子竜」をお読みいただきありがとうございます。

シリーズ九冊目です。前作のあとがきに「奇跡だ」と書きましたが、デビュー作をこんなに長くシリーズとして出していただけたのは、本当に奇跡としか言いようがなく、デビュー当時の私に言ってあげたいです。

そんな喜び溢れる私ですが、前作を出した後で担当様から「次回作はどうしましょうか？」とさらに続けていただけるのだと聞いた時に、ある野望が沸き上がりました。

商業では出すことが不可能ではないか？　と思っていた話を提案することです。

エルマーン王国の連綿たる竜王と龍聖の歴史の中で、唯一の悲劇の二人、暗黒期と呼ばれる八代目竜王と龍聖の物語を書きたい。読者の皆様に読んでいただきたい。しかしバッドエンドを嫌う読者様も多く、編集からはＯＫが出るはずもない……と思う。

でも私にとって、八代目の話は「空に響くは竜の歌声」の根幹とも言うべき話で、この話を語らずして、フェイワンと龍聖の物語は存在せず、「空に響くは竜の歌声　紅蓮をまとう竜王」は生まれなかった。

歴代の竜王の中で、ダントツの人気を誇るフェイワン。彼がなぜ命の危機に陥りながらも、婚姻を拒む龍聖を辛抱強く寛大な愛で待ち続けることが出来たのか？　フェイワンはどのようにして育ったのか？　暗黒期はなぜ訪れたのか？

「シリーズ九冊目」に「九代目竜王」を掛けて、これはフェイワンの本にしよう。フェイワンの両親である八代目竜王ランワンと龍聖が、どのような二人だったのか。フェイワンはどのようにして生まれて、どのようにして育ったのか。

そしてフェイワンが、どんな気持ちで自分の龍聖を待ち、龍聖を迎えたのか……。

悲しい話、辛い話は避けては通れません。でもその先に続くフェイワンの幸せ……ハッピーエンドで終わらせたこの一冊は、読み終わった後にきっと皆様がまた一作目「紅蓮をまとう竜王」を読みたくなると思っています。

この企画とプロットを、快く了承して下さった担当様、編集部の皆様には感謝しています。

そして今回のカバーイラストでは、ひたき先生に「本編で成しえなかったランワン親子三人の幸せな姿」をリクエストいたしました。本当に素晴らしいイラストを仕上げていただき感無量です。

そしてカバーイラストの表一（表紙）表四（裏表紙）で、フェイワンが二人の龍聖を抱きしめているという演出が心憎いです。フェイワン、幸せになってよかったねって思います。

私個人としては、出版出来ないと思っていた話を書くことが出来たので、もう思い残すことは無いのですが、皆様がまだまだ他の竜王の物語も書いて欲しい！　と思っていただけるのでしたら、きっとシリーズは続くと思います。

この長いシリーズを支えてくださっている担当様、ひたき先生、ウチカワデザイン様、出版社の皆様、そして読者の皆様……心より感謝いたします。

また次の本でお会いできますように。

飯田実樹

空に響くは
竜王の妃として召喚される
運命の伴侶。
彼だけが竜王に命の糧
「魂精」を与え、竜王の子を
身に宿すことができる。
過去から未来へ続く愛の系譜、
壮大な異世界ファンタジー！
大好評発売中！
① 空に響くは竜の歌声 紅蓮をまとう竜王
② 空に響くは竜の歌声 竜王を継ぐ御子
③ 空に響くは竜の歌声 暁の空翔ける竜王
④ 空に響くは竜の歌声 黎明の空舞う紅の竜王
⑤ 空に響くは竜の歌声 天穹《てんきゅう》に哭《な》く黄金竜
⑥ 空に響くは竜の歌声 嵐を愛でる竜王
⑦ 空に響くは竜の歌声 聖幻《せいげん》の竜王国
⑧ 空に響くは竜の歌声 紅蓮の竜は愛を歌う
⑨ 空に響くは竜の歌声 猛炎の子竜
①②以外は読み切りとしてお読みいただけます。

竜の歌声
MIKI IIDA
飯田実樹
ILLUSTRATION
HITAKI
ひたき
特設WEB
https://www.b-boy.jp/special/ryu-uta/

『空に響くは竜の歌声　猛炎の子竜』をお買い上げいただきありがとうございます。
この本を読んでのご意見、ご感想など下記住所「編集部」宛までお寄せください。

アンケート受付中
リブレ公式サイト　https://libre-inc.co.jp
TOPページの「アンケート」からお入りください。


初出　空に響くは竜の歌声　猛炎の子竜
＊上記の作品は2016年、2018年に同人誌に収録された作品を加筆・大幅改稿したものです。

はじまりの予感／飯田実樹ホームページ「G×GBOX ゲンキニナルクスリ」（http://ggbox-bl.com）掲載


# 空に響くは竜の歌声
# 猛炎の子竜


著者名　飯田実樹



発行日　2019年11月19日　第1刷発行

発行者　太田歳子

発行所　株式会社リブレ
〒162-0825 東京都新宿区神楽坂6-46 ローベル神楽坂ビル
電話　03-3235-7405（営業）　03-3235-0317（編集）
FAX　03-3235-0342（営業）

印刷所　株式会社光邦
装丁・本文デザイン　ウチカワデザイン
企画編集　安井友紀子





Printed in Japan
ISBN 978-4-7997-4556-4